어째서인지 감사의 말을 들었다. 얇은 흰
셔츠 너머로 자부심을 지탱해주는 속옷이
희미하게 비치고 있었다.

선배,
좋아해요…….

Contents

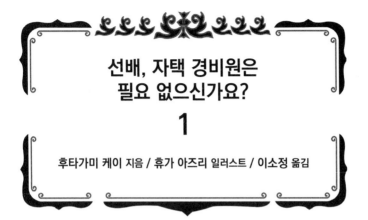

선배, 자택 경비원은
필요 없으신가요?

1

후타가미 케이 지음 / 휴가 아즈리 일러스트 / 이소정 옮김

소미미디어

컬러, 본문 일러스트 | **휴가 아즈리**

제1화 『선배, 자택 경비원은 필요 없으신가요?』

현재 우리 집에서는 자택 경비원을 고용하고 있다.

알선소에서 파견받은 것도 아니고 구인 벽보를 통해 모집한 것도 아니다. 이런 수를 썼다간 자칫하면 집안이나 아는 사람을 통하거나 인터넷을 경유한 생판 남보다 인연이 더 깊어지기 마련이다.

나의 경우는 그 양쪽에 해당하는 인연으로 인해,

『선배, 자택 경비원은 필요 없으신가요?』

어느 날 갑자기 고용해 달라는 연락이 온 것이다.

지금까지 화면을 통해 교류해 온, 5년 동안 사귀어 온 친구. 하지만 이름도 얼굴도 나이도, 그리고 성별조차 모른다.

다만 애초부터 인터넷으로 이어진 인연이다. 인터넷 게임 플레이어의 성별은 95%의 확률로 남자. 여자 따위 없다. 절대로 말이다. 인터넷에서 친해진 상대와 오프라인 모임을 가져보니 사실은 미소녀였습니다, 라는 전개는 처음부터 기대해서는 안 되는 것이다.

그러니까,

"어서 오세요."

오늘도 자신을 맞이하느라 고생하는 자택 경비원이 거유

여고생 미소녀라는 것은 죽어도 이 세상에 말할 수 없는 일이었다.

◆

자택 경비원을 고용한 경위를 이야기해볼까.

5월 1일 금요일. 세상은 그야말로 황금연휴로, 봄방학을 막 마친 학생들이 기다리던 장기 연휴. 사회에 나온 뒤로는 최대 12일 연휴를 보내는 이들을 보면 늘 이런 생각이 든다. 너희는 허구한 날 쉬고 있구나, 라고. 한참이나 불평을 쏟아내고 싶을 정도로 부럽고 분하다. 정말이지 치사해. 마음 깊은 곳에서 비뚤어짐이라는 부정적인 감정이 솟아나고 마는 것이다.

12일 연휴라는 만행을 저지를 수 있는 상급 국민과는 달리 나에게 오늘은 그저 평일일 뿐이다. 그래도 내일부터는 아무 걱정 없이 5일 연휴를 만끽할 수 있다.

세상에는 자고로 아래에는 더 아래가 있다. 그런 식으로 비교하여 한참 아래에 있는 사람들보다 더 낫다고 느낄 때마다 자신은 밑바닥 사회인이라는 현실을 깨닫는다.

오늘 업무는 팀 전체가 평화로웠다. 갑작스러운 사양 변경도 없고 치명적인 버그가 발견되지도 않았다. 쉬는 날까지 질질 끌 일도 없고 야근도 없는 정시 퇴근. 누구나가 거리킬 것 없이 하나같이 개운한 얼굴로 귀로에 나섰다. 다만 새로 배속된 노예는 제외였다.

그 무능한 녀석은 분명 휴가 이후 종적을 감출지도 모른다. 전철 안에서 가볍게 그런 생각을 하면서 5분 후, 키츠네와 타누키 중 어떤 것을 고를지 고민하며 진지한 얼굴을 하고 있었다.

금요일은 역 구내의 입식 소바 가게에서 저녁 식사를 끝내는 것이 관례였다. 메밀을 엄청 좋아하는 것도 아니고 집에서 밥을 짓기 귀찮아서도 아니다. 싸고 빠르다. 적당한 맛으로 가볍게 배를 채울 수 있기 때문이다.

그럼 왜 배에 메밀을 넣는가. 여기에는 깊은 이유가 있다. 사실 아니다. 그저 빈 속에 술을 부어 넣으면 알코올 혈중 농도가 급격히 상승하기 때문이다.

술을 갓 마시기 시작한 사회 초년생이라면 몰라도 사회의 쓴맛과 단맛을 모두 겪어 온 사회인으로서 꼴사납게 취하는 것은 부끄러운 일이다. 그렇다면 그 예방책을 마련하는 것은 어른의 매너라고도 할 수 있었다. 그만큼 꼴사나울 정도로 신나게 들이부을 예정이다.

들어갈 가게도 정해져 있었다. 마스터가 혼자 운영하는 아담한 바.

단골 술집에 홀쩍 들어가 마스터와 소소한 대화를 나누며 멋스럽게 술을 즐긴다. 그러던 중 처음 보는 아름다운 여성 손님을 발견하고는 "저쪽 손님께서 사셨습니다"를 시전하고, "어, 괜찮나요?"라며 이야기의 물꼬를 트고 대화를 이어간 끝에 하룻밤의 사랑을 키우는 것이다.

――같은 일 따윈 없다.

그 바는 어릴 때부터 이어진 인연인 가미가 운영하는 가게로, 특별한 가격에 술을 마시게 해준다. 그곳에서 일의 푸념 같은 것을 털어놓으며 이도 저도 아닌 꼴사나운 이야기를 지껄이는 것이 현실이었다.

어쨌든 내게는 가볍게 술자리에 불러서 불평을 털어놓을 수 있는 친구가 없었다. 고등학교를 졸업한 후 무계획으로 상경해 적당히 취직한 남자의 말로다.

직장에서의 인간관계는 풍파를 일으키지 않을 정도로 유지하고 있지만 결국은 밑바닥 집단. 하나같이 모두 스쿨 카스트 밑바닥 바로 위. 오타쿠와 아싸, 치즈규동*이 모여 있는 음습한 직장이다. 자신을 꽃미남이라 생각하며 자만한 적은 없지만, 나의 외모 수준치는 그들 덕분에 두드러졌다.

사회인답게 깔끔한 옷을 차려입고 청결감을 유지한다. 와이셔츠에 주름이나 누런 빛깔이 없는 것이 얼마나 중요한지 알게 해주는, 우월감에 젖을 수 있는 훌륭한 환경이었다.

---

*일본의 신조어. '치즈규동을 주문할 것 같은 남자'라는 뜻으로 흑발에 안경을 쓴 남성을 일컫는 비하 표현.

밑바닥에서 아무리 선두를 독주하고 있다 해도 직장에서의 만남은 제로. 발키리와 교류를 갖는 자리에 가지도 않는다. 그렇다 보니 나의 궁니르는 지금껏 휘두를 수 있는 전장을 누린 적이 없는 것이다.

그렇다고 해서 돈을 주고 전투 훈련을 쌓는 것도 인생의 패배자 같았다. 베테랑을 상대로 한 모의전은 절대로 싫다. 궁니르를 휘두르는 첫 전장은 청아한 발키리와 어깨를 나란히 했을 때라고 결심한 것이다.

일개 병사조차 못 되는 주제에 분수를 모르는 것에도 정도가 있다. 발키리의 백일몽으로 감옥에 갇힌 남자는 이런 식으로 이상만 높아지면서 현실의 여성들을 받아들일 수 없게 된 것이다. 덧붙이자면 새삼스레 꿈에서 깨어났다 해도 인생 경험치가 부족해 상대도 되지 못할 것이다.

친한 친구도 없고 여자친구도 없다. 그럼 그런 남자는 어떻게 일상의 양식, 인생의 기쁨을 얻고 있는 것일까. 무엇을 기대하며 사는 것일까.

바로 2차원과 인터넷이다.

그나마 열정을 갖고 심취해 있다면 아직 구원받을 수 있지만 안타깝게도 거의 타성이다.

예전에는 1쿨 통째로 20편 이상 몰아서 봤던 애니메이션도 이제는 5편 정도가 고작. 네, 네. 이미 아는 거네, 하며 1화에서 포기하는 과정이 3개월마다 찾아온다.

인터넷도 마찬가지다. 동영상 투고 사이트에서 게임 실황부터 시작해 아웃도어, 여행, 요리나 고양이 등 추천받는 그대로 시청하는 나날들. 최근에는 허접한 프리스비 개량 신규 영상을 가장 기대하는 것이 고작이다.

그런 일들을 하면서 5년 정도 교제해 온, 이름도 얼굴도 나이도 모르는 친구와 글자로만 이야기를 나눈다. 안주를 겸한 저녁을 뚝딱 만들어 저녁 반주를 하며 함께 인터넷 게임을 하기도 한다.

이것이 미래 없는 인간의 표본 같은 성인 남성, 타마치 하지메 25세.

1년 전, 바의 마스터인 가미와 재회하기 전까지 게으르고 한심스러운 나날을 보내왔다. 아니, 그 후에도 일절 나아지지 않았으니 변함없이 한심스러운 삶을 살고 있다.

일상과 비일상의 경계선인 중후한 문. 그것을 연 것은 18시 전이었다.

"나 왔어."

"어머, 오늘은 빨리 왔네."

개점 시간 전임에도 불구하고 비가 그쳤네요, 하는 정도의 말투로 맞이해주는 아름다운 미녀. 모델 뺨치는 장신에 듬직한 외모. 마담이나 마마라고 부르기엔 너무 어렸다. 하지만 풍만한 가슴이 자리한 와이셔츠와 조끼를 차려입은 모습은 성인 여성이라 부르기에 손색이 없었다.

그 미녀는 가미에게 고용된 존재가 아니었다. 말했다시 피 이 가게는 단 한 명의 일손만으로 운영되고 있었다.

그래, 스무 살을 맞이하자마자 인체 개조를 통해 미남에 서 미녀로 거듭난 아케가미 코노스케라는 사람이었다.

1년 전 귀갓길,

"어머, 혹시 타마 아냐?"

동네 길고양이를 부르듯이 말을 걸어왔을 땐 정말이지 경악했다.

나를 타마라고 불렀던 건 어릴 때부터 가미뿐이었다. 고 등학교 졸업 후 완전히 소원해진 가미와 몇 년 만에 다시 만나니 전혀 다른 사람이 있었다. 설마 성도착증자 이외의 의미로 변태라는 표현을 사용할 날이 올 줄이야.

처음엔 꽤 의심했지만, 신분증과 함께 옛 추억을 꺼내니 이쪽도 단념하고 이 미녀를 가미라고 받아들일 수밖에 없 었다.

당연히 왜 인체 개조를 했느냐는 얘기가 나왔다. 사실 성동일성 장애였나. 아니면 여성에 눈을 뜬 것인가.

그것을 묻자 돌아온 대답은,

"20년이나 남자로 살아왔잖아. 그래서 여자로도 좀 살아 보고 싶어진 것뿐이야."

소셜 게임에서 성별 변경이라도 하듯 인체 개조를 한 것 같았다. 설마하니 이렇게까지 터무니없는 짓을……? 하지만 뭐, 가미니까, 한편으로 그렇게 납득하는 자신이 있었다.

그건 그렇고 옛날부터 한 번도 반이 나뉘었던 적이 없었던 가미와는 계속해서 기묘한 인연이 이어져왔다. 약속한 것도 아닌데 우리 집에서 가장 가까운 역 근처에 가게를 차리고 그 개점 첫날 재회하다니. 질긴 인연이라는 말은 바로 이럴 때 쓰는 것일지도 모른다.

고등학교 시절까지 쌓아온 인연은 모두 끊겼다고 생각하던 참에 이런 일이 생긴 것이다. 마음이 진정되자 대신 '유쾌'라는 두 글자가 떠올랐다.

가미도 가미대로 눈앞에 굴러들어온 옛 인연을 이참에 손님으로 잡아두자고 생각했던 것일까. 특별한 가격에 마시게 해주겠다며 낚시질을 해오기에 사양 않고 그대로 낚여 반강제로 오게 된 것이다. 우정을 느낀 것인지는 모르겠지만 신경을 써줄 정도의 온정은 있었던 것 같다.

가미에게 이 가게는 취미일 뿐이다. 사실 공짜 술이라도 상관없었을 것이다. 하지만 공짜로는 얻어먹을 수 없다며 자청한 결과가 노구치*를 제물로 삼은 무한리필이었다.

그래서 금요일은 가미의 가게에 얼굴을 내민다. 지난 1년 동안 그것이 완전히 습관으로 자리 잡고 있었다.

손님석에 앉아 있는 것을 보니 개점 작업은 끝난 것 같았다.

_____

*일본의 천 엔짜리 화폐에 그려진 인물.

가미는 카운터 안으로 돌아가서 맥주를 따를 준비를 했다. 나의 첫 잔이다.

가게 안은 카운터석뿐. 입구에서 가장 안쪽인 지정석에 앉자 그것은 물수건보다도 더 먼저 나왔다.

"수고했어."

"오, 땡큐."

간단한 위로의 말과 함께 단숨에 잔을 들이킨다. 이것을 시작으로 지난 일주일간 모아 둔 이도 저도 아닌 쓸데없고 시시한 이야기를 시작하는 것이다.

그런 의미에서 여기까지는 평소의 일상이다.

새로운 비일상의 문이 열리는 첫걸음은 두 번째 잔이 얼마 남지 않았을 때 나왔다.

일본인이 스마트폰을 다루는 데 필수적인 녹색 아이콘 메신저 앱……은 아니다. 그 뒤를 이어 3위 정도의 메신저 앱이다. 오직 한 사람만을 위해 설치된 앱에서 스마트폰 알림음이 울린 것이다.

『선배, 오프 모임하죠.』

"엥?"

상단 화면에 뜬 권유에 눈살을 찌푸렸다.

상대는 '일섬십계 레나팔트'. 통칭 레나. 인터넷에서 알게 된 5년 지기 친구다.

당시의 레나는 컴퓨터는 조사가 필요할 때만 사용하고

인터넷 게임은커녕 게임기도 만져본 적이 없었다고 했다. 그러다가 인터넷 광고에 흥미를 느끼면서 시험 삼아 시작해 본 것이라고.

그런 기초적인 것조차 모르는 완전 초보 플레이어. 인터넷 게임의 묘미나 재미라는 것을 찾아내기엔 다소 어렵겠지. 잘 모른 채 그대로 끝나고 인터넷과는 무관한 생활로 돌아간다. 제대로 된 사회적 가치관을 가진 자라면 그것이 낫다고, 차라리 본인을 위한 것이라고 말할 것이다.

안타깝게도 레나는 로그아웃하지 않고 그대로 잘못된 길에 발을 들이고 말았다.

인터넷 리터러시 제로라는 이름의 순진무구했던 레나는 근처에 있던 캐릭터에게 게임의 가르침을 부탁했다. 오랜만에 로그인을 한 그 녀석은 초보 플레이어의 도움 요청 이벤트를 만나 잘난 척하며 교편을 잡은 것이다.

어느덧 교류는 인터넷 내로 한정되지 않고 외부 메신저 앱을 통해 대화를 나누게 되었다. 그렇게 인터넷 사회에 대해 하나부터 열까지 주입하는 동안 레나는 그를 인생의 선배로서 존경하고 우러르며 선배라고 부르게 되었다.

즉 레나가 잘못된 길에 발을 들여버린 것은 내 탓이라고 해도 과언이 아니다. 현실에서 친구가 없던 나는 어리광기질이 다분한 레나를 내 뜻대로 키워냈다. 사람으로서는 떨어뜨렸다고도 볼 수 있다.

다만 그런 레나와는 통화조차 한 적이 없었다. 대화하는 방식은 글자뿐. 얼굴도, 이름도, 나이도, 그리고 성별조차 확실하게 모른다.

지금까지는 만나기는커녕 통화하자는 얘기도 나오지 않았다.

그런 레나가 갑자기 오프 모임 권유라니. 솔직히 당황스럽다.

훌륭한 제안이군. 벌써 만나는 게 기대되는걸.

그런 마음이 들 리도 없이 그저 벙찐 기분이었다.

『갑자기 무슨 일이야?』

『부모님과 장래 얘기를 하다가 좀. 현재 적지에서 도망 중.』

잠시 마음을 진정시킨 뒤 답장을 보내자 10초도 걸리지 않아 답이 왔다.

집안 사정에 대해 별로 깊이 파고들진 않았지만, 부모와의 관계가 썩 좋지 않다는 것은 강하게 느끼고 있었다. 이 녀석, 언제 학교에 가는 건지 궁금할 정도로 인터넷에 푹 빠져 있는 것이다. 당연히 부모 입장에서 좋게 보일 리가 만무했다.

백 보 양보해서 오프 모임은 상관없다고 해도 또 하나의 문제가 생긴다.

『너 전에 삿포로에 산다고 말하지 않았나?』

여기는 도쿄다. 우리 사이에는 물리적 거리가 지나치게 벌어져 있다. 부담 없이 오프 모임하자는 말이 쉽게 나올 수가 없다.

『다이내믹 가출이에요.』

『너무 다이내믹하잖아.』

아무래도 가출이라는 형태로 거리 문제를 해결해버린 듯했다.

충동적으로 가출을 해서 올 만한 거리는 아니다. 아무리 생각해도 계획적인 범행이다. 그런 내색을 조금도 내비치지 않았던 만큼 더욱 경악스러웠다.

『언제부터 그런 계획을 세웠어?』

『어제. 처음 비행기 타봄.』

"뭐어?!"

삿포로에서 도쿄. 그만한 거리의 가출을 충동적이고 계획성 없이 실행했다는 레나의 고백에 기괴한 고성이 터지고 말았다.

가미가 의아한 표정을 지어 보였지만 무슨 일이냐고 묻지는 않았다. 가게가 곧 오픈할 시간이다 보니 간판을 내거는 등 바빠서 나에게 신경 쓸 틈이 없는 것이다.

『행동력이 너무 과감한 거 아냐?』

『제가 좀.』

『이쪽에 의지할 수 있는 친구라도 있어?』

레나는 거의 히키코모리나 다름없다. 그 때문에 부모님과 잘 지내지도 못하는 녀석이니 의지할 수 있는 친척도 없을 것이다. 그래서 자연스럽게 이쪽에 친하게 지내는, 의지할 수 있는 친구라도 있는 게 아닐까 추측한 것인데.

『히키코모리 니트인 내게 친구가 있을 리가 없잖아, 싸우자는 거냐!』

예술적 경지에 이른 부조리한 분노가 작렬했다.

아니…… 의지할 곳도 없이 충동적으로 가출했다는 건가? 비행기를 타고 와야 하는 이 거리를?

안타까움과 동시에 걱정도 들었다.

『그렇게 됐으니..』

그러나 그것은 기우였다. 다음 메시지에서 의지할 곳은 있었다는 것을 깨달았다.

『선배, 자택 경비원은 필요 없으신가요?』

얼굴도 이름도 나이도, 그리고 성별……은 뻔하겠지만, 아무튼 나와 그는 현실과의 연결점은 무관했다.

『설마 나를 믿고 가출했다는 거야?』

『예스! 매일 밤 숙소 헬프미!』

진짜다, 이 녀석.

아무리 선배이고 존경하고 있다지만 설마 이런 식으로 의지할 줄은 상상도 못 했다.

그리 불쾌하지는 않았지만, 너무 갑작스러워서 머리가

미처 따라가질 못했다.

『너무 뻔뻔해서 웃지도 못하겠다. 거길 누가 가겠냐.』

그래서 마음이 잠시 진정될 때까지 농담을 던져 대화 지연을 꾀했다.

『사실 저는 거유 미소녀 여고생이에요. 심지어 미개봉!』

『당장 데리러 간다.』

『선배 완전 쉬움. 낚는 거 껌이네요ㅋ.』

당했다!

대화를 연장하기는커녕 한방에 엔딩을 맞고 말았다. 역시 허투루 5년을 함께한 것이 아니다. 어떤 말을 던져야 바로 낚을 수 있는지 완전히 파악하고 있었다.

"뭐…… 상관없나."

어쩔 수 없는 녀석이네, 하는 혼잣말이 저도 모르게 새어나왔다.

우리 사이에는 5년의 인연이 있다. 많은 이야기를 나누며 지내왔다. 대단한 인생을 산 것도 아닌 나를 인생의 선배라며 따르는 레나는 귀엽기도 했다. 물론 이상한 의미는 아니다.

『오늘 밤은 공성전이다. 내 궁니르가 불을 뿜는다!』

『위기! 위기! 오랜 세월 지켜온 성문이 마침내 부서지는가!』

매번 이런 시시한 대화를 나누는, 친구로서 인생의 후배였다.

나이는커녕 성별조차 정확하게 알지 못하지만, 어느 정도 짐작은 하고 있었다.

바로 얼마 전에도,

『저는 신동이거든요. 우민들의 서당 같은 곳은 가는 것 자체가 시간 낭비라구요.』

이런 말을 했었다. 그리고 장래 이야기를 하다 적진에서 도망, 그것도 비행기 거리다.

그렇다면 레나는 남자 대학생. 그것도 3, 4학년쯤이 아닐까. 아무리 젊게 잡아도 대학생 미만은 아닐 것이다.

만난 지 5년. 옛 소년이 청년에게 이르기에는 충분한 시간이다.

멋대로 가출 후 비행기 거리를 날아와서 자신을 거처로 삼아버리는 것은 좀 어이없긴 했지만, 이미 와 버린 이상 어쩔 수 없다. 길을 보여줄 정도로 훌륭한 어른은 아니지만 잠시 자리를 내어주고 이야기를 들어둘 정도의 보살핌은 해주고 싶었다.

『그래서 지금 어디야?』

모처럼 도쿄에 온 것이다. 관광이라는 이름의 아키하바라 탐색이라도 하고 있을지도 모른다. 내가 끼친 악영향으로 인해 2차원에도 빠져 있기 때문이었다.

다소 멀지만 그 정도면 데리러 갈 만한 거리였다.

『실은 이미 선배 집에서 가장 가까운 역까지 도착했어요.』

하지만 이미 와 있다는 말에 또 한 번 놀랐다.

『지금은 버거집에서 100엔 드링크로 버티고 있어요. 귀하의 함대와 조기 합류를 요구한다.』

『정말로 무계획이구나. 뭐, 금방 데리러 갈 순 있지만.』

『아이러브유, 선배!』

의지할 곳으로 생각해준 것까진 좋은데, 그렇다면 애초에 조금만 더 빨리 상담해 주기를 바랐다. 물론 그렇다고 정말 가출 후 거처 상담을 해왔다고 해도 역시 곤란했겠지만. 배수진을 친 뒤 거절하기 어려운 상황을 만든 것이라면 그건 그거대로 책사라고 할 수 있지 않을까.

이렇게 해서 우리는 합류 장소를 정했다.

아무래도 그쪽은 스마트폰조차 가지고 있지 않고 통신 가능한 단말기는 노트북뿐인 것 같았다. 무선 LAN을 사용할 수 있는 가게에서 벗어나면 연락이 되지 않는다.

지리도 모르는 낯선 땅에서 스마트폰 없이 만나기는 어려웠다. 역 앞은 이 시간대라면 귀가 러시로 인해 혼잡하다. 그렇다면 어떻게 해야 하나. 그런 고민을 하기도 전에 상대 쪽에서 먼저 지정 장소를 제시했다.

이 근처를 미리 인터넷으로 찾아본 것인지 약속 장소 주소와 사진이 보내졌다.

확인해보니 이 가게에서 걸어서 10분 정도 걸리는 편의점 앞. 여기라면 인파에서 벗어날 수 있으니 만나기에도 적합했다.

이쪽은 정장 차림 그대로였기에 문장만으로 전달하면 엇갈릴 수도 있었다. 가방과 함께 사진을 찍어 보냈다. 얼굴은 좀 민망해서 안 찍었지만, 이것만 있어도 대충 알 수 있겠지.

반면 상대는 노트북뿐. 사진을 즉석에서 바로 찍을 수는 없었다. 그 대신 전달받은 레나의 특징은 이러했다.

『빨간 캐리어를 든 거유 미소녀 여고생이에요.』

아직도 장난을 치고 있다.

굳이 태클을 걸지 않은 것은 빨간 캐리어라는 특징만 있으면 오해할 일은 거의 없다고 생각했기 때문이었다. 그리고 방금 한방에 낚인 직후였기에 경계하는 마음도 있었다.

그렇게 결정되고.

"가미, 잠깐 친구 좀 데리러 갔다 올게. 미안하지만 자리 좀 맡아줘."

"타마, 너…… 친구가 있었어?"

"Fuck you."

가운뎃손가락을 치켜세우며 가게를 나섰다.

90% 확률로 레나는 성인이다. 예상이 빗나가 나머지 1할이었다고 해도 나는 모범적으로 글러먹은 어른이다. 미성년의 음주를 눈감아 주는 아량 정도는 베풀고 싶었다.

이왕 이렇게 된 김에 내 단골 가게라며 이곳으로 데려와 존경심을 높여주는 것도 나쁘지 않다고 생각한 것이다.

5년 동안 시시콜콜한 이야기를 나누며 교류를 이어온, 목소리조차 모르는 상대. 레나와의 만남은 낯설기도 하고 그 이상으로 기대되기도 했다.

도대체 어떤 남자일까.

본인을 히키코모리 니트라고 부르는 인터넷 중독자이지만 대학에는 들어간 상태다. 계획성은 없지만 마음만 먹으면 망설임 없이 다이내믹 가출을 해버리는 행동력 덩어리. 스마트폰 없이 노트북 하나로 사전 의논도 없이 남의 집을 거처로 삼아버리는 뻔뻔함. 그 배포만 보면 상당한 거물이다.

직장에 있는 들러리들 같은 외모일까 싶었는데, 의외로 훈남설에 힘이 실렸다.

어떤 얼굴일까 하는 망상을 부풀리며 약속한 편의점 앞에 다다르자 가장 먼저 눈에 들어온 것이 있었다.

미인이라고 부르기에는 아직 어린 생김새. 어깨에 닿는 검은 머리는 고르지는 않았지만, 청결감을 느끼기엔 부족함이 없었다. 복장은 후드티에 반바지라는 아주 심플한 차림. 하지만 그 모습에서 화려함을 찾을 수는 없어도 수수하게 느껴지지는 않았다.

꽤 작은 체구인 것에 비해 흉부가 늠름하게 모성을 주장하고 있기 때문이었다.

시선을 끌 정도의 사랑스러움은 있지만 빼앗길 정도로

진기한 것도 아니었다. 그런데도 눈을 떼지 못한 이유는 그 소녀가 가진 소지품에 있었다.

"잠깐만……."

빨간 캐리어를 들고 있었다.

그 모습은 그야말로 아까 대화에서 말했던 거유 미소녀 여고생 그 자체였다.

이런 일이 정말 있다고?

물론 그녀가 레나라고 속단한 것은 아니다. 약속 장소에서 그 실없는 농담이 구현된 것이다. 기적 같은 우연에 겁을 먹고 말았다.

안절부절못하며 우물쭈물하는 그녀의 모습은 마치 작은 동물…… 아니, 대검이나 도끼를 휘두르는 여자아이라도 어울릴 것이다. 어떻게 보면 로망의 집합체다.

마치 시간이 멈춰버린 것 같은 십여 초가 흐르고.

결코 수상쩍은 눈으로 바라보진 않았지만 찌르는 듯한 시선을 눈치챈 것일까.

여자아이와 눈이 딱 마주치고 말았다.

위험하다, 그렇게 생각하고 곧바로 눈을 돌렸다.

요즘 같은 세상에 어떤 것을 성희롱 취급받아 신고당할지 알 수 없었다. 여고생을 빤히 보는 20대 남성 사건의 당사자가 되는 것만은 죽어도 사양이다.

슬슬 자리를 뜨고 싶었지만 레나와의 약속이 있었다. 이

자리에서 도망칠 수도 없어 어떻게 된 일인가 싶어 당황하고 있는데 드르륵 하는 소리가 다가왔다.

"저, 저…… 저기……."

어째서인지 그 소녀가 말을 걸어온 것이다.

수상쩍은 시선으로 빤히 쳐다봤잖아. 경찰을 소환하고 싶지 않으면 어떻게 해야 하는지 알지?

아, 아니! 나는 아무 짓도 하지 않았어, 결백해!

그런 피해망상이 뇌 속을 떠돌았다. 소리치고 싶은 기분이었다.

다만 겁먹은 그녀의 태도를 보니 누가 봐도 그 일을 거론하기 위해 말을 건 것은 아닌 것 같았다.

혹시 길을 잃었다든가, 뭔가 곤란한 일이 생겼다든가 하는 그런 종류인가. 마침 캐리어도 들고 있다. 황금연휴인 만큼 친척이나 친구를 만나기 위해 지방에서 올라왔을 가능성도 부인할 수 없다.

우연히 눈이 마주친 어른에게 도움을 요청하려고 하는, 때 묻지 않은 순수한 행동일지도 모른다.

쭈뼛쭈뼛 다가와 모기 같은 소리로 물은 것은 목적지가 아니라.

"서, 선배…… 맞나요?"

내가 그녀의 선배인지 아닌지였다.

그래, 내가 네 선배다!

——라고 대답할 수 있을 리가 없잖아. 이런 거유 미소녀 여고생을 후배로 두는 일은 언제나 망상이나 꿈속으로 한정된다. 학교는커녕 직장에서조차 후배라고 부를 수 있는 여성을 둔 적이 없었다.

그녀 안에서 무슨 일이 일어났고, 무슨 경위 끝에 나를 선배라고 착각한 것일까. 누가 봐도 확실한 사회인인 나는 아무리 애를 써도 여고생의 선배는 될 수 없었다.

"저, 저, 저는……."

분명 그래야 했는데.

"레, 레나…… 팔, 트…… 예요."

정말로 내가 그녀의 선배라는 사실을 통보받고 말았다.

◆

흉흉한 그 가옥은 역에서 도보로 15분 정도 떨어진 곳에 있었다.

일가족 자살부터 시작해 강도 침입, 컬트 교단 집단 자살, 자살 모임 회장 등 화려한 경력은 딱 떨어지는 40명. 지은 지 50년 된 4LDK 2층 건물을 헐어내기 위해 업자들이 5차례에 걸쳐 매번 시도했지만, 결과는 참패. 기묘한 힘에 가로막혀서 공사와 관련된 기계나 인간에게 수많은 지장을 초래하며 부상자가 속출했다고 한다.

그런 이유로 승려에게 지원 요청을 하는 상황까지 갔다. 액을 물리치는 의식 중 승려는 심근경색으로 쓰러져 구급차를 경유해 장례차에 실리고 말았다.

마침내 철거를 포기하고 방치된 식인 가옥. 가까이 다가가기만 해도 소름 끼친다는 듯 인근 주민들은 겁에 질려 벌벌 떨었다.

그렇게 더는 사람의 손이 닿을 수 없는 물건이 되어 아무도 집을 빌리지 않게 된 지 어언 몇 년. 그런 곳에 5년 전, 자신은 결코 호러 하우스의 주인공이 되지 않겠다는 듯 겁을 상실한 바보가 자리 잡은 것이다.

그래, 미래 없는 인간의 표본과도 같은 성인 남성, 타마치 하지메 그자였다.

중개업소에서 사고 물건이라도 좋다며 말도 안 되는 조건으로 실랑이를 벌이다 등장한 곳이 바로 이 호러 하우스였다.

이런 황금입지 독채를 단 4만. 심령 체험 같은 것도 없고 겁도 없었던 나는 호러 하우스의 화려한 경력과 빛나는 전력에 관한 이야기를 들은 후에도 입주 의사가 흔들리지 않았다.

집주인으로서는 입주해주는 것만으로도 감사한 입장이었다. 이를 놓칠세라 보증인도 필요 없고 보증금과 사례금도 안 받겠다는 조건으로 즉시 입주가 결정됐다. 대신 무슨 일이 있어도 책임을 지지 않겠다는 취지의 각서가 오갔다.

독채에 살면서도 자치회에는 들어가지 않았다. 왜일까. 인근 주민들이 그 호러 하우스 거주자와 접촉하기를 꺼렸기 때문이다. 쓰레기장이나 지역의 공용 공간은 사용해도 상관없으니 자신들과 엮이지 말아달라며 완전히 이곳을 배척했다. 그야말로 눈이라도 마주치면 저주를 받는 것처럼.

사실상 실질적인 손해가 없는 나로서는 실로 지내기 쾌적한 환경이었다.

크게 우려했던 심령 현상도 없고 인근 주민과의 교류도 필요 없다. 집주인은 계속 살아줘서 고맙다며 연말 선물 같은 것도 보내줬다. 실로 훌륭한 원원 관계였다.

그런 호러 하우스에 드디어 여자를 데리고 들어가는 날이 온 것이다.

일섬십계 레나팔트. 상대로는 부족함이 없다. 그래, 여고생을 집에 데리고 들어간다는 웃어 넘길 수 없는 결단을 내린 것이다.

처음에는 레나가 꾸민 몰래카메라가 아닐까 의심했다.

애초에 인터넷에서 알게 된 사이다. 그 교류는 5년이나 되었고, 가출 후 거처를 구하기 위해 상대가 먼저 권유한 오프 모임이다. 그런 상대가 거유 미소녀 여고생일 것이라고 감히 누가 믿을 수 있겠는가.

가장 먼저 생각한 것은 그녀가 레나의 여동생이라는 것.

가출은 처음부터 거짓말이고 여행이나 친척 집에 놀러 왔겠지. 그러는 김에 나와 만나야겠다는 생각이 들었을지도 모른다. 그리고 강제로 여동생을 끌어들여서 나를 속이려고 한 것이다.

미리 거유 미소녀 여고생이라는 말을 했던 것도 그거라면 납득이 간다.

모든 것은 레나가 꾸민 몰래 카메라다.

모든 일의 원흉은 대체 어디에 있는 것인가. 분명 건물 뒤편에서 이쪽을 보며 히죽히죽 웃고 있을 것이다.

그녀를 무시하고 주위를 둘러보며 남자 대학생처럼 보이는 모습을 찾고 있는데.

"거, 거짓말…… 아니에요…… 레나팔트 맞아요."

또다시 모기가 우는 듯한 목소리가 더듬더듬, 자신이 바로 그 일섬십계 레나팔트라고 주장했다.

위를 올려다본 채 눈물을 글썽이며 쭈뼛거리는 아이.

금방이라도 울음을 터뜨릴 것 같은 그 모습은 마치 남이 보면 내가 여고생에게 추근대다가 곤란하게 만든 것 같은 모양새였다.

혼란스러운 머리에 찬물을 맞고 마음을 가라앉히기 위해 심호흡을 했다.

"진짜냐."

"네, 네에……."

미안한 듯 고개를 숙이는 자칭 레나.

잠정 레나로 취급한다고 해도 가장 먼저 신경 써야 할 부분이 있었다.

"후드 써줄 수 있을까?"

"아, 아…… 네."

느릿하게 더듬는 말과는 달리 레나는 당황하면서도 빠르게 후드를 뒤집어썼다.

도저히 남매로는 보이지 않는 사회인과 여고생. 두 사람이 마주 보는 이 그림은 정말 신고당해도 변명할 수 없었다.

나보다 머리통 하나는 작았기에 옆에 두는 것조차 위험할 수 있다. 그렇지만 금방이라도 울음을 터뜨릴 것 같은 작은 동물의 얼굴을 주위에 보이는 것보다는 나을 것이다. 얼굴만 보이지 않는다면 연휴를 이용해 사회인인 오빠를 찾아온 여동생 이미지를 아슬아슬하게 심어줄 수 있었다.

"레나."

"네, 네에."

"진짜냐."

"죄, 죄, 죄송……해요."

두 번째 본인 확인에서는 죄송하다는 소리가 나왔다.

어떻게 된 일인지 머리가 복잡했지만, 언제까지고 이러고 있을 수는 없다. 주위의 불신만 살 뿐이다.

"일단…… 따라와 줄래?"

끄덕. 잠정 레나는 말없이 고개를 끄덕였다.

진짜 레나가 있고 아직도 이 광경을 안주로 삼고 있다면 반드시 헤드록을 걸 것이라고 굳게 다짐했다. 그 이상은 안 된다며 레나 여동생이 뜯어말린다 해도 절대로 멈추지 않을 것이다.

그러나 말없이 걷기 시작한 지 5분.

아무리 지나도 남자 대학생처럼 보이는 존재의 목소리는 들려오지 않았다.

나도 레나에 대해선 알고 있다. 몰래카메라를 한다고 해도 이렇게까지 오래 끄는 고약한 짓은 하지 않는다. 그렇게까지 해서 나를 곤란하게 만들 리가 없었다.

그래서 이 현실을 받아들일 수밖에 없었다.

"레나…… 진짜냐."

"……네."

세 번째 본인 확인에 레나는 몸을 움츠리며 어쩔 줄 몰라 했다.

원래대로라면 가미네 가게에 레나를 데려갈 예정이었지만 아무리 후하게 잡아도 성인 취급은 불가능했다. 가미에게 이런 식으로 폐를 끼칠 수도 없었다.

『트러블이 발생해서 못 돌아갈 것 같아. 사정은 안정되면 설명할게.』

그렇게 메시지를 날리자 답장은 바로 왔다.

『재미있는 일이야?』

『적어도 네 취향이야.』

『기대하고 있을게.』

발생한 트러블에 대해 재미있는 일이냐고 바로 물어오는 부분이 가미다웠다.

가미의 일은 이걸로 해결됐고, 문제는 레나다.

여자는 남자보다 세 발짝 뒤에 있어야 한다. 마치 그걸 구현하려는 듯이 뒤에서 버려지지 않으려는 강아지처럼 캐리어 바퀴가 울고 있다.

이대로 집으로 데려가면 되는 것일까. 그렇다고 해서 이야기 먼저 듣자고 근처의 적당한 가게에 들어갈 수도 없는 노릇이다. 사회인과 여고생이라는 구도는 금전을 통한 남녀 교제로밖에 보이지 않았다.

그렇게 언제까지고 결정을 내리지 못하는 사이 발길은 이미 우리 집으로 향하고 있었다.

그제서야 생각났다.

"그러고 보니 우리 집 얘기는 전에 했지?"

"마, 마, 마흔 명이요…… 맞죠?"

뱃속 깊은 곳에서 쥐어짜듯 레나가 우리 집 사정을 입 밖으로 꺼냈다.

내가 호러 하우스에 사는 걸 알고 있는 건 업자들 빼고는 가미랑 레나 정도. 40명이란 단어가 나온 이상 그녀가 레나라는 것을 받아들일 수밖에 없을 것 같았다.

"괜찮겠어?"

어깨너머로 돌아보자.

"그 집에…… 있는 것보다, 는."

후드 안에서 그 작은 얼굴이 고개를 끄덕였다.

이웃에게 배척당할 정도의 사고 물건이 차라리 낫다니, 대체 어떤 가정환경이기에.

내가 각오를 굳힌…… 그렇다기보다 되는 대로 움직인 것은 이때부터였다. 편한 쪽으로 흘러가다 보니 우리 집에 다다랐기 때문이었다.

빈말로도 깔끔하다는 말은 할 수 없었지만, 낡고 허름한 곳이라고도 부를 수 없는 외관. 화려한 경력과 빛나는 전력을 알지 못한다면 음산함을 느끼지는 못할 것이다.

그런 의미에서 레나는 거물일지도 모른다.

작은 동물처럼 계속 우물쭈물하면서도 멈추지도 망설이지도 않고 호러 하우스의 입안으로 뛰어들었으니.

"아무튼, 어서 와, 레나."

"시, 시, 실례, 합니다…… 선배."

◆

호러 하우스에 입장한 지 1분도 안 돼 이 집의 진면목,

그 세례를 레나는 받게 되었다.

휴식 장소인 거실에 발을 들이자마자 가장 먼저 눈에 들어온 것에 레나는 경악했다.

그래, 제단이다.

인터넷 쇼핑에서 산 3단형 시트 포함. 거실에 당당히 설치되어 있는 그것을 제외하면 이 공간은 텅 비어 있었다.

컬트 종교에 잠식당한 것 같은 공간. 그러나 그 제단에 종교색은 제로였다.

그 위에 차려진 것은 그릇에 담긴 일본술이 아닌 4L짜리 병 위스키. 집주인의 공물인 햄 세트는 상자째로. 최상단에는 과거 엄청나게 빠져 있었던 에로 게임 피규어가 세 명 정도 자리하고 있다.

그야말로 중이 버선발로 도망칠 것 같은 참상이었다.

"명색이 호러 하우스니까. 아무런 대책도 없이 멍하니 지냈던 건 아니거든."

이 광경은 대체 무엇인가. 그렇게 묻듯이 이쪽을 올려다보는 레나에게 나는 답을 주었다.

"이 집이 오늘까지 쌓아온 화려한 경력과 빛나는 전력. 그것이 있었기 때문에 나는 이 환경을 누릴 수 있었지. 그러니 경의와 감사를 보여야지."

"하, 하지만…… 이래도 괜찮은, 건, 가요?"

괜찮냐고 묻는 것은 제단의 모습에 관한 것이겠지.

"어차피 액을 물리치러 온 중도 구급차를 경유해 장례차로 바로 갈아탔잖아. 모양에 구애돼봤자 아무 소용없어. 역시 인간에게 중요한 건 마음이지. 공경하고 아끼는 마음을 소중히 하면 이 집은 수호신이 되어주는 거야."

실제로 이 집에 TV가 있는 거 아니냐며 끈질기게 굴었던 무리를 쫓아내주었다. 영감이 제로인 나는 모르겠지만 아무래도 내 등에서 뭔가를 본 것 같았다.

내 말을 그대로 실현하듯 레나가 그 자리에서 두 손을 모았다. 그렇게까지 할 필요는 없겠지만, 레나 나름의 공경과 존경심을 표현한 듯했다.

"뭐, 일단 앉아."

거실을 그대로 지나쳐 그 앞에 있는 내 방. 컴퓨터 의자를 가리키며 나는 침대에 걸터앉았다. 여고생의 엉덩이가 자리했던 침대에서 자는 것도 나쁘지 않겠지만, 그 부분은 어른의 여유를 발휘해 자중했다.

황공하다는 듯 몸을 움츠린 레나가 조심스럽게 앉았다. 그대로 고개를 숙인 채 눈짓만으로 이쪽을 살핀다.

레나가 말을 더듬는 것은 어른을 어려워해서 그런 것이 아니었다. 단순히 절망적일 수준의 의사소통 장애가 있어서 그렇다는 것을 이 짧은 대화를 통해 잘 알 수 있었다.

"저, 저어…… 그……."

아무리 지나도 입을 열지 않는 나에게 레나는 불편한 기색을 내비쳤다.

이런 레나와 얼굴을 맞대고 대화를 진행하는 것은 어려울 것이다. 가벼운 응답은 할 수 있을 것 같지만 이야기가 진행되지 않을 것이 뻔했다.

어떻게 하면 이야기를 원활하게 진행할 수 있을까?

"레나, 컴퓨터 꺼내."

답은 하나밖에 없다.

그녀는 내 요구에 의아해하며 고개를 갸우뚱하지 않았다. 내 의도를 금방 알아차렸는지 내 말에 따라 캐리어에서 노트북을 꺼냈다.

그것은 요즘 유행하는 슬림형도 아니고, 모 커피 체인점 출입증인 사과 도장도 아니었다. 15인치 이상은 되는, 엄숙함마저 느껴지는 검고 중후한 모습. 사랑스러운 소녀가 손에 쥐기에는 걸맞지 않은 투박함이었다.

레나가 노트북을 열자 드러난 키보드는 일곱 가지 색의 빛을 발하기 시작했다. 게이밍 사양인 것만은 확실해 보였다.

타닥타닥 키보드를 몇 번 누른 레나가 그대로 노트북을 내밀어왔다. 비밀번호를 해제한 것이다. 굳이 말하지 않아도 잠자코 거기까지 했다는 것은 내가 하려고 하는 일을 올바르게 짐작했다는 증거다.

타인의 PC는 사양이 다르면 사용하기 어려울 수도 있었으나 같은 OS라면 문제없었다. 간단한 설정 정도는 금방 해결할 수 있다. 키보드를 가볍게 두드린 뒤 그대로 레나에게 반납했다.

「얼굴 마주 보면서 대화하는 게 힘들어?」

끄덕끄덕, 레나가 몇 번이나 고개를 끄덕였다.

어떤 얼굴을 하면서 말하는지 지켜보고 싶기는 했지만, 우선 원활하게 이야기를 진행하는 것이 무엇보다 중요했다.

거실로 나와 미닫이문을 닫고 그 자리에 털썩 주저앉았다.

30초 정도 지났을까.

『휴우, 진짜 살았어요, 선배.』

그런 메시지가 스마트폰에 도착했다.

상대는 말할 것도 없이 일섬십계 레나팔트다.

예전에는 도쿄와 삿포로라는 크나큰 물리적인 거리를 사이에 두고 대화하던 5년 넘은 친구이자 후배. 현재는 그 거리가 무려 1m 권내였다.

금방이라도 발밑이 무너져내리기라도 할 것처럼 수상할 만큼 움찔거리던 작은 동물. 그러던 것이 단 30초 만에 이 정도로 안정된 것이다.

"태세전환이 너무 빠르잖아!"

한숨과 함께 그런 소리밖에 나오지 않았다.

『그러니까 현실 속 저는 완전 의사소통 장애. 단순한 온

라인 방구석 여포라고 했잖아요.』

"방구석 여포라고 할 만한 귀여운 수준이 아니잖아. 아예 이중인격이 아닌가 의심될 정도라고."

태세전환이 빨라도 너무 빠르다.

그렇게 겁에 질려 우물쭈물하던 겁쟁이였는데, 미닫이문 너머로 울려 퍼지는 폭발적인 타이핑 소리. 대체 어떤 얼굴로 레나를 연기하고 있는 걸까.

호기심에 무심코 들여다보고 싶었지만 학이 되어 하늘로 돌아가버리면 곤란하니 여기선 꾹 참았다.

『선배. 일단은 사과할게요.』

기특할 정도의 차분함이었다.

사과라니? 지금껏 여자라는 걸 숨기고 있었다는 거? 아니면 나이를 말하는 건가? 혹은 그 둘 다인가.

그렇다면 우리 사이에 그런 사과는 필요 없다. 어쨌든 우리는 그와 관련된 대화를 확실하게 한 적이 없다. 놀라기는 했지만 속았다는 마음은 조금도 들지 않았다.

말로 그 뜻을 전하려고 할 때였다.

『거유 미소녀 여고생이라는 말로 낚아서 미안해요. 사실전 그냥 거유 여고생일 뿐인데.』

"그쪽이냐고!"

진지한 사과인 줄 알고 괜히 놀랐네.

그리고 연약한 소동물의 탈 뒤에는 거유 여고생으로서

의 긍지가 있었던 듯하다.

무성의함마저 느껴지는 사죄에 그만 "……음?" 하는 소리가 새어나왔다.

레나는 낡았다고 단언했다. 그렇다면,

"그럼 미개봉이라는 것도……?"

실로 남자 같은 건 모른다는 한없이 순수한 처녀 행세를 해 놓고 할 일은 하고 있었다는 건가. 뻔뻔하군, 하고 가슴 속에서 분노가 치솟았다.

『아니, 그건 진짜예요. 애초에 대인공포증 말더듬증 히키코모리 니트에게 순결을 버리라고 하는 편이 더 잔인한 말이라고요.』

"아, 응…….."

곧바로 부정당해 반대로 이쪽이 동요했다.

5년이 넘는 교류가 있다고는 하지만 오늘 처음 만난 남자, 그것도 어른을 향해 처녀임을 단언한 것이다. 그것도 1m 너머에서.

정말 지금 어떤 얼굴을 하고 있는지 진심으로 보고 싶어졌다. 하지만 뒤돌아보는 바람에 소금 기둥이 되어버려도 곤란했다.

『미소녀라고 속여서 정말 미안해요. 어떻게든 선배를 잡아야 해서 이쪽도 필사적이었거든요.』

절망적인 수준의 의사소통 장애에서 벗어난, 폭발하는

타이핑 소리가 주는 유혹을 꾹 눌러 참았다.

『오예 거유 미소녀 여고생이다, 하고 신나서 왔는데 음침한 아싸가 말을 걸어와서 놀랐죠?』

"아니…… 뭐, 깜짝 놀라긴 했지만."

확실히 시간이 멈출 정도로 놀랐다. 아마도 인생 최대의 충격이 아니었을까.

"낚시인 줄 알고 가보니까 들은 말이랑 똑같은 진짜가 와 있어서 쫄았지."

아싸에 의사소통 장애라 해도 거유 미소녀 여고생인 건 틀림없었다.

『그럴 수가…….』

"흐엑!" 하는 귀여운 소리가 미닫이문 너머로 들려왔다.

『실은 내가 거유 미소녀 여고생이었다는 설?』

자신의 외모를 어떻게 생각하고 있었던 걸까. 거유로서의 긍지는 있어도 미소녀라는 교만함은 없었던 것 같다.

"그래, 빈말 아니야. 자신 있게 거유 미소녀 여고생이라고 자칭해도 돼."

『서, 선배……!』

미개봉 때도 그랬지만 본인을 상대로 직접 거유 미소녀 여고생이라고 말하는 것은 성희롱이었다. 입 밖에 내고 나서야 자신의 실언을 깨달았다.

『젖었다. 이대로라면 궁니르로 성문을 돌파할 수 있다.』

하지만 그것은 기우였다. 더욱 가열찬 음담패설이 돌아왔다.

완전히 평소의 레나다.

"천장 얼룩이라도 세고 있어. 그러면 곧 끝날 거다."

『OK. 각오는 끝났으니 공성전은 살살 부탁해요.』

평소와 같은 투로 대답하자 저쪽도 또 평소와 같은 투로 되돌려준다.

그야말로 평소의 대화. 헛소리 캐치볼이다. 하지만 이번에는 다음 공을 던지지 못하고 있었다.

각오는 끝났다.

의도한 말인지는 모르겠지만 그 의미를 모를 정도로 둔감하지는 않았다.

농담으로 얼버무리긴 했지만 가출한 소녀가 어른에게 주는 대가. 그 의미를 제대로 이해하고 숙소 값을 치를 각오를 하고 있다는 뜻이었다.

숨을 삼키지도 내뱉지도 못했다.

절망적인 수준의 의사소통 장애. 남자에 대해선 조금도 모르고, 불건전한 놀이도 해본 적 없…… 아니, 비난을 받아도 할 말 없을 정도의 인터넷 중독자이긴 하다. 그렇지만 나쁜 친구는커녕 친구가 있을 리 있겠냐며 반대로 화를 낼 정도로는 현실 사람과의 연결점이 희박해 보였다.

그런 아이가 각오를 끝냈다, 라는 말을 내뱉은 것이다.

그 이면에서는 어떤 갈등이 있었을까. 번민이 있었을까. 인생 경험치가 부족한 내가 과연 그것을 알 수 있는 날이 오기나 할까.

단지 내 가슴속에서는 이대로 흐름을 타고 싶다는 생각뿐이었다.

궁니르를 휘두르는 첫 전장은 청아한 발키리와 어깨를 나란히 했을 때다.

그 결의 이후 어언 몇 년. 감옥에 갇혀 지낸 일개 병사만도 못한 자의 백일몽이 바야흐로 정몽이 되어 풀려나려 하고 있었다.

게다가 상대는 5년이 넘게 교제해온 상대로 항상 나를 선배라고 말하며 존경해주는 상대. 귀여운 후배. 그 정체는 거유 미소녀 여고생이었다.

이런 내가 상대였기에 레나도 각오를 마친 것일지도 모른다. 오히려 나 이외의 상대였다면 그런 결의를 할 수 없었으리라.

그렇다면 더 이상 망설일 필요는 없다.

내 전략이 틀리지 않았음을 증명하는 날이 온 것이다.

"농담이야. 신병도 아닌 상대에게 공성전을 벌이지는 않을 테니까 안심해."

그런데도 나온 것은 진심과 상반되는 입바른 소리였다.

어째서?

어려운 상황에 처한 발키리를 생각하는 마음인가? 아니다.

더 아름다운 발키리를 원했기 때문인가? 아니다.

발키리를 전사로 보지 않아서인가? 아니다.

막상 전장을 앞두고 쫄아버린 것이다.

신병도 안 된 이를 전쟁터에 끌어들이는 짓은 사회적으로 용서받을 일이 아니다. 여기까지 끌고 와 놓고, 이 일이 표면화되었을 때를 대비해 몸을 사리고 도망친 것이다.

동시에 전장을 함께 달려나감으로써 달라질 레나와의 관계성이 마음에 걸렸다. 그것이 모두가 생각하는 뻔한 달콤함으로 가득 채워져 있다면 환영이다. 하지만 오늘까지 쌓아온 존경심이 무너져 내릴 만한 짓은 피하고 싶었다.

요컨대 경멸받고 싶지 않은 것이다. 레나에게 존경받는 채로 있고 싶다는 미지근한 상태를 원한 것이다. 보는 것만으로도 눈이 호강하는 미소녀가 상대라면 더욱 그렇다.

『공성전 연기 반대. 조기 실행을 희망합니다.』

조기 실행. 역시 레나는 각오를 끝낸 것 같았지만, 진심으로 원했던 공성전은 아니다. 무서운 이벤트는 미뤄지는 것보다는 빨리 해치우고 싶은 법. 바로 결말을 내줬으면 하는 것이다.

"내 궁니르는 너를 꿰뚫지 않을 거다. 지금까지처럼 안심하고 농성해도 돼."

한번 창을 거두겠다고 했으니 이제 와서 공성전을 바랄 수도 없는 노릇이다. 이벤트는 무기 연기임을 알렸다.

　폭주하던 타이핑이 멈췄다.

　무슨 생각을 하고 있을까.

　『그렇다면 거유 미소녀 여고생의 진가를 발휘해 궁니르의 정비원으로서 열심히 임하겠다.』

　10초 정도 후, 열 손가락에 의해 키보드가 비명을 질렀다.

　"정비원은 모집 안 해."

　『저 리코더 잘 부는데요?』

　"내 창은 지금까지와 마찬가지로 내가 정비한다. 네가 걱정할 일이 아니야."

　폭주 타이핑에서 해방된 키보드의 비명이 잦아들었다.

　이번에는 계속 괴롭혀대던 키보드를 천천히 어루만지며 위로하는 듯한 소리가 났다.

　『폐를 끼치는데 아무것도 안 할 수는 없어요.』

　평소의 상태와는 전혀 다른, 레나가 아닌 소녀의 얼굴이 그곳에서 엿보였다.

　5년 넘게 사귀어온 후배가 얼굴도 모르는 남자를 사랑할 리가 없으니, 헌신은 역시 대가이자 책임감이었다.

　유감이군. 선배와 전장을 달려나가고 싶어요, 라는 말을 1할 정도는 기대하고 있었다. 그랬다면 궁니르를 휘두르는 것도 생각해봤을 텐데, 그렇게 입맛대로 흘러갈 리가 없다.

이렇게 된 이상 성문 대신 선배로서의 면모를 관철할 수밖에 없겠지.

"잘 들어. 내게 있어 넌 뭐지?"

『단순한 거유 미소녀 여고생이요.』

폭주하는 타이핑 소리에 망설임은 없었다.

"너 그 설정 좀 마음에 들었지?"

『에헷.』

"그럼 반대로. 너에게 나는 뭐지?"

『선배입니다. 그것도 인생의.』

"네 선배는 지원 요청을 부탁해온 후배의 약점을 파고들어 공성전을 벌이는 놈이냐?"

솔직히 하고 싶긴 했지만, 여기까지 온 이상 더 이상 뒤로 물러설 순 없었다.

설마 이 내가 겉만 번지르르하고 알맹이 없는 허울뿐인 말을 진지한 얼굴로 내뱉는 날이 올 줄이야. 이 입에서 튀어나온 헛소리가 우스워 웃음이 터질 뻔했다.

대답이 멈춘 지 1분 정도 지났을까.

꾹 눌러죽인 듯한 오열 소리가 귀에 닿았다.

폭주 타이핑의 먹이가 된, 무지개빛으로 빛나는 키보드가 내는 소리가 아니었다. 소녀의 목구멍에서 새어나온 억누르지 못한 감정의 발로였다.

『선배는 제 영원한 선배예요.』

"그래."

이 우습지도 않은 모습이 레나에게 구원이 되었다면 헛소리를 한 보람은 있었다는 뜻이겠지.

한동안 키보드가 비명을 지르는 일은 없었다.

눌러 죽이는 듯한 오열은 나에게 들리지 않도록 애써 숨기고 있었다. 하지만 우리를 갈라놓고 있는 것은 얇은 미닫이문 한 장뿐. 자신의 목소리가 채 숨겨지지 않았다는 것은 알고 있을 것이다. 키보드가 십 분 동안 사면을 받았다는 것이 그 증거다.

잠자코 기다린 것은 그것이 레나에게 더 나을 것이라 생각했기 때문이 아니었다. 언제나처럼 늘 편한 쪽으로, 흘러가는 대로 미래의 자신에게 대처를 떠민 것에 불과했다.

인생 경험치가 높았다면 여기서 미닫이문을 열고, "자, 그 눈물을 이 품에 닦도록 해라"라고 말하며 품 안에 뛰어들기를 권하는 선택지도 있었겠지. 사실 그것을 생각해보기도 했다.

하지만 미닫이문을 열었다가 휘파람새가 날아가 숲속에 숨어버려도* 곤란했다. 여기선 꾹 참기로 하자.

『하아, 역시 선배는 선배였어요.』

그렇게 잠시 훌쩍이다 보니 키보드에 채찍을 가할 수 있을 정도는 회복된 것 같았다.

---

*일본 동화 내용. 열면 안 되는 방문을 열어 그곳에 있던 휘파람새가 도망갔다는 이야기.

『내용물이 잘생겼네요.』

미소녀에게 그런 평가를 받는 것은 무척 기쁜 일이다.

하지만 여기선 한 가지 지적할 것이 있었다.

"외모는?"

『노코멘트.』

"공성전을 벌여줄 테니 기다려라."

『꺄악, 당한다~!』

레나는 평소의 상태를 되찾은 것 같았다.

그리고 미소녀 여고생의 눈으로 봤을 때 나는 미남이 아니라는 냉정하고 잔혹한 현실과 마주해야 했다.

『농담은 이쯤 하고, 공성전을 각오하고 온 몸으로서 선배의 얼굴을 보고 안심하긴 했어요.』

"안심?"

『아무리 선배를 존경하는 저라도 생리적 혐오감을 억누르는 데엔 한계가 있을 테니까요.』

폭주 타이핑은 완전히 기세를 되찾았다.

『전형적인 헤비 오타쿠가 오면 어쩌나 그게 가장 걱정이었거든요. 운 좋아도 치즈규동남일 거라고 생각했는데, 좀 더 사회인 같은 사람이 와서 인생에서 제일 안도했어요.』

아무래도 상당히 무례한 얼굴을 상상하고 있었나 보다.

부당하다며 소리치지는 않았다. 지금까지 보고 배워왔을 세계가 그런 것이다. 여기선 달게 받아들이자.

"뭐, 실제로도 사회인이니까. 청결함과 몸가짐 정도는 제대로 챙기고 있어."

『역시 선배는 선배네요. 그런 부분을 게을리하지 않고 해치우는 부분이 존경스러워요.』

내 외모는 아무래도 상관없었던 듯하다.

레나 같은 미소녀에게 이렇게까지 칭찬받는 것은 솔직히 기쁘고 자랑스럽다. 밑바닥 집단에서 정상을 독주해 오길 잘했다.

"그래서, 외모 평가는?"

『판에 박힌 사회인이라 안심했어요.』

"지금부터 그 과실을 수확해 줄 테니 기다려라."

『꺄악, 당한다~! 누가 남자 사람 좀 불러줘요~!』

역시 레나는 어떻게 해도 레나다. 1m 권내에 있으면서도 이 상태다.

나 역시 신체적 특징을 거론해도 성희롱 취급을 받지 않을 것이라는 사실에 태세를 바로 전환했다.

첫 만남으로 인해 서로가 평소의 거리감이 평소와는 조금 달랐다. 그것이 지금 완전히 맞물리면서 서로가 충분하게 시동이 걸린 것이다.

그러니까 슬슬 본론으로 들어가도 되겠지.

"그래서 왜 가출한 거야?"

『처음 말한 대로 부모와 장래 이야기를 하다가 적진에서 도망쳤어요.』

흔한 이야기라는 듯 레나는 가벼운 태도였다.

"얼굴도 모르는 어른을 의지해 비행기 거리를 가출할 정
도인데? 거처를 제공하는 입장으로서 조금 정도는 이야기
를 듣고 싶은데."

여대생이라면 그나마 이해라도 해보겠지만 레나는 아직
여고생. 이 둘의 간극은 아주 크다. 계획성 없이 충동적으
로 비행기 거리를 도망쳐 나오는 것은 어쨌든 평범한 일은
아니었다.

『그렇게까지 대단한 얘기는 아니에요. 저는 보다시피 거
유 미소녀 여고생이잖아요.』

"얼마나 마음에 든 거야, 그 칭호."

『에헷.』

레나의 대응은 한결같이 가벼웠다.

『거기에 더해 대인공포증에 말더듬증에 히키코모리 니
트 아싸. 뭐, 그런 거죠.』

자주 있는 얘기잖아요, 라고.

이렇게까지 말한 이상 모를 리가 없다.

레나가 그저 내가 알던 레나였다는 이야기다. 그것이 대
학생에서 고등학생으로 정보가 바뀌었을 뿐이다.

"등교 거부 히키코모리에게 부모님이 드디어 격노하신
건가?"

『예스. 중학교까지는 등교해도 보건실. 그것도 시험 때만. 그런 애가 고등학교를 제대로 다닐 리가 없잖아요?』

지금 이렇게 대화하다 보면 잊어버릴 것 같지만 레나의 의사소통 장애는 절망적이다. 이런 상태로 고등학교에 다니라는 것은 가혹한 이야기였다.

『지난달 입학식에서 몇 초만에 의지가 꺾였어요.』

불쑥 뜬금없는 사실을 들이밀었다.

"……지난달 입학식?"

지금은 5월 1일이다.

『그렇다네. 이 몸은 파릇파릇하고도 팔팔한 거유 미소녀 여고생일세.』

"설마 너 나이가……."

『저를 신부로 삼고 싶다면 내년 3월까지 기다려야 해요.』

"잠깐만…… 나랑 만난 게 언제쯤이지?"

『깨달음의 문이 열렸을 때죠. 그건 그야말로 운명의 만남. 인터넷 세계를 속속들이 교육받고 이제는 이렇게 훌륭하게 성장했습니다.』

자랑스럽다는 듯 말하지만 레나는 '훌륭'과는 무관한 존재다. 그리고 그 알맹이를 준 것은 그 누구도 아닌 자신이었다.

내가…… 초등학교 5학년 꼬맹이를 여기까지 키워버린 것이다.

책임감과 죄책감에 짓눌릴 뻔했지만, 변명 정도는 하게 해줬으면 좋겠다.

인터넷 게임에서 알게 된 초보 플레이어의 내용물이 초5 꼬맹이일 거라고 누가 생각할 수 있겠는가.

레나는 매일같이 인터넷 게임에 로그인해 곧바로 베테랑 플레이어 자리로 올라섰다. 다만 그것은 현실의 시간을 바침으로써 얻을 수 있는 것이다. 인터넷 게임 지위나 영광을 얻는다는 것은 현실의 계급에서 최선을 다해 하산하는 것과도 같다.

그런 상태라 '성적은 괜찮은 건가, 이 녀석?' 하는 걱정도 들긴 했었지만, 중학교 때의 자신과 거의 비슷했다. 등교 거부까진 아니었지만, 개인적인 시간에는 늘 컴퓨터 앞. 그때부터 프로그래밍에 공을 들였다면 사회적 위상은 지금보다 높았을지도 모르지만, 사회에 나왔을 때 도움이 될 만한 일은 전혀 쌓아오지 않았다. 그래서 레나를 굳이 비난하거나 주의를 줄 만큼 멀쩡한 인간이 아니었던 것이다.

"입학식에서 꺾였다는 건 밑바닥 고등학교 특유의 하이 텐션 집단에 익숙해지지 못했기 때문인가?"

그런 상태로 제대로 된 고등학교 진학은 무리였겠지. 어쩌면 동네 불량배들조차 기피한다는, 3시에 간식이 나올 법한 고등학교*일지도 모른다. 이런 의사소통 장애인 거유

---

*일본에서 가장 낮은 편차치로 유명한 모 학교에서는 오후 3시에 간식을 준다는 소문이 있다.

미소녀 여고생은 한순간에 먹이가 되어 순식간에 개봉될 미래가 눈에 선했다.

『네에? 무시하지 마세요. 제가 입학한 곳은 밑바닥 사절인 진학 학교예요.』

그런데 인터넷 폐인과는 어울리지 않는 고등학교라는 대답을 들었다.

"인터넷에 틀어박혀 있는 네가 그런 곳에 들어갈 수 있어?"

『학교에서는 늘 가장 높은 곳에 군림했으니까요. 셀프 채점이긴 하지만 입학시험도 만점. 필기시험도 완전 껌이던데요.』

"진짜냐."

『공부 같은 건 놀다가 빈 시간에 하는 걸로 충분해요. 왜 이런 간단한 것도 모르는 건지 모르겠는 스타일이거든요, 제가. 크흐, 신동은 너무 힘들어!』

평소처럼 자신만만하게 자신을 신동이라고 하며 레나가 투덜댔다.

미닫이문 건너편에서는 지금 어떤 얼굴을 하고 있을까. 확인해보고 싶지만 그만하자. 복숭아를 맞으며 황천비량판*을 전력 질주하는 것은 사양이다.

확실히 레나는 한 번 가르친 것은 두 번 묻지 않았다. 하

---

*일본 신화에 나오는 이야기. 일본의 신인 이자나기가 황천비량판에서 복숭아 3개를 던져 추격자를 따돌렸다는 이야기.

나를 가르치면 다음에 말할 때는 열을 알고 있는 상태였다.

아무래도 그것은 취미뿐만 아니라 모든 일에 해당하는 것 같다.

『뭐, 그런 INT 몰빵이라 리얼 대인 스킬이 너무 쓰레기인 건에 대하여.』

그 반동으로 사회를 살아가는 데 치명적인 약점을 가진 듯했다.

"의사소통 장애인 녀석이 왜 굳이 진학 학교 시험을 본 거야?"

『저도 그 부분은 검정고시로 끝내고 싶었는데 저희 집은 반 상급 국민이거든요. 통신고의 타협도 허락받지 못한 결과가 보시는 대로죠.』

"보건실 등교는?"

『고등학교는 의무 교육이 아니라는 정론으로 반박당했죠. 사립이라 더 그래요.』

다시 없을 정론이자 현실이다.

『아무리 결과만 내면 되는 방임주의 부모라도 고등학교조차 만족스럽게 다니지 못하니 기어이 터진 거예요. 결혼할 수 있는 나이가 되면 상류층 영감탱이의 첩으로 내놓는다고 하더라고요. 무슨 전국시대의 인연 맺기 방식도 아니고. 페미니스트들이 대격노할 만한 안건이에요.』

그때서야 가장 궁금했던 답이 나왔다.

얼굴도 모르는 성인 남성을 의지 삼아 비행기 거리를 가출해 온 진짜 이유. 말 그대로 필사적으로 도망쳐야 할 상황에 내몰린 것이다.

　"그래서 이렇게 도망쳐 나온 거야?"

　『그건 진심이 담긴 얼굴이었어요. 도쿄에 있는 언니에게 갑니다, 라고 적어둔 쪽지를 남기고 적지에서 도망. 어차피 데려올 수 있는 장소에 있다면 한동안은 놔둘 테니 시간은 벌 수 있겠죠.』

　"한동안 놔둔다니…… 딸이 비행기 거리를 뛰쳐나갔는데? 걱정 정도는 하시겠지."

　『안 해요. 저는 한부모 가정인데 아빠는 자식이라는 존재 자체에 관심이 없어요. 관심 있는 건 어디까지나 자식이 만들어 낸 성과뿐. 저희 자매에게 투자해 온 이유는 '자랑스러운 자식'이라는 브랜드 가치를 유지를 위해서고요.』

　겨우 15살밖에 안 된 소녀가 부모를 이렇게 평가하는 것을 어떻게 받아들여야 할까.

　나도 훌륭한 부모를 만난 것은 아니었다. 그래서 똑같이 포기하고 어차피 저 인간들은 글러먹은 부모다, 라고 생각하게 된 것은 스무 살 때의 일이다.

　딱하게 여길 마음은 없었지만 5년간의 교제 뒤에 숨겨져 있던 레나의 처지에 착잡한 마음이 들었다.

　"잠깐, 도쿄의 언니?"

그래서 부모님 말씀보다도 이쪽 사실에 더 신경이 쏠리고 말았다.

『언니는 도쿄대학에 다니는데 3월부터 여기서 혼자 살고 있어요.』

도쿄의 대학이 아니다. 두 단어가 이어져 있다. 아무래도 자매가 모두 신동인 것 같다.

"그럼 잘 곳은 나를 믿고 온 게 아니라……."

『아무리 저라도 선배한테 몰빵하는 짓은 안 해요. 이렇게 부탁한 건 목적의 두 번째.』

"두 번째?"

『네. 진짜로 선배와 오프 모임을 하러 온 거예요.』

오프 모임. 그녀의 도쿄 상륙을 알게 되었던 첫 번째 알림.

설마 그게 진짜 목적일 줄은 몰랐다.

"방구석 여포가 잘도 오프 모임이라는 생각을 떠올렸구나."

『제겐 선배 말고는 마음을 열 상대가 없어요. 좋은 기회이기도 하고, 한번쯤은 선배의 치즈규동 같은 얼굴을 보고 싶었거든요. 완벽한 사회인이 와서 좋은 의미로 식겁했지만요.』

"하필이면 나 말고는 없다니…… 언니는 어떤데? 그렇게 불편한 사람이야?"

『언니는 상냥해요. 저를 세상에서 제일 많이 생각해주고 있으니까요.』

가족끼리 불화가 있는 것은 부모님뿐인 것 같아 안심했다. 레나에게는 제대로 아껴주는 가족이 있었다.

『하지만 상냥하기만 하고 제 마음은 이해하지 못하는 인간이에요. 이번에도 의지하고 싶진 않았지만, 큰일을 앞두고 자잘한 것에 신경 쓸 때가 아니니까요.』

다만 다행이라며 기쁘게 마무리할 주제는 아닌 것 같았다.

"마음을 이해 못 해?"

『제 대인 스킬이 일단 학교에 가기만 하면 향상될 거라고 믿어요. 알레르기는 먹으면 낫는다고 생각하는 거지 같은 쇼와 시대랑 비슷하죠.』

세상에서 자신을 가장 많이 생각해주는 언니를 거지 같은 쇼와 시대 취급. 그것만으로도 두 사람의 관계가 좋지 않다는 것을 느낄 수 있었다.

『그런 이유로 선배와 오프 모임을 한 것만으로도 당초 예정은 대부분 완료됐어요.』

"오프 모임이라고는 해도 네가 하는 일은 평소랑 똑같잖아."

목소리를 내는 건 나뿐이다. 이러면 레나가 삿포로에 있어도 메신저 앱 하나로 똑같은 일을 할 수 있다.

『아뇨, 제 안에 있던 선배상이 치즈규동남에서 완벽한

사회인으로 갱신된 것만으로도 큰 수확이죠.』

레나가 농담조로 뼈를 때려왔다.

첫 번째 목적은 나와의 오프 모임. 나를 의지할 곳 삼아 왔던 것은 만날 구실에 지나지 않았다는 듯이.

이건 이거대로 이상한 이야기다.

어쨌든 레나는 각오를 끝내고 이렇게 이 집에 들어온 것이다. 그야말로 공성전 무기 연기라는 것을 알고 오열을 터뜨릴 정도로.

아직 뭔가 더 있는 게 아닐까.

"당초 목적은 이뤘네. 이다음에는 어떻게 할 생각이야?"

『현실 도피를 하고 싶어요. 만족하면 언니한테 갈 테니까 그때까지만 여기서 지내게 해주면 좋을 것 같은데~(눈치).』

현실 도피.

조금 전에 했던 말이 가출한 진정한 이유였다면, 이것은 진정한 목적이다.

"만족하면 간다니, 일단은 고등학생이잖아? 그때까지 어디에 있었는지 언니한테는 뭐라고 변명할 거야?"

매일 밤 잘 곳을 얻기 위한 자택 경비원 고용 부탁.

레나가 하고 싶다는 현실 도피는 하루 이틀을 말하는 것이 아닐 것이다. 아니, 하루 이틀도 위험하다. 집을 나간 뒤 언니를 찾아오기까지의 공백 기간. 어떻게 지내왔는지 추궁당할 수 있는 안건이다.

변명과 거짓말을 섞어봤자 납득시키기는 쉽지 않을 텐데.

『특별한 변명은 필요 없어요. 거유 미소녀 여고생이라는 브랜드를 활용해 길드에서 파티 모집을 열었다. 그것만으로 충분하죠.』

"이봐……."

『아, 물론 선배를 파는 짓은 절대 안 해요. 이것만은 믿어주시면 좋을 것 같아요.』

레나는 가벼운 어조로 말했지만 그런 걱정은 처음부터 하지 않았다.

길드에서 파티 모집. 그것이 인터넷 내의 이야기가 아니라는 것은 명백했다.

그 세계에서만 쓰는 온갖 은어가 난무하는 어른들만의 인스턴트 남녀 교제 모집이다. 몸을 제공하고 도쿄의 밤을 이겨냈다고 당당하게 선언할 생각인 것이다.

레나도 그 일을 가볍게 여기지는 않았을 것이다. 가족들이 자신을 어떤 눈으로 볼지, 어떤 반응을 할지도 생각한 거겠지.

『선배. 제 인생은 이미 끝났어요.』

레나의 주장은 그것으로도 상관없다는 것이었다.

『이번 일로 언니한테 울면서 말해봐야 소용없어요. 상냥하게 들어주긴 하겠지만 결국 마지막엔 학교에 가라고 타이르고 끝나겠죠. 알레르기는 반드시 낫는다. 처음에는 괴로울 수도 있지만 열심히 먹어보자. 너를 위해서 하는 말이다. 괜찮아, 무조건 괜찮아질 거야. 왜냐하면 너는 내 여동생이니까. 자, 힘내서 알레르기를 먹으렴, 하고요.』

그것은 실제로 들은 말이었을까.

자신을 알아주지 못하는 것에 대한 분노일까, 슬픔일까.

『언니는 상냥하지만 만만한 사람은 아니에요. 힘들 수도 있겠지만 다들 그렇게 산다는 말로 밀어붙인다고요. 인생을 불평하는 제게 상냥하게 대해주기만 할 뿐이에요.』

언니를 향한 마음은 미움일까.

『집에서는 아빠한테 혼나고 언니한테 의지하면 다정하게 대해준다. 상반된 것 같지만 요구받는 건 똑같아요. 됐으니까 알레르기 따위 먹고 극복하라고요.』

아니면 체념인가.

『이제 더는 못 하겠어요. 본인이 나쁘다는 걸 알고 있는 것과 할 수 있는 건 다른 거니까요.』

키보드에 화풀이라도 하듯 타이핑 소리가 격렬했다.

『선배. 제 인생은 이미 끝났어요.』

또 같은 말을 되풀이한다.

인생이 이미 끝났다.

자포자기한 심정으로 내몰릴 정도로 레나의 마음은 곪아 있었다. 유일하게 마음을 연 얼굴도 모르는 성인 남성에게 현실 도피를 하고 싶다며 매달릴 정도로.

레나는 각오를 끝내고 만나러 온 것이 아니다. 도망갈 곳이 없는 상황에 처해 억지로 각오할 수밖에 없을 정도로 내몰린 것이다.

『거유 미소녀 여고생이라고 자만한 건 아니지만, 거유 여고생으로서의 자부심은 있었어요. 그래서 선배와 전장을 누비며 함께 현실 도피를 하고 싶었어요.』

현실 도피를 위해서라면 더는 세세한 것은 따지지 않는다. 자신이 가진 가장 가치 있는 대가를 내놓고 현실에서 벗어나 꿈의 세계로 빠져들고 싶었던 것이다.

꿈에서 깨어난 그 후 구원 따위 없어도 괜찮다.

현실로 돌아온 후의 일 따윈 생각조차 하지 않는다.

교제는 단 5년. 하지만 레나에게는 인생의 3분의 1.

일섬십계 레나팔트는 임시방편에 지나지 않는 지원 요청을 요구하고 있는 것이다.

『그런데 공성전은 하지 않겠다고 하면 저는 폐를 끼칠 뿐인 존재잖아요.』

성인 남성의 품으로 여고생이 들어간다. 레나는 현실적인 형태로 그 의미를 알고 있었다.

전장에서 어깨를 나란히 했다 한들 정비원으로서의 업무가 없었던 시점에서 표면화되면 내가 겪게 될 말로는 정해져 있다. 내 얼굴과 실명이 안방 극장에 데뷔하고 인터넷에서는 부럽다느니 질투난다느니 하며 신나게 두들겨

맞겠지.

이번 가출에 레나는 인생을 걸었을지도 모른다.

직전에 나와 연락을 취해보고 안 되면 거기까지. 얌전히 언니 곁으로 들어가 틀에 맞춰진 끝장난 인생의 레일로 돌아간다.

하지만 연락이 닿아버렸다. 이렇게 집까지 들어와 버렸다.

그렇다면 당초 목적대로 레일을 벗어나 유일하게 마음을 연 상대 곁에서 현실 도피를 한다.

어느 쪽이든 그 앞에 기다리고 있는 것은 제대로 된 미래가 아니다.

레나의 내기는 막다른 길에서 끝을 기다리거나. 떨어질 때까지 떨어지는가의 차이였다.

레나는 후자 쪽, 희망조차 될 수 없는 한때의 꿈을 찾았을 뿐이다.

진정한 의미에서 레나를 구해줄 수는 없다.

나는 언제든 편한 쪽으로 흘러가며 향상심도 없는 현상 유지 상태. 할 수밖에 없는 상황에 내몰리면 가까스로 무거운 허리를 들어 대처에 나선다. 사지도 않은 복권에 당첨될지도 모른다는 행운을 기다리며 미래를 내다볼 노력 따위 전혀 하지 않는다. 미래 없는 밑바닥 사회인의 표본 같은 인간이다.

인생의 선배라는 둥 존경을 받지만 레나에게 새로운 길

을 제시하고 인도하며 본인의 발로 미래를 향해 걸어갈 수 있도록 도와주는 일은 해줄 수 없다.

할 수 있는 일이 있다면 간절히 바라는 바를 잠자코 이루어 주는 것뿐이다.

함께 문제를 외면하고 미래를 생각하지 않고 무책임하게 그 어리광을 받아주는 것 정도다. 임시방편으로 그 마음을 달래줄 수는 있어도 길게 보면 결코 레나의 삶에 도움이 되지 않을 것이다.

무엇보다 여고생을 집에 데려오는 것만으로도 위험한데 자택 경비원으로 고용하는 것은 사회적 위험이 너무 크다.

내가 죽을 만큼 싫어하는 말은 책임이다. 몸을 사리는 것에 관해서는 타의 추종을 불허하는 나는 늘 책임을 다른 사람에게 떠넘기며 살아왔다. 일조차 책임지고 싶지 않은데 사회적 책임을 지라니 죽어도 사양이다.

레나도 그런 나의 인간성은 가미 다음으로 잘 알고 있었다. 그래서 공성전이나 정비원으로 매수하려고 한 것이다.

가출 소녀가 줄 수 있는 가장 큰 대가. 거절하기로 했으니 레나를 받아들이는 메리트란 없는 것이나 다름없다. 아무리 5년간의 인연이 있다고 해도 레나를 여기서 돌려보내는 것은 아무런 문제가 되지 않았다.

아무리 가여운 처지라 해도 가출한 아이를 숨겨준다는 것은 사회적 책임이 무거웠다. 표면화되면 사회의 레일 위에서 쌓아온 모든 것을 잃을 정도로.

미안하지만 널 자택 경비원으로 고용할 수는 없어.

그렇게 말하려는데 어떤 얼굴이 뇌리에 떠올랐다.

학교뿐만 아니라 집에서도 기댈 상대가 없다. 도망갈 길이 없다. 그렇게 생각한 녀석이 어떤 말로를 걸었는지를.

……아아, 그래서였나.

이 어깨에 얹혀 있던 것에 갑자기 무게가 실렸다. 동시에 나 같은 인종이 그런 것에 무게를 느끼는 날이 올 줄이야, 하고 그런 자신에게 놀랐다.

최후의 최후 수단.

"뭐, 이미 한배를 탔으니까."

아무래도 좋은 녀석이라면 몰라도 레나가 그런 길을 택하지는 않았으면 좋겠다.

"원하는 만큼 있어도 돼."

자연스럽게 나온 말은, 몸을 사리는 것에 특화된 나로서는 절대적으로 잘못된 방침이었다.

미닫이문 저쪽에서 "어……" 하는 소리가 새어나왔다. 벙찐 것인지 가벼운 타이핑 소리가 짧게 울렸다.

『하지만.』

레나는 지금 어떤 얼굴일까. 숨을 삼키는 듯한, 혹은 망설이는 듯한 고요함이 감돌았다.

여기서 미닫이문을 열고 그 머리에 툭 손을 얹고는 "그

동안 많이 힘들었지? 괜찮아, 나만은 네 편이야"라며 무책임한 어른스러움을 발휘할 수 있다면, 이 품에 훌륭한 과실이 밀려올지도 모른다. 뜨거운 포옹 끝에 두 사람은 행복한 키스를 하고 종료, 해피엔딩, 끝.

이렇게 행동으로 옮길 수 있는 담력이 있다면 지금쯤 이미 발키리를 동료로 삼아 오늘도 활기차게 전장을 달려나가고 있었겠지. 미닫이문을 연 결과 연기와 함께 할아버지*로 탈바꿈해도 곤란했다.

"그 대신. 나에 대해선 절대 안 들키게 해줘. 질투에 사로잡힌 네티즌들의 욕받이는 진심으로 사양이야."

여기선 꾹 참고 특기인 몸 사리기를 시전했다.

『그건 당연하죠. 선배를 팔 정도라면 무적인간**이 돼서 이 이름을 세상에 널리 알리고 가족 친척 다나카까지 길동무 삼아 다 끌고 갈 거예요.』

"다나카는 무슨 죄냐."

레나는 평소처럼 개그를 끼워왔다. 그 말을 웃으면서 얌전히 받아 돌려주었다.

『선배, 감사합니다.』

솔직할 정도의 감사.

『이런 저를 받아줘서 진심 감사. 그런 당신에게 감사. 이

---

*일본의 전래동화 우라시마 타로에 등장하는 이야기. 용궁에서 받은 상자를 참지 못하고 열었더니 노인이 들어 있었다고 한다.

**일본의 신조어. 잃을 것이 아무것도 없는 상태로 범죄를 저지르는 것에도 거리낌이 없는 사람을 일컫는 말.

런 친구에게 감사.』

개그를 하지 않으면 죽는 병에 걸린 레나는 곧바로 다시 말장난을 시작했다. 이것은 발작인 걸까, 아니면 쑥스러움을 감추기 위함인 걸까.

"랩에 감사가 많네."

『땡큐, 선배!』

"지금 어떤 얼굴하고 있는지 보러 간다."

『노 땡큐!』

일어나는 기적을 알아차렸는지 덜컹거리는 소리와 함께 "힉!" 하는 작은 비명이 들려왔다. 그것이 우스워 그만 웃고 말았다.

"나머지는 뭐, 집안일 정도는 해 줘. 그것만으로 꽤 도움이 되니까."

『가정부가 있는 히키코모리 니트가 집안일을 할 수 있을 거라 생각하세요?』

"이야, 무쓸모 종합세트라니!"

『거긴 지도편달 부탁드려요. 신동이라 제로가 1이 되기만 하면 나중에는 알아서 싸우면서 성장해 가는 스타일이니까요. 그리하여 메이드왕이 되겠노라!』

"대인공포 말더듬증 히키코모리 니트 아싸 거유 미소녀 여고생 메이드 괄호 열고 미개봉 괄호 닫고 탄생이군."

『내가 한 말이지만 속성이 너무 많아서 뿜음.』

미닫이문 너머에서 삐걱거리는 소리가 들려왔다.

무모한 결정을 내린 것 같기도 하지만, 전혀 그렇지 않았다. 어쨌든 결단 같은 것은 아무것도 하지 않은 것이다.

그저 평소처럼 무책임한 방향으로 흘러갔을 뿐.

편한 쪽으로 미래의 자신에게 책임을 떠넘겼을 뿐이다.

『선배.』

당사자들 간에 동의가 있다 하더라도 이는 칭찬받은 결단이 아니다. 그 어떤 궤변을 늘어놓는다고 해도 표면화되면 사회는 송곳니를 드러낸다.

내 얼굴과 실명은 일본 전역에 퍼져 질투에 미친 네티즌들에게 부러움과 욕을 먹을 미래가 기다리고 있다.

그런 리스크를 짊어지고 말았지만, 가슴속에 솟아오르는 생각은 단 하나.

『선배를 만나러 오길 잘했어요.』

뭐, 어떻게든 되겠지.

낙관적인, 평소와 같은 생각이었다.

◆

그곳에 방문한 것은 개점 시간 한 시간 전.

일상과 비일상의 경계선. 묵직한 문을 이틀째 뚫고 나가자 개점 전 작업을 얼추 마친 가미의 모습이 카운터석에 있었다.

가게를 방문할 때마다 보는 아무런 재미도 없는 그 광경. 사소한 변화를 찾아본다면 맞이해주는 인사를 건네는 것이 아니라 기다리고 있었다는 듯한 가미의 태도였다.

"어제는 갑자기 미안해."

"됐어. 내 취향의 재미있는 일이라며?"

히죽, 하고 입꼬리를 올린 가미는 어제와 다름없는 발걸음으로 카운터 안으로 돌아갔다.

그런 가미를 따라가며 여느 때와 다름없이 지정석에 앉았다.

잔에 담긴 맥주와 함께.

"그래서 무슨 일이 있었는데?"

어제 어떤 문제가 생겼나 하는 기대감을 드러낸다.

일단 한 입 먼저. 잔을 반 정도 비웠다.

"자택 경비원을 고용하게 됐어."

하룻밤 사이 온갖 상상을 했을 가미도 이 결론은 예상하지 못한 것일까. 미간에 새겨진 주름은 손님 앞에서는 결코 보여준 적이 없는 모습이었다.

그런 가미를 보자 그런 얼굴을 하게 만든 것에 승리감과도 같은 유쾌함이 들었다.

"레나에 대해선 몇 번인가 이야기한 적 있었지?"

"그래, 타마의 악영향을 잔뜩 받은 인터넷 친구 말이지?"

"쓸데없는 한마디는 필요 없지만, 뭐 맞아. 그 녀석한테 어제 자택 경비원으로 고용해 달라는 연락이 왔었어."

"그래서 타마는 좋아, 고용해주마 한 거야?"

"지금까지는 부려먹히는 쪽이었으니까. 부려먹는 쪽으로 바뀌는 것도 나쁘지 않겠다 싶어서."

"……가출?"

"부모님과 싸웠나 봐. 삿포로에서 나 하나 믿고 이 비행기의 거리를 도망쳐 왔대."

가미의 빠른 어조에 이끌리듯 눈 깜짝할 사이에 첫 잔을 비웠다.

내민 잔을 받아드는 가미. 그 얼굴에는 특별한 감흥이 느껴지지 않았다. 우리 집에 들어왔다는 점을 더한다 해도 집을 가출하는 것은 드문 일도 뭣도 아니다. 오히려 여기서 대체 어떻게 나아가야 본인 취향의 재미있는 이야기가 되는 걸까.

가져온 화제가 기대에 어긋날지도 모르겠다.

두 잔째 맥주를 따르고 있는 등이 그런 감상을 말해주고 있었다.

"그런 이유로 현재 우리 집에는 거유 미소녀 여고생이 머물고 있다."

그래서 기대에 어긋나는 얘기가 아니라고 말하듯, 그 등에 안고 온 폭탄을 내던졌다.

가미는 어깨 너머로 돌아보더니,

"……허?"

처음 듣는 얼빠진 목소리가 새어나왔다. 받은 폭탄의 의미를 이해하느라 정신이 쏠린 것인지 잔에 담긴 맥주는 넘쳐흐르지만 멈출 기미가 보이지 않았다.

"그러니까 여고생이 그 호러 하우스로 굴러들어왔다고."

거품 비율도 뭣도 없는 황금빛 일색의 찰랑찰랑한 잔을 받아들고 가미의 반응을 말없이 살폈다.

침묵은 10초를 훌쩍 뛰어넘었다. 그 세 배 정도의 시간을 소비했을 무렵일까.

"크하하학!"

이 가게에 걸맞지 않은, 천박할 정도로 깔깔대는 웃음소리가 울려 퍼졌다.

물론 내가 낸 것은 아니다. 그렇다고 제삼자가 가게 안으로 들어와서 '웃으면 복이 온다' 권법을 시전한 것도 아니다. 내가 방문한 이후 가게 안은 단둘뿐이다.

그러니까 소리의 발생원은 내 눈앞에 있는 인물, 가미 말고는 없었다.

하지만 그건 그렇고 기이한 광경이다.

모델 뺨치는 미인이 배를 움켜쥔 채 카운터를 마구 내려치고 있는 것이다. 품위를 잃은 그 모습은 결코 모두에게 선망을 받는 어른 여성이 보여줄 만한 것은 아니었다.

가미를 사랑하는 단골들은 믿지 못할 기이한 광경. 만약 이곳에서 단골, 그것도 여자아이라도 들어온다면 공포 체험 그 자체겠지.

그런 가미를 앞에 두고 내가 떠올린 감정은 당황도, 경악도, 그리고 경외도 아니었다.

회고였다.

그 몸에 인체 개조가 시행되기 전. 미녀가 미소년이고 아직 어린아이 취급을 받던 시절. 12년 동안 같은 교실에서 지낸 반 친구가 미녀 속에서 되살아났다.

사회적으로 허용되지 않는 규칙 위반.

그 보고를 들은 가미는 책망하거나 질책하는 일 없이,

"꽤 하잖아, 타마! 다시 봤어!"

깔끔하게 칭찬받았다. 누가 보면 같은 고향의 지인들이 금메달을 땄다는 소식을 듣고 기뻐하는 줄 알았을 것이다.

가미의 인간성을 잘 알 수 있는 대목이자 내가 순순히 규칙 위반을 고백한 이유이기도 했다. 괜히 숨겼다가 나중에 들켰을 때 『이런 재미있는 이야기를 잘도 숨기고 있었구나』라는 상황이 되는 것이 싫었기 때문이다.

폭소할 거라고는 생각했지만 설마 이렇게까지 폭발적으로 반응할 줄은 몰랐다. 재회한 뒤 한 번도 무너지지 않았던 여자로서의 모습에서 너무나도 선뜻 과거 남자로서의 모습이 튀어나왔다. 다만 인체 개조로 인해 남자의 목소리

를 잃었기에 부조화가 상당했다.

"나는 이미 알고 있었어. 넌 하면 하는 남자라는 걸 말야."

가미는 규칙 위반을 칭찬하면서 새 잔에 맥주를 따르기 시작했다.

죽을 정도로 웃어댄 탓에 두 잔째를 이미 따랐다는 것도 잊은 건가, 이 녀석. 그렇게 생각했는데 아니었다. 황금비율을 무시하고 샛노랗게 물든 잔을 가미는 원샷으로 단숨에 들이킨 것이다.

"푸학!"

여자의 품위를 내던진 가미의 모습은 실로 남자 그 자체였다

"어이, 이봐…… 개점 전 아냐?"

"바보 같은 소리. 이런 재미있는 술안주가 들어왔는데 가게를 열게 생겼어?"

연달아 두 잔째를 따르는 가미는 이미 흥이 잔뜩 올라 있었다.

오늘은 황금연휴 중에서도 토요일. 오피스 거리라면 몰라도 이곳은 뒷골목 분위기로 가득한 술집이 펼쳐진 거리다. 돈을 벌 기회임에도 문을 열 때가 아니라는 생각만으로 가게 문을 닫아도 되는 것일까 걱정했지만, 곧 괜찮겠지 하는 생각이 들었다.

어쨌든 이 가게는 가미에게 있어서 단순한 취미. 가게

매출이 나쁘든 좋든 생활에 지장은 없었고, 질리면 언제든 그만둘 수 있는 것에 지나지 않았다.

그것은 가미가 금수저 집안이라 그런 것도 아니고 주식이나 코인 등으로 억만장자가 되어서도 아니었다. 그렇다고 복권에 당첨된 것도 아니다.

수상한 자금줄을 안고 있는 덕분이었다.

고등학교 졸업 후 지인 연줄로 동남아시아로 날아간 가미. 성공을 거두고 귀국한 것처럼 보였지만 '그' 가미다. 정당한 수단으로만 극복한 것이 아니라 뒤가 구린 수단을 적극적으로 활용해왔을 것이다.

뭘 했는지도 모르겠고 앞으로도 물어볼 생각은 없다. 나는 아무것도 못 봤고 못 들었다. 그러니 아무것도 모른다, 아아아아. 그렇게 앞으로도 두 귀를 막고 쓸데없는 것은 모른 채로 넘어갈 생각이다.

"아아, 실컷 웃었네. 이렇게 웃은 게 얼마 만이지?"

너무 웃어서 눈물이 났는지 가미가 눈시울을 닦았다.

"내가 알기로는 고3 이후 처음이야. 전화기 너머였는데, 희소식을 전했을 때 그런 식으로 폭소를 터뜨렸지."

"그렇다면 이렇게 웃은 건 그때 이후로 처음이네."

아무래도 이렇게 웃은 것은 그때의 축배 이후만인 것 같다.

타인의 불행이자 사회적인 규칙 위반을 이렇게 웃어넘

기는 가미를 보면 늘 생각한다. 진짜 이 녀석은 옛날부터 어쩔 수 없는 녀석이라고.

결국 남의 불행을 웃어넘길 수 있는 동족이라는 것이다.

"그나저나 그 타마가 설마 머리 아픈 일을 떠맡을 줄은 몰랐는데. 심지어 여고생? 도대체 몇 살 꼬맹이야?"

"본인을 시집보내고 싶다면 내년 3월까지 기다려달란다."

"진짜? 아직 5월밖에 안 됐는데? 진짜 꼬맹이네. 이거 큰일인걸."

큰일이라고 말하는 것에 비해 그 얼굴은 유쾌함으로 가득 차 있었다. 현장감을 느끼면서 남의 일을 실컷 즐기고 있는 것이다.

"게다가 타마 하나만 믿고 그 먼 거리를 비행기로 날아왔다는 거지? 의지를 한다고 해도 더 나은 녀석은 없었나?"

"히키코모리 니트인 내게 친구가 있을 리가 없잖아, 싸우자는 거냐! 라고 분노 수치를 올릴 정도로는 선택지가 없었던 것 같아."

"기댈 상대가 너뿐이라니 인생 끝났네, 크하하하!"

카운터를 쿵쿵 두드리면서 가미가 맛있게 맥주를 마셨다. 아무래도 술안주로 제격인 듯하다.

인생이 끝났다.

가미는 농담 삼아 한 말이겠지만, 그 말이 사실을 정확하게 찌르고 있었다. 그래서 레나를 고용한 거니까.

"아마 레나는 그러기 일보 직전이었을 거야."

"엉?"

"학교뿐만 아니라 집에서도 도망갈 곳이 없다. 그렇게 생각한 녀석의 말로는 가미도 잘 알잖아?"

"뭐, 그렇지."

조금도 그리워하거나 걱정하는 기색 없이 가미는 코웃음을 쳤다.

"지금쯤 그 녀석은 뭐 하고 있을까?"

일부러 가미는 진부한 주제를 던져왔다.

정말로 그 생각을 하는 것은 아니다. 그냥 내가 어떻게 대답할지 확인하려고 던져본 것이다.

"뭐. 분명 지금도 건강하게 직무를 다하고 있겠지."

"무슨 직무?"

"뻔한 질문을 하네."

그로부터 올해로 8년인가. 어른이 되면 생각이 바뀌어서 우울함이나 꺼림칙함을 느낄까 생각했는데 그런 일은 전혀 없었다.

"무의미한 노력을 이어가고 있겠지."

그때의 아이는 자신이 맹세한 대로 한심한 어른으로 훌륭하게 성장해 있었다.

예상대로, 라기보단 이미 꿰뚫어 본 것이지 대답을 들은 가미는 만족스러운 듯 "크하하하!" 하고 카운터를 몇 번이나 두드렸다.

"여기서 레나를 내치면 남은 취직자리는 거기밖에 없을 테니까. 레나가 그런 직업을 갖게 된다면 꿈자리가 사나울 것 같았어."

"그래서 고용해줬다고? 아무리 그래도 너무 앞서간 거 아냐?"

"머리가 꽃밭투성이인 여고생이라면 모를까, 레나는 초등학생부터 등교 거부를 관철해 온 히키코모리에다 말을 더듬을 정도의 의사소통 장애야."

맥주를 한 모금 마셔 목을 적셨다.

"그런 녀석이 비행기 거리를 날아와서 이렇게까지 말한 거라고. 각오는 끝났으니까 상냥하게 해달라고."

"……아아. 확실히 그건 아슬아슬했네."

"저런 애가 어떤 인생을 살아야 얼굴도 이름도 나이도 모르는 성인 남자에게 고용될 각오를 하는 거지?"

상류층 영감탱이의 첩이 되는 것이 싫어 레나는 이렇게 도망쳤다. 그런데도 도망간 곳에서 몸을 팔겠다는 각오를 했다. 상대방이 나로 바뀌었을 뿐 하는 일은 변하지 않는다.

밑바닥 직업만큼은 갖고 싶지 않다는 강한 의지가 있는 것이 아닌 이상 전장으로 가는 것이 훨씬 더 힘들 텐데.

"어쨌든 그 아이는 무의미한 짓을 반복하는 것보단 널

즐겁게 하는 길이 그나마 나을 거라고 생각한 거잖아."

얼마나 비참한 삶이든, 남이 얼마나 불행해지든 가미가 공감할 리 없다.

"한심한 어른들이 환영할 만한 군침 도는 음식을 그쪽에서 먹어달라고 먼저 찾아온 거네. 맛은 어땠어?"

공감보다는 뒤를 캐는 파파라치들이 좋아할 만한 소재에 눈을 빛내고 있었다.

"왜 이미 먹었다는 전제인 거지?"

"뭐야, 아직이야? 뭐, 시간도 많은 것 같으니 어른의 여유라도 보여주려고? 후일의 즐거움으로 남겨둔다는 뜻?"

"……지금으로서는 즐길 예정은 없어."

"뭐어?"

"가미, 준법정신이라는 말 알아?"

"운전면허랑 같지. 그런 건 없어도 들키지만 않으면 안 잡혀."

준법정신과는 무관한 가미가 단호하게 반박했다.

"애초에 무면허 운전을 시작한 녀석한테 그런 종류의 문제를 추궁받고 싶진 않은데."

맞는 말이고 거기에 반론의 여지는 없다.

"사실은 남이 나를 의지해 주는 걸 좋아해."

"거짓말. 그런 멋진 정신이 너한테 깃들어 있을 리가 없잖아."

"명예훼손이군. 사죄와 배상을 요구한다."

빈 잔을 내밀었다.

가미는 사과는 없었지만, 배상 준비를 시작했다. 그 사이에 다음 한 수를 생각했다.

이 이야기는 어떻게든 얼버무리고 넘어가고 싶었다.

"손대지 않은 건 어차피 그거겠지."

어째서냐고?

"타마식으로 말해볼까? 막상 전장을 앞두고 쫄았지?"

배상과 함께 비웃음이 나올 거라는 사실을 알았기 때문이다.

"죽어라 동정을 고수해 온 말로가 이거야?"

"Fuck you."

"대화를 포기했다는 건 내 말을 인정했다는 뜻이네."

중지를 세우고 있는데도 가미는 깔깔 웃고 있다.

이 나이에 경험이 없는 걸로 놀림당하면 괴로움을 넘어 비참했다. 그래서 어떻게든 이 이야기를 그만두고 싶었던 것이다.

한바탕 가미에게 비웃음을 받은 후, 그가 어제 있었던 일을 하나부터 열까지 캐물었다.

"바보 같긴. 빨리 먹어버리면 될 것을. 뭐, 이건 이거대로 웃기긴 하지만."

"남의 일이라고 아주 우습지."

"이 세상에서 일어나는 문제나 불행은 다 남의 일이니까 재밌는 거지."

가미의 유쾌한 얼굴은 그런 것도 몰랐냐, 가 아니었다. 그런 것도 잊었느냐, 라는 얼굴이었다.

물론 잊은 적은 한 번도 없다. 공개적으로는 말할 수 없는 세계의 진리다.

"대가 없이 위험한 폭탄을 끌어안다니 꽤 대담한 짓을 벌였네."

"무상은 아니야. 집안일쯤은 배우게 해서라도 시킬 생각이야."

"그런 건 꼬맹일 안고 가는 리스크에 비하면 덤이나 다름없지. 몸을 사리는 일에 관해서라면 일류인 네가 감칠맛 나는 음식을 입에 대지 않고 폭탄만 끌어안는다니, 너도 한물갔구나."

가미는 구경거리에 기뻐하는 아이 같았다.

"뭐, 좋아. 도와줄게."

"아직 아무 말도 안 했어."

"망상충 동정이랑 온실 속 화초 히키코모리의 동거 생활이라면 곤란한 상황도 많을 거 아냐? 순순히 자백하러 왔다는 건 그와 관련해서 바라는 게 있다는 거겠지?"

가미의 히죽거리는 입매가 훤히 다 보인다고 말하는 것 같았다.

사실 그의 말이 맞았다.

레나를 언제까지 계속 고용할지는 알 수 없다. 그런데도 황금연휴에만 하는 단기 아르바이트가 아닌 장기 고용을 예상하고 있었다.

그렇게 되면 레나에게도 필요한 생필품들이 있을 것이다. 여자와는 무관한 삶을 살아온 만큼 여자가 필요한 것에 대해선 뭘 모르는지도 모르는 수준이었다. 원래는 필수품인데도 레나가 눈치를 보느라 솔직하게 말하지 못할지도 모른다.

그런 점에서 소셜 게임에서 성별을 변경하듯이 휘리릭 여자가 된 가미라면 잘 알고 있겠지. 잘 알 뿐만 아니라 여자에게만 허락된 성역에 발을 들여놓을 수도 있었다. 도움을 얻을 수 있다면 천군만마나 다름없었다.

일반적인 상황이었다면 규칙을 어긴 상황에서 도움을 청할 수 있을 리가 없다. 하지만 가미는 규칙이나 모럴을 웃으면서 짓밟는 비준법 향락주의자. 놀리면서도 도와줄 거라는 계산은 하고 있었다.

그렇다 해도 이쪽이 먼저 부탁하기 전에 도와준다는 말을 해줄 줄은 몰랐는데.

"그 대신 있었던 일은 전부 다 털어놔 줘야겠어."

확실하게, 이번 일은 가미에게 유쾌한 구경거리인 것 같았다.

◆

 앞으로의 일이나 레나의 화제는 일찌감치 마치고, 그 뒤로는 옛날 추억으로 이야기꽃을 피웠다. 흥이 오른 가미의 술친구가 되어준 것이다.

 결국 가게에 4시간가량 앉아있게 되었고, 이야기를 마무리하기 위해 자리에서 일어났다. 가미는 아직 더 대화하고 싶은 모양새였지만, 레나를 호러 하우스에 혼자 두고 있었다. 별 문제는 생기지 않겠지만 레나의 심정을 고려해 원래라면 한 시간 정도 안에 돌아갈 생각이었다.

 "심령 스폿에 여고생을 두고 왔으니까. 이제 가 봐야지."

 "크하하하! 그러고 보니 그랬었지!"

 알아듣기 쉽게 풀어서 말해줬다.

 어제 것도 포함해서 노구치 두 명분을 내밀었더니,

 "이런 재미있는 소재를 들려줬는데 돈을 받을 순 없지. 앞으로는 공짜로 마시게 해줄 테니까 보고하러 자주 와."

 0엔의 무제한 요금제가 시작되었다.

 밤이 깊다고 할 정도는 아니지만 착한 어린이인 초등학생은 이제 잘 시간.

 4시간 동안 마신 것치고는 멀쩡한 발걸음으로 내가 사는 심령 스폿으로 돌아왔다.

거실이 훤하게 트인 것은 공간이 넓어서가 아니다. 쉼터로서 기능하는 가구가 없고 구석진 곳에서 제단만이 강하게 자기주장을 하고 있기 때문이었다. 그 밖에 거실에 자체적으로 준비한 것은 한색 계열의 체크무늬 카펫 정도다.

다만 그것은 집이 살풍경해서 어설프게나마 꾸미고자 들인 것이 아니었다. 시야를 가릴 목적으로 마련한 것이다.

무엇을 가리고 싶었냐고? 컬트 교단의 집단 자살, 그 흔적이다. 이 카펫 아래에는 생생한 핏자국이 묻어 있었다.

심령 체험을 두려워하지 않고 입주한 나도 매일같이 그 광경을 보는 것은 역시나 꺼림칙했다.

그런 거실에 들어서자 입주한 지 5년 만에 한 번도 본 적도 없는 광경이 기다리고 있었다.

그것은 이 집에 정착한 악령이나 괴물도 아니었고, 단체로 모인 광인이나 강도도 아니었다.

"어, 어, 어…… 어서 오세요."

일섬십계 레나팔트였다.

이 집과 나와는 너무나도 어울리지 않는 거유 미소녀 여고생이 집주인의 귀가를 확인하고는 방에서 뛰쳐나왔다.

하룻밤을 지낸 곳이라고는 하지만 4시간 넘게 심령 스폿에 홀로 남겨져 있었던 것이다. 겁에 질린 소동물 같은 얼굴에 안심감이 깃들었다.

그런 광경에 당황하고 말았다.

대인공포증에 말더듬증에 의사소통 장애가 말을 더듬으면서도 최선을 다해 목소리를 냈다는 것. 노력하고 있다는 그 증거에 놀랐기 때문이 아니었다.

어서 오세요.

한 지붕 아래 사는 주민을 맞이하기 위해 거는 주문. 가족도 없고 연인을 만들고자 노력하지도 않았다. 그런 인생을 계속 걸어온 나와는 인연이 없을 것 같은 말. 그런 생각조차 해본 적 없는, 아주 먼 옛날에 두고 온 주문이었다.

이렇게 들은 것은 10년도 더 전의 일이었다.

멍하니 있기만 하고 반응이 돌아오지 않자 레나는 점차 침착함을 잃어갔다.

뭔가 실수를 했나? 오들오들 다음은 삐질삐질이었다.

레나는 아무런 잘못도 하지 않았다. 올바른 행동으로 옮기지 않은 것은 내 쪽이다.

다만 완전히 녹슨 주문이라 기억하는 데 시간이 필요했을 뿐이다.

그러니까 넌 전혀 잘못한 게 없어.

"그래, 다녀왔어."

선언을 하듯, 그렇게 10여 년 만에 다시 주문을 외운 것이었다.

제2화 반(反)광합성 금단의 과실

나 후미노 카에데는 등교 거부 히키코모리다.

중학교까지는 다녔지만, 시험을 보기 위해 보건실까지
만. 그런 나에게 아빠는 언니처럼 일본 제일의 대학에 진
학하길 원했다. 등교 거부 히키코모리에게 무슨 말도 안
되는 것을 바라는 부모인 걸까, 남이 보면 어이없어했을
것이다. 하지만 나는 그런 아빠의 소망을 어울리지 않는
과분한 소망이라고 받아들이지 않았다.

그것은 내가 낙관적인 사람이기 때문이 아니었다. 오히
려 비관적일 정도다.

그렇다고 해서 현실이나 자기 분수를 모르고 머리가 해
맑은 꽃밭인 것도 아니다. 미래에서 눈을 돌리는 일은 있
어도 자신의 역량은 자신이 가장 잘 안다. 이래 봬도 현실
주의자인 것이다.

어쨌든 나는 신동이다. 학교 시험에서는 세 자릿수 이외
의 숫자를 본 적이 없다.

인터넷 게임 틈틈이 공부해서 낸 성과. 아빠는 그것에
만족하면서 멋진 히키코모리 라이프를 허락해 주었다. 정
확히는 내 문제를 방치해 주었다.

그래서 의무 교육 이후 3년도 집에 틀어박힌 채로 넘어

가고 싶었다. 하지만 비의무 교육 이벤트를 앞두고 마침내 인생이 꼬였다.

고등학교는 검정고시로 끝내고 싶다, 기각.

적어도 통신 고등학교가 좋다, 기각.

이름이 있는 사립고 이외 모두 기각.

"앞으로 대학에 붙는다고 해도 제대로 다닐 수나 있겠냐. 말 한마디 제대로 못 하는 그 꾀병은 그만 좀 고쳐라."

아빠는 여기까지 와서 비의무교육 스킵을 허락하지 않았고, 고등학교에 다니는 조잡한 치료 방식으로 해결하라는 명령을 내리고 말았다.

아이의 마음을 생각해보지도 않고, 만들어낸 성과에만 관심 있는 부모로서 내보일 수 있는 훌륭할 정도의 정론이었다.

반박할 수 없는 정론과 함께 다니기로 정해진 진학 학교는 인터넷 게임을 하면서 틈틈이 한 공부로 붙었다. 인생이 늘 이 정도만 여유로워도 좋을 텐데. 안타깝게도 나아갈 사회에는 괴물투성이. 의사소통 장애에 대한 비난으로 가득한 세상이다.

준비되지 않은 채 맞이한 고등학교 생활 첫째 날. 그 입학식.

실은 이런 나라도 진학교에는 기대하고 있었다.

남에게 관심 없는 공붓벌레뿐이고 인싸나 노는 애들은

일절 없지 않을까. 애니메이션 같은 학원 이벤트 따위는 언어도단. 동아리 활동을 할 때가 아니다. 어쨌든 공부해라. 순도 100% 대학에 들어갈 생각뿐인 장미빛 고등학교 생활이 기다리고 있지 않을까.

그런 기대는 크게 무너지고 말았다.

교칙도 느슨하고 자유로움 가득한 분위기. 문무양도를 위해 열심히 동아리 활동을 권하는 모습. 문화제, 체육제는 반이 하나가 되어 열심히 참여하는 풍조. 3년간 새로운 반 배정도 없어 교우 관계가 나날이 밀접하고 가까워지는 그야말로 인싸 양성교였던 것이다.

입학식 후 담임에게 현실을 듣게 된 나는 절망했다.

청춘 이벤트를 몽땅 집어넣어놓고 고편차치 대학에 합격시킬 마음은 있는 거냐며 닦달하며 따져 묻고 싶었다. 나는 신동이니 여유롭긴 하지만, 이런 머리가 텅 비어 보이는 해맑은 집단을 정말로 고차원 스테이지로 이끌 수 있는 걸까.

유감스럽게도 진학률은 진짜였다.

인싸가 인싸가 되는 이유는 내부에서 넘쳐나는 청춘 파워라는 것. 반짝반짝한 캠퍼스 라이프를 위해 남들이 보지 않는 곳에서 피땀 흘리는 노력을 아끼지 않는 것이다. 오히려 숨 고르기의 일환이 청춘 이벤트이자 밀접한 교우 관계이며, 그 끝이 동아리 활동이나 문무양도였다.

인생 즐거워서 좋겠네.

나는 조금도 즐겁지 않다.

그때서야 떠오른 것이다.

이곳은 인싸의 여신인 언니가 즐거운 고등학교 생활이었다며 진심으로 애정하는 모교였다. 거지 같은 고등학교임이 확실해졌다.

신동인 내가 그런 간단한 것을 간과해 버리다니.

장밋빛 고등학교 생활을 바라던 강한 마음이 아무래도 눈을 가리고 있었나 보다. 시력을 회복한 이 눈에서는 그대로 빛이 사라졌다. 장밋빛 고등학교 생활은 인싸에 의해 파묻힐 거라는 확정 선고를 받은 죽은 눈빛이다.

해산 후 곧바로 도망을 도모하려고 했다.

하지만 둘러싸이고 말았다!

하드 몬스터만큼이나 인생 경험치가 높은 인싸의 민첩성이 발휘된 순간이었다.

자신이야말로 스쿨 카스트의 왕이라는 듯 들러리 세 사람을 거느리고 일어서려 했던 내 앞을 가로막은 것이다.

묻지도 않은 자기소개를 멋대로 시작하더니 자, 너는? 하고 무례하게도 나의 실명을 추궁해온다.

이 몸은 일섬십계 레나팔트! 네놈들 인싸를 단죄하는 칼날이노라!

하고 외칠 수 있다면 얼마나 좋았을까.

대인공포증과 말더듬증을 앓고 있는 나에게는 인싸의 왕이 너무나도 무서웠다.

들러리역인 녀석들에게 '가슴 힐끔힐끔힐끔힐끔 쳐다보지 말라고! 쳐죽인다!'라고 속으로는 분노하면서 제대로 된 말 한마디 하지 못하고 태풍이 지나가길 기다리듯 그저 몸을 웅크리고 있었다.

거기에 "거기 남자들, 무서워하잖아~"라고 하며 나야말로 이 스쿨 카스트의 여왕이라는 듯 들러리 넷을 거느린 제2의 세력이 나타났다.

구원도 뭣도 아니다. 태풍이 몰아치던 중 발아래에서 지진이 일어났을 뿐이다.

스쿨 카스트의 왕과 여왕은 오랜 친구인지 가벼운 대화를 주고받고 있었다. 나아가 하하하, 깔깔깔 하고 들러리를 맡은 주변 아이들이 분위기를 돋우고 있었다.

이 녀석들 빨리 어딘가로 좀 가주지 않으려나. 그렇게 재난이 진정되기를 얌전히 기다리고 있는데 여왕은 송곳니를 내게로 향했다.

아무래도 상관없는 자기소개를 시작하고는 너는? 하고 이 몸의 실명을 묻는 만행에 이른 것이다.

이 몸이야말로 일섬십계 레나팔트! 네놈들 인싸의 죄를 처벌하는 검이노라!

그렇게 외칠 수 있는 배포가 있었다면 지금쯤 내 인생은 꽃밭으로 가득한 라이프였을 것이다.

대인공포증에 말더듬증 발작을 일으킨 내게는 아싸의 여왕이 귀신이나 도깨비로밖에 보이지 않았다. 추종자를 거느린 그 모습은 그야말로 백귀야행이었다.

추종자들에게 '남의 가슴을 보면서 뭐가 대박이라는 거야. 대박인 건 텅 빈 네 뇌겠지!'라고 화를 내면서도 찍소리 한 번 내지 못하고 지진이 가라앉기를 기다리듯 몸을 웅크리고 있었다.

거기에 "오, 또 같은 반이 됐네"라고 하며 나야말로 스쿨 카스트의 재상이라는 듯 안경을 번쩍, 하고 휙 치켜올리며 부하를 다섯 명 정도 거느린 제3세력이 나타난 것이다.

구원도 뭣도 아니다. 태풍 속에서 일어난 지진이 쓰나미를 불렀을 뿐이다.

스쿨 카스트의 왕과 여왕은 "오, 위원장이네"라며 떠들어댔다. 재상의 등장에 자리는 크게 달아올랐다. 나아가 하하하, 깔깔깔, 크하하 하고 들러리역과 추종자역을 맡은 부하들이 분위기를 뜨겁게 달구고 있었다.

모두가 그것에 정신이 팔린 사이에 이것이 이번 생의 마지막 기회라는 것을 깨달은 난 슬그머니 그 자리에서 도망쳤다.

◆

이상이 고등학교 첫째 날, 입학식날 나를 덮친 공포 체험이다.

심령 스폿에 악령이 그대로 솟아난 것이나 다름없었다. 그런 무서운 곳엔 두 번 다시 발을 들여놓고 싶지 않았다.

이리하여 고등학교 생활 이틀째부터 등교하지 않은 채 히키코모리 라이프가 재개되었다.

수험 때의 면접에서 나는 말을 더듬기만 하고 조금도 대답하지 못했다. 그런데도 이렇게 합격해 버린 것을 보면 필기 시험의 셀프 채점이 만점이었으니 대인 스킬은 허접해도 진학률에 공헌이 될 만한 신동의 모습을 높이 산 거겠지.

담임에게는 면접에서 발휘한 의사소통 장애에 대해 전해졌을 것이다. 등교를 거부한 이유는 금방 짐작했으리라.

아빠는 기본적으로 집을 비우는 경우가 많기 때문에 그에 대응하느라 바빠진 것은 가정부였다. 하지만 업무 내용에 나의 감독은 포함되어 있지 않았으므로 자신이 들은 정보를 고스란히 전해주는 것에 그쳤다. 나를 돌봐주긴 하지만 등교 거부에 대해서는 노터치. 내 히키코모리 라이프를 계속 지지해 준 훌륭한 분이다.

등교 거부로 돌아오고 일주일 뒤, 스쿨 카스트의 왕과 여왕과 재상이 찾아왔다.

그날 자신들이 에워싸서 나를 겁먹게 했고 그것 때문에 등교 거부가 된 것은 아닌지 죄책감을 느끼고 있는 것 같았다. 얌전한 아이라는 건 보고 바로 알았는데 정말 미안한 짓을 했다며.

사과하기 위해 담임에게 주소를 물어서 찾아온 것 같다.

대체로 그 죄는 틀리진 않았지만, 그 전부터 내 마음은 이미 꺾여 있었다. 나에게 가한 극악무도한 짓은 절대 용서하지 않겠지만 그들이 없어도 등교 거부는 기정사실이었다.

가정부를 경유해 그대로 돌아가라고 말한 뒤 고등학교 평가 사이트 리뷰에 개인정보를 태연하게 누설하게 하는 시대착오적인 허술함에 대해 마구잡이로 지껄여놓았다.

등교 거부를 시작한 나는 일주일에 한 번꼴로 돌아오는 아빠에게 호되게 혼이 났고, 익숙한 상황에 고개를 숙인 채 그 자리를 그저 모면해왔다.

황금연휴에 접어들고 4월도 벌써 마지막 날.

아빠의 인내심이 마침내 임계점에 도달했다.

"학교에 가기 싫으면 됐어. 하지만 공짜 밥벌레를 키운 적은 없다. 사회에 적응하지 못한다면 못하는 대로 제대로 도움이 되어라."

에둘러 복잡한 설교를 거듭한 끝에 등교 거부 히키코모리에게 판결이 내려졌다.

'상류층 노인의 첩'형이다.

인연을 맺고 싶은 집이 있는 것인지 시대착오적인 '인연 맺기 도구'의 역할을 부여받은 것이다. 페미니스트들이 대격노할 만한 안건이다.

아빠의 얼굴에는 협박도 뭣도 아닌 이미 결정 사항이라고 적혀 있었다.

판결을 내린 것에 만족하여 아빠는 집을 나갔다.

아무 생각도 하지 못한 채 잠시 넋을 놓았다.

나는 감정 기복이 약한 것이 아니다. 오히려 격렬할 정도다. 그것을 현실에서 발휘할 능력이 부족하기 때문에 힘없고 얌전한 아이로 오해받는 것이다. 그야말로 아빠뿐만 아니라 나를 세계 제일로 생각해주는 언니에게도 말이다.

언제나 나는 대처할 수 없는 상황에 몰리면 고개를 숙이고 극복해 왔다. 이놈에게는 무슨 말을 해도 소용없다고 상대가 먼저 포기하고 나가떨어질 때까지 버텨내는 것이다. 대인공포증과 말더듬증을 반대로 이용한 훌륭한 오용이었다.

이것이 인생의 처세술. 결코 아무 말도 하지 못하고 끝내는 것이 아니다. 처음부터 대답이나 자신의 주장을 포기하고 대처요법만으로 헤쳐나가는 기술이다.

내밀어진 문제를 해결할 생각은 제로. 언제나 난 미래의 나에게 문제를 떠밀어왔다.

그렇게 해서 미래에 가득 쌓인 이 외상. 무시하는 것은 용서치 않겠노라며 기어이 청산할 날이 오고야 말았다.

상류층 영감탱이의 첩이라니 죽어도 사양이다. 그러나 아빠의 판결을 뒤집을 방법은 나에게 없었다.

이렇게 되면 진학하며 올라간 언니에게 의지할 수밖에 없다.

……라고 생각했지만, 이것 역시 악수다.

언니의 생각을 예상해본 결과 마지막에는 의사소통 장애는 반드시 낫는다. 그러니 최선을 다해 학교에 가라고 상냥하게 타이르는 것으로 끝났다. 언니의 중재로 상류층 영감탱이 첩이라는 엔딩은 피할 수 있다 해도 인싸 장밋빛 청춘 레이프 엔딩이라는 말로를 걸을 뿐이다.

내 인생은 끝났다.

어쩔 수 없을 정도로 나의 미래는 막다른 골목이었다.

남겨진 길은 무적인간이 되어 무수한 생명을 빼앗으며 가족, 친척, 다나카를 길동무 삼는 엔딩을 밟는 것뿐. 얌전히 혼자 가 줄 생각 따위는 없다. 나는 내가 아무리 나쁘더라도 그 모든 것을 외면할 수 있는 생물이었다.

얌전한 인간일수록 진짜 폭발했을 때 더 무섭다.

흔히 듣는 말이지만 다들 진정한 의미를 모르고 있다. 우리는 좋아서 얌전히 있는 것이 아니다. 풍부한 감정으로 원활하게 의사소통할 능력이 없을 뿐이다. 그래서 얌전히 사는 것이다.

우리의 감정은 언제나 억압받고 있다. 음의 에너지를 발산시킬 방법도 없이 하루하루 가슴속에 쌓이고 있는 것이다.

그것이 해방되었을 때, 이렇게까지 자신을 몰아세운 사회가 나쁘다는 식의 주장을 하게 되는 것이 무적인간이 태어나는 과정인 거겠지. 적어도 나는 그렇게 믿고 있고, 지금 이렇게 또 한 명의 무적인간이 탄생하려고 하고 있었다.

신동인 이 내가 무적인간이 되면 그 위업은 향후 백 년간 구전될 것이다. 그야말로 츠야마 30명 살해*는 일도 아니다. 콰트로 스코어를 먹여서 내 실명을 역사와 wiki에 새길 것이다.

언니는 싫지 않다. 오히려 존경스러울 정도지만 내 마음을 이해해주지 않는 완고한 성품이기도 했다. 그 자매애만으로는 내 인간성을 막아설 수 없다. 결과론만 보자면 가해자 가족으로서 함께 지옥으로 끌고 갈 것이다.

타임 리미트를 다음 생일로 정하고 한 시간 정도 무적인간이 된다는 사색에 빠져 있었다. 15살의 아이가 어떻게 하면 더 많은 스코어를 딸 수 있을까.

우선 압력솥 폭탄을 만드는 법부터 알아보자.

그렇게 스마트폰에 손을 뻗었을 때 불현듯 떠올랐다.

---

*츠야마에서 일어난 대량 살인사건.

나의 진정한 이해자이자 내가 마음을 연 상대가.

초등학교 5학년 때 인터넷에서 알게 된 이후 많은 것들을 알려준 인생의 선배.

즐거움만을 주는 선배는 유일한 마음의 안식처였다.

억압된 마음의 버팀목, 일섬십계 레나팔트는 선배가 내 용물을 주고 키워줬다고 해도 과언이 아니다.

현실을 외면할 수 있는 레나팔트일 때만이 즐거운 시간. 엄마를 잃은 이후 선배와 보낸 날들은 인생에서 유일하게 색이 칠해진 나날이었다.

인생을 마치기 전에 선배를 만나보고 싶다.

얼굴도 목소리도 나이도 모른다. 남자이고 사회인이라는 것 외에 개인정보는 모르는 어른.

인생을 마치기 전에 선배를 만나보고 싶었다.

대인공포증에 말더듬증을 앓고 있는 의사소통 장애가 그런 상대를 만나보고 싶다는 소망을 가슴에 품은 것이다.

어차피 이제 인생은 끝났다.

자포자기까지 가버린 충동이 내 등을 밀어주었다.

그렇게 결정되니 모든 것이 빨랐다.

등교 거부 히키코모리라도 사람과 마주할 일이 없으면 외출에 거리낌은 없다. ATM기에서 일일 한도액까지 찾았다. 다음 날도 다시 한도액까지 찾을 생각이었다.

중학교 때까지 아빠는 결과만 내면 줄 것은 주었다. 필기 시험에 한해 늘 세 자리 숫자를 계속 보여준 결과 15살 딸에게 어울리지 않는 액수가 은행 계좌에 쌓여 있었다. 그야말로 성과를 이끌어내기 위한 먹이나 다름없었다. 이 계좌에 새겨진 숫자야말로 아빠의 인간성을 여실히 드러내고 있었다.

이번에는 그것이 다행이었다.

나는 그날 하루 만에 필요한 모든 것을 캐리어 가방에 담았다. 『도쿄에 있는 언니에게 갑니다』라고 써놓은 메모를 남겨두고, 비행기표를 예약하고, 언니 전용 트랩을 준비하고, 나머지는 선배에게 상담하는 것뿐……. 하지만 거기서 손이 멈췄다.

인터넷 게임을 처음 시작하며 아무것도 모르던 시절. 선배가 알려준 인터넷 리터러시를 오늘날까지 충실하게 지켜왔다.

덕분에 선배는 내 성별도 나이도 모르고 있다. 아마 남자 대학생 정도로 생각하고 있겠지. 설마 여고생이라는 예상은 하지 못했을 것이다.

성인 남성을 찾아가 잘 곳을 제공받는다. 그 말의 의미 정도는 알고 있었다.

저급한 남자의 욕망에 관한 것이 아니었다. 표면화되면 사회적 제재가 선배에게 쏟아질 것이다.

선배에게만은 폐를 끼치고 싶지 않았다. 하지만 만나보

고 싶었다. 언제부턴가는 끝나버린 이 삶에 그 손을 내밀어줬으면 좋겠다는 바람조차 품고 말았다.

그래서 나는 내기를 하기로 했다.

선배는 매주 금요일 거의 반드시 가장 가까운 역에 자리한 친구네 가게에서 지내고 있었다. 그때 갑자기 오프 모임을 하자고 말해서 거절당하면 얌전히 포기하자. 그대로 언니 곁을 찾아 내 인생을 가족 친척 다나카 길동무 엔딩으로 마무리한다. 불합리하기는 하지만 이웃집도 지옥행의 동반자로 삼을 것이다.

다만 만약에 선배가 만나주고 이 손을 잡아주는 일이 생긴다면, 그런 배드엔딩은 연기하자.

현실에서 도망치고 싶다.

힘든 미래를 외면하고 싶다.

깨어난 뒤에 아무것도 남아 있지 않아도 좋으니까 한때의 꿈에 빠져들고 싶다.

그때서야 스스로가 진정으로 원하는 것을 깨달은 것이다.

나는 선배에게 구원을 바라고 있다는 것을.

◆

등교 거부 히키코모리 아침은 이르다…… 사실 딱히 그렇지는 않다. 오히려 평소에는 좀 늦은 편이다.

오늘은 특별히 해가 뜨기 전에 일어난 것뿐이다. 캐리어를 한 손에 들고 가출을 해야 하니 가정부에게 보일 수는 없는 노릇이었다.

첫차가 도착하기 30분 전에 가장 가까운 역에 도착했고, 점심 전에 상경을 이룰 수 있었다.

스트리트뷰는 정말 굉장했다. 설마 공항 안까지 파악하고 있을 줄이야.

덕분에 내 다리엔 조금의 망설임도 없었다. 타인과 대화 따위는 절대로 하고 싶지 않다는 굳건한 의지가 꼼꼼한 사전 조사 아래 나를 도쿄까지 이끌어주었다.

다음은 선배가 말한 가장 가까운 역까지 어떻게 갈 것인가.

가장 빠른 속도는 모노레일을 타고 한 번 환승하면 1시간. 하지만 이것은 기각했다.

루트와 입체 지도가 머리에 들어 있다고는 해도 낯선 땅에서의 장거리 이동이다. 사전 조사가 미비한 사태가 발생해 남에게 묻는 사고만은 절대적으로 피하고 싶었다. 그래서 선택한 것은 환승 없이 한 번만 타면 되는 버스였다.

다음 버스 편까지 몇 시간이나 기다려서 타면 도착할 무렵에는 퇴근 러시 시간대. 보통 사람이라면 기피할지도 모르지만 차라리 그래서 다행이었다. 처음부터 온 김에 도쿄 관광을 할 생각은 추호도 없었으니까.

평일 낮인데도 공항 안은 사람들이 쓰레기처럼 넘쳐났다. 관광지 곳곳이 이런 느낌이겠지. 아키하바라에 관심이 가긴 했지만, 이런 무식할 정도의 혼잡함에 휩쓸리는 것은 죽어도 사양이었다.

사전 조사 중 공항 라운지라는 것을 알게 된 나는 거기서 시간을 때우기로 결정했다. 전기도 완비되어 있고 소프트 드링크를 무제한으로 마실 수 있다. 게다가 와이파이까지 쓸 수 있는데 단돈 1,100엔. 그런 신문물이 있는 것인가 하고 눈을 의심했을 정도다.

모처럼 도쿄를 방문했으니 맛집을 돌아다니는 것이 왕도일 것이다. 그러나 점원과 대화하는 것은 고행, 나는 견딜 수 없었다. 셀프 계산대라는 새로운 시스템이 도입된 공항 내 편의점에서 점심을 때우고 공항 라운지로 들어갔다.

접수는 접수대로 고행이었지만 거기선 실어증인 사람을 연기했다. 스마트폰에 새겨진 문장을 보여주는 것만으로 깔끔하게 들어갈 수 있었다.

라운지에 있는 사람은 드물었다. 실로 이상적인 환경이다.

자, 그럼 출발 시간까지 인터넷 게임을 하자! 라는 일은 없었다. 공항 내 인파에 압도당한 나는 몇 번으로도 부족하다는 듯 사전 조사를 이어갔다.

선배와의 합류 지점을 외우고 주변 지형을 머리에 때려 넣고 와이파이를 이용할 수 있는 가게를 조사했다.

이제부터는 인터넷 회선을 자유롭게 사용할 수 없기 때문이었다.

나는 여기서 스마트폰을 버리고 갈 생각이었다.

최근 스마트폰의 진화는 너무나도 눈부시다. 부모 명의로 된 이 스마트폰에서 알 수 없는 조작으로 자신이 숨은 곳이나 이동 루트를 탐색당할 가능성을 걱정한 것이다.

버스를 기다리는 남은 시간은 그러는 사이 금세 끝났다.

화장실에 두고 잊고 나온 척 스마트폰을 버린 나는 그렇게 버스에 올라 목적지에 도착했다.

선배가 사는 집과 가장 가까운 역.

퇴근 러시 시간대인 만큼 상상을 웃도는 엄청난 인파. 관광지도 아닌데 도쿄는 이렇게 인파가 넘쳐나는 것인가 하고 압도당했다.

주변 지형은 머리에 들어 있다. 망설임 없이 세계에서 가장 유명한 햄버거 가게로 들어가 메모장 필담을 통해 커피를 얻었다.

2시간 만에 인터넷 환경을 손에 넣은 나는 이제 기다리는 일만 남기고 있었다. 선배가 일을 마치고 친구 가게에 도착할 그 시간까지.

거기까지 온 뒤에야 마음이 술렁거리며 차분함이 사라져갔다.

조금 있으면 내 운명이 결정된다.

가족 친척 다나카 길동무 엔딩인가. 아니면 연기인가.

그뿐만이 아니다. 연기한다는 것은 곧 선배와 대면한다는 뜻이다.

어떤 사람일까. 수십 번의 상상을 거듭하며 그 얼굴을 떠올렸다.

내가 어리고 순수했을 땐 TV에서 보는 것 같은 멋진 사람을 늘 머리에 떠올렸다.

하지만 인터넷 사회에 푹 빠지며 쓴맛도 단맛도 경험해 온 지금의 나에게 꽃밭과도 같은 낙관은 없었다.

애초에 인터넷에서 알게 된 사람. 인터넷과 2차원을 삶의 가치로 삼고 있는 것 같은 사람이 꽃미남이라는 것은 있을 수 없다. 기대해 봐야 헛수고였다.

전형적인 헤비 오타쿠. 혹은 어딘가가 아파보이는 창백한 피부와 부스스한 머리를 가진 니트족.

하지만 선배는 오타쿠 같은 구석은 있어도 니트는 아니다. 혼자 살면서 생계를 유지하고 있는 사회인. 그렇다면 어떤 사람인지는 정해진 것이나 다름없다.

규동집에서 치즈규동을 먹을 것 같은 사람이다.

나는 선배에게 구원을 바라며 비행기 거리를 날아 여기까지 왔다.

바람이 이뤄진다면 선배의 집으로 들어가서 현실 도피의 나날을 보내고 싶다.

나 같은 가출 소녀가 성인 남성의 집에 들어간다.

그 의미는 확실히 알고 있다. 얼마나 폐를 끼치는 행위인지를.

그래서 그에 상응하는 대가를 치를 각오를 끝낸 상태였다. 상류층 영감탱이의 첩이라는 배드엔딩과 비교하면 선배와 전장을 달려가는 것은 해피엔딩이나 다름없다. 우리들의 싸움은 이제부터다!

마음을 연 상대로서 선배를 존경하고 있다. 그야말로 자신의 인생의 유일한 빛깔이라고 할 수 있을 정도로.

나는 그래서 이렇게 빌었다.

부탁드립니다, 신이시여! 제발 저에게 치즈규동남 사회인을 주세요!

아무리 선배를 존경한다고 해도 생리적 혐오감을 억누르는 데엔 한계가 있다.

꽃미남이라는 기대 따윈 하지 않는다. 치즈규동이면 된다. 그러니 전형적인 헤비 오타쿠나 니트만은 참아주세요. 그런 것이 온다면 얌전히 무적인간이 되는 길을 택할 것이다.

선배와 만나는 것은 무척 기대됐다. 하지만 열어보기 전까지 어떤 모습이 잠들어 있는지는 알 수 없다. 그야말로 슈뢰딩거의 상자였다.

그리고 운이 좋아도 치즈규동남이기 때문에 어느 쪽이

든 내가 품고 있던 선배의 이미지에는 큰 타격을 받게 될 것이다. ……그렇게 생각하니 만나고 싶지 않은 것 같기도 했다.

슈뢰딩거의 상자와 이율배반적인 번민을 짊어진 채 시간은 흘러 내가 예상한 시간이 되고 말았다.

노트북 메신저 앱을 켰다.

『선배, 오프 모임하죠.』

거기까지 타이핑하고 엔터키를 누르지 못했다.

왜 그럴까.

오프 모임을 거절당할까 두려워서? 예스.

선배의 이미지를 부수고 싶지 않아서? 예스.

슈뢰딩거 상자를 막상 열려니 겁이 나서? 예스.

요컨대 직전에 쫄아버린 것이다.

비행기 거리까지 구원을 청하러 날아와 놓고 막상 선배와 만나는 것이 겁이 났다. 그 이상으로 새삼스레 선배를 끌어들이는 것이 망설여졌다.

그렇게 10분, 20분 결심을 하지 못하고 우물쭈물하고 있는데,

"힉."

"아, 죄송합니다~."

느닷없이 등을 맞고 말았다.

한눈을 팔면서 걷고 있던 인싸 무리 중 한 명의 팔꿈치

가 부딪힌 것 같았다. 헤실헤실 웃으며 경박한 사과만을 남기고 떠나갔다.

"……앗!"

작은 비명을 내지르고 말았다.

두고 있던 손가락이 엔터키를 누르고 있었다.

결심을 마치지 못한 채 메시지를 보내고 만 것이다.

머리를 쥐어뜯고 싶을 정도의 초조함.

부탁이에요, 제발 이 메시지를 눈치채지 말아 주세요, 라는 바람까지 강하게 들었다.

『갑자기 무슨 일이야?』

1분도 채 기다리지 않아서 답장이 와 버렸다.

선배에게 있어서 나는 일섬십계 레나팔트.

부정적인 것도 쾌활하고 밝은 개그 소재로 삼는, 말장난을 안 하면 죽는 병을 앓고 있는 중병환자.

여기서 틈을 두는 것은 레나팔트의 체면과도 직결되었다.

『부모님과 장래 얘기를 하다가 좀. 현재 적지에서 도망 중.』

10초도 걸리지 않아 나는 그렇게 대답했다.

조금의 거짓말도 보태지 않고 밝게. 뭐 하자는 거야, 이 녀석. 하고 어이없어하는 정도가 딱 좋다.

『너 전에 삿포로에 산다고 말하지 않았나?』

인터넷 리터러시를 준수하고 있다고는 해도 대략적인

주소 정도는 전해두고 있었다. 그러니 비행기 거리를 어떻게 왔냐는 물음표를 던지는 것은 당연했다.

『다이내믹 가출이에요.』

『너무 다이내믹하잖아.』

예상대로의 반응에 "후후" 하는 웃음이 새어나왔다.

조금 전까지만 해도 그토록 비관하고 망설이고 있었는데 이미 레나팔트가 늘 하던 대화를 이어나가고 있었다.

『언제부터 그런 계획을 세웠어?』

『어제. 처음 비행기 타봄.』

1분 정도 대답이 끊겼다.

화면 너머로 소리를 지를 만큼 놀란 게 틀림없었다.

『행동력이 너무 과감한 거 아냐?』

『제가 좀.』

『이쪽에 의지할 수 있는 친구라도 있어?』

『히키코모리 니트인 내게 친구가 있을 리가 없잖아, 싸우자는 거냐!』

완전히 이 손에는 레나팔트가 로그인해 있었다.

선배는 지금쯤 이런 레나팔트의 모습에 기막혀하고 있겠지. 걱정하고 있을지도 모른다.

아무리 행동이나 언행이 엉망이어도 그것은 늘 인터넷 세계의 이야기로 종결되었다. 그러던 것이 실체를 갖고 현실에서 레나팔트가 움직이기 시작한 것이다.

후미노 카에데라면 결코 있을 수 없다.

레나팔트이기 때문에 여기까지 도달한 것이다.

『그렇게 됐으니.』

그래서 다음으로 보내는 메시지는 레나팔트이기 때문에 말할 수 있는 소원이었다.

『선배, 자택 경비원은 필요 없으신가요?』

이름도 얼굴도 나이도 모르는 현실에서는 남일 뿐인 상대에게 고용해 달라고 부탁한 것이다.

『설마 나를 믿고 가출했다는 거야?』

『예스! 매일 밤 숙소 헬프미!』

선배의 답장이 멈췄다.

역시 나도 『정말 제멋대로인 놈이군. 좋아, 고용해 주마』라는 안이한 대답이 금방 올 거라고는 생각하지 않았다.

느닷없이 가출을 도와달라는 요구에 선배는 당황했을 것이다.

지금쯤 한숨을 쉬고 있을 (운 좋아도) 치즈규동남 얼굴이 머리에 떠올랐다.

그래도 선배는 그런 레나팔트를 단호하게 내치진 못한다. 비겁하게도 나는 그것을 알고 있었다.

나는 신동이다. 선배의 사고를 추적해 다음 행동 정도는 예상할 수 있었다.

대화 미루기다.

그렇다면 할 일은 정해져 있었다.

대화에 올라타서 한방에 낚아 올리는 것이다.

『너무 뻔뻔해서 웃지도 못하겠다. 거길 누가 가겠냐.』

『괜찮겠어요? 사실 저는 거유 미소녀 여고생이에요. 심지어 미개봉.』

『당장 데리러 간다.』

『선배 완전 쉬움. 낚는 거 껌이네요ㅋ.』

너무 뜻대로 풀려서 그만 입꼬리를 양손으로 누를 정도로 웃고 말았다.

언니나 아빠가 보면 내게 이런 기능이 아직도 갖춰져 있다는 사실에 경악할 것이다.

새삼 실감이 났다. 역시 선배와 이런 바보 같은 대화를 하고 있을 때가 가장 즐겁다.

『오늘 밤은 공성전이다. 내 궁니르가 불을 뿜는다!』

『위기! 위기! 오랜 세월 지켜온 성문이 마침내 부서지는가!』

그야말로 눈물이 날 정도로.

선배와의 시간이 너무나 눈부셨던 것이다.

◆

이리하여 나는 약속 장소에 서 있었다.

가게에서 빠져나온 지금 이 손에는 인터넷 환경이 남아

있지 않았다.

지리도 모르고 스마트폰도 없이 합류. 역 앞은 아직 혼잡하니 거기에서 합류하는 것은 무모했다.

그래서 공항 안에서 미리 엇갈릴 위험이 없을 만한 약속 장소를 정해두었다. 장소의 사진과 지도 URL을 보내 합류 장소를 지정했다.

10분 정도면 올 수 있는 거리라고 한다.

5분도 안 돼 먼저 도착하자 몸이 떨리며 침착성을 완전히 잃고 말았다.

드디어 슈뢰딩거 상자가 열린다.

선배의 복장은 정장이라고 했다. 그것만 전하면 엇갈릴지도 모른다며 셀카 사진을 보내주었다.

TV를 켜놓으면 흔히 볼 수 있는 정장 차림. 얼굴은 안 찍혔지만 나는 그것에 안도했다.

일의 끝이라는 점도 맞물려 목의 단추는 풀려 있었지만 단정치 못한 느낌은 들지 않았다. 적어도 엄청 뚱뚱하거나 마르지도 않았다. 단정하게 차려입은 모습에서 청결감을 유지하려고 애쓰는 인품이 전해졌다.

어쩌면 기회가 있을지도 몰라.

전형적인 헤비 오타쿠도 혈색 없는 히키코모리도 아니다.

이거라면 치즈규동을 먹을 것 같은 사회인이 올지도 모른다. 선배의 이미지에 가해질 타격이 최소화되자 기쁨과 희망이 부풀어올랐다.

한편 나는,

『빨간 캐리어를 든 거유 미소녀 여고생이에요.』

라는 말만 전해두었다.

미소녀라는 자만심은 없었지만 거유 여고생으로서의 자부심은 있었다. 가장 중요한 부분이야말로 낚시이긴 했지만 7할은 사실이니 거기는 용서를 구하도록 하자.

공항 라운지에서는 순식간에 흘렀던 시간.

햄버거 가게에서는 엔터를 누를 때까지 빠르게 흐르던 시간.

그것이 이제는 1분 1초가 멈춘 것처럼 느릿해졌다.

심장 박동이 쿵쿵거리고 금방이라도 터질 것 같다. 여기까지 왔으니 도망칠 수도 없었다. 그때가 오기만을 하염없이 기다렸다.

한참 안절부절못한 채 벌벌 떨고 있는데 문득 시야 끝에 무언가가 비쳤다.

찌를 듯이 나를 보고 있는 그 눈과 마주쳐 버리고 말았다.

부스스하지도, 기름지지도, 납작하지도 않은, 약간의 공을 들인 입체감 있는 짧은 머리. 눈썹은 지저분하지 않게 잘 다듬어져 있고 여드름 자국은커녕 안경조차 쓰지 않았다. 슬림한 그 체구는 자신보다 머리 하나쯤은 커 보였다.

TV에서 활약하는 배우의 얼굴도 아니고 인싸의 왕 같은 꽃미남도 아니다.

완벽한 사회인.

그것이 그 성인 남성에게 품은 감상이었다.

사회인이라는 말을 딱 떠올린 건 그의 장비가 정장이었기 때문이었다. 그리고 그것은 10분쯤 전에 막 확인한 것이었다.

경악했다.

보내온 사진. 그와 같은 차림을 한 완벽한 사회인이 약속 장소에 나타난 것이다.

몇 초쯤 서로의 시선이 교차한 뒤, 완벽한 사회인은 아차 싶은 표정을 지으며 눈길을 돌렸다.

여고생을 빤히 들여다보는 20대 남성으로 신고당할 것을 두려워한 것이겠지.

하지만 완벽한 사회인은 그 자리를 떠나려 하지 않는다. 신고를 두려워하면서도 여전히 이 자리에 머물고 있다.

목적이 이 장소에 있기 때문에 어떻게 할까 고민하는 것인지도 모른다.

이런 일이 있어도 되는 걸까……

사치를 바랄 마음은 없었는데, 정말 이대로 괜찮은 거냐고 신에게 물었다.

신탁은 내려오지 않았다. 이후는 너에게 달렸다고 말하는 것 같기도 했다.

완벽한 사회인은 신고를 두려워하고 있었다. 그쪽에서 먼저 접촉해오는 것을 기대하긴 어려울 정도로.

그래서 다리가 자연스럽게 움직인 것은 나에게는 뜻밖의 일이었다.

"저, 저…… 저기……."

세상에서 제일 불쾌한 모기 우는 듯한 소리.

열등감마저 가진 그것을 힘겹게 꺼낼 수밖에 없었던 것은 각오를 끝냈기 때문이 아니었다.

떨어져 있던 희망에 손을 뻗어 구원을 찾으려는 마음에서 나온 것이었다.

"서, 선배…… 맞나요?"

제발 그러기를 간청하듯, 매달림에 가까운 소원이었다.

휘둥그레진 그 사람의 눈에 나는 대체 어떻게 비쳤을까.

상상했던 기다림과는 모든 것이 달랐을 것이다.

나이는 그나마 귀여운 수준이다. 성별은 물리적으로 정반대. 내 질문의 의미를 모른다 해도 어쩔 수 없을지도 몰라.

그래서 대인공포증에 말더듬증 발작을 필사적으로 억누르고,

"저, 저, 저는……."

의사소통 장애가 내보일 수 있는 최대의 용기를 짜내어,

"레, 레나…… 팔, 트…… 예요."

내가 당신의 후배라는 것을 전했다.

◆

　성과를 내는 것은 가능했지만 아빠에게 나는 남들 앞에 내세우고 소개할 수 있는 자랑스러운 딸은 아니었다. 가족끼리 숙박을 겸해 외출했던 것은 아주 먼 과거의 일. 마지막으로 놀러가서 자고 왔던 것은 언제쯤이었을까. 적어도 엄마가 돌아가신 이후로 행선지에서 하룻밤을 보낸 적은 없었다.

　그래서 눈을 떴을 때 처음 든 생각은,

　'모르는 천장이다.'

　고전 클리셰 사전에라도 나올 법한 전형적인 감상이었다.

　모르는 방 냄새. 동시에 비강을 간지럽히는 것은 개봉한 지 얼마 되지 않은 침구 냄새였다.

　멍한 머리였지만 차례로 기억을 더듬을 필요는 없었다. 자신이 처한 상황은 제대로 파악하고 있었다.

　자택 경비원으로서 선배에게 고용되었다.

　독채에 살고 있긴 한데 선배는 혼자 산다. 남을 초대해서 재우는 이벤트는 한 번도 없었다고 한다.

　이 집에 있는 침구는 침대 하나뿐이다. 그래서 천장의 얼룩을 헤아릴 각오로 선배를 찾아갔지만 그런 일은 생기지 않았다.

나는 선배를 잘 따르고 존경도 하고 있다. 하지만 선배를 성인군자의 반열에 놓은 적은 한 번도 없었다. 오히려 인연이 멀 정도다.

어제까지 선배는 나를 남자라고 생각해왔다. 그렇기에 남자끼리만 할 수 있는, 남자의 욕망이 노골적으로 드러난 음담패설이 나오는 경우는 흔했다.

대화의 흐름 속에서 선배의 전장 경력에 대한 가르침을 청했을 때,

『궁니르를 휘두르는 첫 전장은 청아한 발키리와 어깨를 나란히 했을 때라고 맹세했다.』

쓸데없는 문학성과 함께 그런 다짐을 설파해왔다.

아마 선배는 그때 술에 취해 있었을 것이다. 술김에 전장 경험이 없다는 사실을 누설한 것이다. 사회적 체면이 와르르 구겨지는 그 모습에 내 배는 큰 타격을 입고 말았다.

전장 훈련장에 가본 적이 없냐는 말을 슬쩍 던지자,

『베테랑 상대의 모의전은 절대로 싫어!!!!!!!』

대량의 느낌표와 함께 그런 대답이 돌아왔다.

마지막엔 편의점 앞이나 역 앞에서 갈 곳을 잃은 아름다운 발키리가 있으면 손을 내밀고 싶다. 부드럽게 그 마음을 달래주고 전장을 함께 달려나가고 싶다. 궁니르를 휘두르고 싶다.

『그게 이뤄지지 않는 현실은 역시 시궁창이야!!!!』

또 한 번 대량의 느낌표를 날리고 있다.

여자로서 나는 그런 선배에게 실망하지 않았다. 남자의 저급한 욕망에 불쾌감을 품지도 않았다.

『선배 너무 찌질해서 완전 웃겨ㅋㅋㅋㅋㅋㅋㅋㅋㅋ』

웃음 버튼을 연타하며 키보드를 두드려댔다. 다음 날 이 배는 근육통으로 고생하는 신세가 되었다.

『꿈은 포기하지 않으면 이루어진다!!!!』

『그런 욕망으로 점철된 꿈이 이뤄질 리가 없잖아, 싸우자는 거냐!』

그 후에도 실컷 놀려댔다.

이것이 2년 전. 레나팔트에 『일섬십계(一閃十界)』라는 별명을 막 달았을 무렵의 이야기였다.

그 멋진 우스갯소리가 내 등을 떠밀어준 하나의 요인이었다.

아름다운 발키리라고 생각하진 않았지만, 일부에서 환영할 만한 발키리이기는 했다. 선배를 백일몽이라는 감옥에서 깨어나 해방해주는 역할 정도는 할 수 있었다. 그런 자기평가를 한 나에게 선배는 빈말이 아니라, 자신 있게 거유 미소녀 여고생이라고 해도 좋다며 단언해 주었다.

그런데도 공성전은 무기한 연기. 선배는 나를 전장에 데려가지 않고 정비원도 시켜주지 않았다.

어째서?

처음에는 오랜 시간 동정으로 살아와서 막상 전장을 앞에 두고 겁먹은 건가 싶었는데, 그것만은 아닌 것 같았다.

답이 나오지 않는 불명확함에,

『폐를 끼치는데 아무것도 안 할 수는 없어요.』

아빠 다음으로 싫어하는 인간이 그만 그 손을 움직이고 말았다.

레나팔트는 나의 분신이자 인격이며 이상이었다.

화면 너머에 있을 때만큼은 적어도 사회력 낮은 여자의 탈을 레나팔트에 겹쳐 쓰고 싶지 않았다.

선배 앞에서는 적어도 제대로 된 레나팔트로 남아있고 싶었다.

"잘 들어. 내게 있어 넌 뭐지?"

『단순한 거유 미소녀 여고생이요.』

"너 그 설정 좀 마음에 들었지?"

『에헷.』

실패를 만회하고 무마시키듯 억지로 레나팔트를 연기했다.

"그럼 반대로. 너에게 나는 뭐지?"

『선배입니다. 그것도 인생의.』

"네 선배는 지원 요청을 부탁해온 후배의 약점을 파고들어 공성전을 벌이는 놈이냐?"

필사적인 레나팔트의 손은 다시 멈췄다.

『적어도 선배는 적극적으로 나설 타입이잖아요ㅋㅋㅋㅋ』
하고 마구 비웃으며 대답해야 할 타이밍인데, 레나팔트의
손이 움직여주지 않았다.

선배의 사고를 몇 번이고 추적하고, 에러를 몇 번이나
내뱉은 끝에 가까스로 하나의 결론에 당도했다.

자만해도 되는 걸까?

선배는 전장을 누비게 된 이후 레나팔트와 관계가 이상
해지는 것을 꺼렸을지도 모른다. 둘이 함께 쌓아왔던 시간
이 무너지는 짓을 피하고 싶었던 게 아닐까?

『폐를 끼치는데 아무것도 안 할 수는 없어요.』

후미노 카에데의 본심이 새어나오고 말았으니까.

그러니까 어쩌면, 아니 확실히…….

선배 또한 레나팔트와의 관계를 소중히 여기는 것이다.

욕망을 억누르면서까지 변하지 않는 관계를 원했다.

거기까지 생각이 미치자 가슴속 깊은 곳에서 솟아오른
감정이, 채 억누르기도 전에 오열이라는 형태로 흘러나오
기 시작했다.

자택 경비원으로서의 고용이 결정된 뒤에도 싱글 침대에
서 함께 자는 일은 없었다. 입주 직원의 복리후생으로서 선
배가 인근 복합 슈퍼마켓에서 이불을 더 사다 준 것이다.

여기는 선배의 옆방. 입구는 따로따로 있었지만 두 개의
방을 구분하는 것은 벽이 아니었다. 미닫이문이었다. 생활

소음은커녕 숨소리마저 들려올 정도였다.

레나팔트이기 이전에 나는 여고생이다. 가족도 아닌 성인 남성과 한 지붕 아래서 단둘이 하룻밤을 지새운다. 그렇지 않아도 큰 문제인데 그런 두 사람을 가로막는 것은 얇은 미닫이문 한 장뿐이다.

여러모로 걱정이 많았고 선배도 그것을 알고 있었다.

"2층 편하게 써도 돼."

그것을 배려하여 그렇게 제안해 주었다. 그러나 내 고개가 흔들린 방향은 상하가 아니라 좌우였다.

어쨌든 이곳은 호러 하우스. 진짜 심령 스폿이다.

화려한 경력과 빛나는 전력 같은 것들을 웃으면서 떠들어왔다. 그런 집에 태연하게 사는 선배는 대체 뭐냐며 몇 번이나 웃어댔던 기억이 있다.

설마 그런 진짜 심령 스폿에 발을 들여놓은 걸 넘어서서 사는 날이 오다니.

2층에서 일어난 과거의 참극도 알고 있었기에 혼자 그런 장소에서 잠을 자기는 너무 무서웠다. 그렇다고 선배와 같은 공간을 함께하는 것도 그건 그거대로 잠이 올 것 같지 않았다.

고민 끝에 선배 옆방을 요청했다.

두려움으로 몸과 마음이 떨려 의식을 놓는 데 시간이 걸렸다.

마음이 안정된 것은 고른 숨소리가 정적을 깨고 난 뒤부터였다.

선배가 바로 옆에 있다. 그것을 마음의 버팀목 삼아 길고 긴 밤을 보냈고, 어느샌가 잠이 들었다.

일생일대의, 인생을 건 다이내믹 가출. 몸과 마음은 피로에 절어 있었기에 도중에 깨기는커녕 꿈조차 꾸지 않을 정도로 푹 쉬었던 것 같다.

햇볕이 잘 들지 않는 이 방. 커튼이 없음에도 울창한 숲 같아서 아침 햇살에 잠에서 깨지 못했다.

옆방에는 기척이 없다.

심령 스폿에 홀로 남겨진 듯한 불안감.

오늘은 토요일. 황금연휴의 시작이다.

보호해줄 이의 모습을 찾듯 방을 나섰다.

훤히 트인 거실은 가구가 하나도 놓여 있지 않아 휴식처로서의 생활감이 느껴지지 않았다. 그런데도 이 거실을 살풍경하다고 부를 사람은 없을 것이다.

제단이 있기 때문이었다.

거실에 유일하게 놓인 그 이질적인 물건. 그곳만 잘라서 보면 마치 선배가 컬트 종교에 빠진 것이라 착각할지도 모른다. 하지만 전혀 그렇지 않았다. 어쨌든 이곳에 펼쳐진 광경은 종교색과는 무관했다.

제단에 올려져 있는 것은 커다란 페트병에 든 호박색 술.

누가 봐도 선물로 받은 것 같은 햄 세트. 최상단에는 에로 게임을 원작으로 한, 설정이 엉망진창이었던 지난 분기 애니메이션 피규어가 모셔져 있다.

중지를 세운 간디가 달려들어 나가 죽으시게, 하고 쏘아붙일 만한 모독적인 광경이었다.

레나팔트의 기발한 발언과 사상은 모두 선배에게 내실을 부여받은 것이었다. 그의 등을 보며 배워온 것은 너무나도 많았다.

그렇다고 그것이 현실을 침식하지는 않았다. 인터넷상에서 정신 나간 발언이나 기행을 쏟아내는 것은 자신만의 이야기가 아니다. 익명의 가면을 쓴 많은 사람이 행하는, 이제는 문화라고도 부를 수 있는 방식이었다. 그렇기 때문에 그 문화를 현실로 가져오는 것은 있을 수 없다.

그럴 터였다.

선배가 설마 리얼로 정신 나간 미치광이 플레이를 하고 있었을 줄은 몰랐다.

제단을 향해 두 손을 모으며 평생 그의 등을 따라가겠다고 재차 다짐했다.

문득 거실에 울려 퍼진 소리에 움찔 놀랐다.

호러 하우스 악령이 내는 쇳소리도 아니고, 미치광이의 고함도 아니다.

모터음이다.

소리의 발생원은 미치광이 거실이 아니었다. 열려 있는 문 너머 다이닝 키친에서 흘러나온 것이었다.

그 안을 들여다보고 안심했다.

완벽한 사회인은 거기에 있었다.

아빠 뽑기 실패 이후 언니 뽑기는 5성(★). 하지만 사용 편의성은 최악이다.

나아갈 사회에는 괴물들뿐이다. 신동인 내가 왜 이렇게 궁지에 내몰려야 할까. 아빠와 사회와 인싸를 저주했다.

그런 나의 불행의 균형을 맞춰주듯 세상은 마음의 버팀목을 배포해주었다. 그것이 없었다면 더 이른 단계에서 인생의 리세마라로 달려갔을 것이다.

선배는 배포 캐릭터이기는 했지만, 성능은 그야말로 5성 급. 대신 캐릭터 디자이너가 오랫동안 수수께끼였다.

분명 거지 같은 그림 작가가 담당하고 있겠지.

그렇게 확신하고 있었는데 뚜껑을 열어보고 경악했다.

SNS에서 팔로워 20만명이 넘는 일러스트레이터가 담당하고 있었던 것이다.

신은 있었다.

선배의 이미지를 조금도 손상시키지 않는 캐릭터 디자인 성능. 쓸데없이 미남이 아닌 점에서 확고한 신념이 느껴졌다. 아주 잘 파악하고 있군! 하고 마음속에서 기립박수를 치고 말았다.

그야말로 이상형 그대로의 선배였다.

지금은 머리가 세팅되지 않았지만, 그래도 선배는 선배로 남아 있었다. 어제의 감동은 하룻밤의 꿈이 아니었던 것이다.

커피 향이 비강을 간지럽혔다.

아무래도 소리의 정체는 전동믹서인 듯했다. 원두를 갈고 있는 것이다.

"음, 오. 좋은 아침, 레나."

나를 알아차린 선배는 규범적인 사회의 인사를 영창했다.

좋은 아침.

오랫동안 들어보지 못했던 그 주문. 이미 익숙함 따위는 사라져버려 영창하는 것은 무척 오랜만이었다.

레나팔트라면 『쫀 아침이요~』 하고 손가락을 휘휘 움직였겠지만, 후미노 카에데의 입에는 장착되지 않은 기능이었다.

좋은 아침입니다, 라고 영창하는 것이 옳다는 것은 알고 있었다.

눈앞에 있는 것은 언니도 아니고 아빠도 아니다.

겁먹을 상대가 아니라는 것을 알면서도 이 목은 그 주문을 외우지 못했다.

그렇게 인사 하나 못 한 채 우물쭈물하고 있는데,

"아……."

눈을 껌벅거리던 선배가 작게 신음했다.

인사가 돌아오지 않는 것에 기분이 상한 것도, 침묵에 어색해진 것도 아니다.

"그, 뭐냐……."

오히려 그 얼굴은 진지했다.

"땡큐."

예의 없는 행동을 하고 있음에도 어째서인지 감사의 말을 듣고 말았다.

고개를 갸우뚱하고 있는데 그 눈이 자신의 얼굴을 보고 있지 않다는 것을 깨달았다. 무시당하고 있는 것은 아니다. 자신의 눈높이보다 약간 아래, 느낌상 턱을 약간 내리고 있는 정도다.

그에 이끌리듯 시선 끝으로 쫓아갔다.

내 자랑이 시야를 방해하여 발밑은 보이지 않았다. 그렇지만 이상한 차림은 아닐 텐데.

실내 장비는 쾌적함과 기능성을 중시한다. 파티가 열릴 것만 같은 귀여움 따위는 필요 없다. 품이 넓은 후드티와 반바지가 내 실내 장비. 취침 시에는 위를 벗기만 하면 되는 그야말로 효율성에 최적화된 장비다.

그런, 여느 때와 다름없는 부스스한 모습.

얇은 흰 셔츠 너머로 자부심을 지탱해주는 속옷이 희미하게 비치고 있었다.

안에서 치밀어 오른 감정을 레나팔트의 발언으로 변환시키면 이러했다.

『ㄷ하ㅏ ㅂ니ㅔ;ㄷ라』

◆

고용 첫째 날.

순식간에 방에 틀어박혔다. 곧바로 직무에 종사하는 모습은 자택 경비원의 귀감이라고 해야 할까.

설마 럭키 해프닝의 가해자가 될 날이 올 줄이야. 로맨틱 코미디의 히로인이었다면『최악!』이라든가『뭘 보고 있는 거야!』라며 악담을 하거나 폭력을 휘두르는 장면이겠지.

새삼 생각해보니 자신에게 잘못이 있는데도 불합리한 행동을 하는 꼴이었다. 로맨틱 코미디 여주인공은 상식 없는 녀석들뿐인가. 그런 꼴사나운 행동을 하지 못하는 나는 언제나 그런 역할에는 어울리지 않았다.

그리고 선배 역시 그런 주인공에게는 어울리지 않았다. 보라, 외면하기는커녕 당당하게 관찰한 다음 감사의 말을 하고 있다.

5분쯤 지나자 "진정되면 불러" 하고 미닫이문 너머에서 말이 들려왔다.

고용주의 다정함에 어리광을 부리면서 한 시간가량 직

무를 다했다.

후드티의 지퍼를 단단히 잠그고 『이제 괜찮아요』라고 컴퓨터로 보냈다.

"점심 먹을까?"

옆방에서 목소리가 돌아왔다.

컴퓨터 오른쪽 아래로 눈을 돌리자 그때야 점심시간이라는 것을 깨달았다. 아무래도 정말 푹 자고 있었나 보다.

미치광이 거실에 나와 선배와 오늘 두 번째로 얼굴을 마주했다.

얼굴을 똑바로 바라보려 했지만 소용없었다. 곧바로 고개를 푹 숙였다.

의사소통 장애를 발휘한 것은 아니다. 소녀의 수줍음이다.

입사 초기의 트러블. 선배는 그것을 놀리지도 않고, 다시 거론하지도 않았다.

"받아."

그저 핸드폰을 내밀었다.

화장실에 버리고 온 물건과 같은 사과 표시 업체 제품이었다.

내민 스마트폰을 받아들자 제법 묵직했다. 써오던 것보다 훨씬 큰, 이 손에는 과분한 물건이었다.

"컴퓨터에서 멀어지면 대답을 못 하니까 불편하잖아. 그러니까 그걸 써."

나도 모르게 눈을 부릅떴다.

"평소 대화는 그걸로 해. 대신 한두 마디 정도의 대답은 되도록 말로 해서 익숙해지고."

진심인가, 이 선배.

"아무리 말을 더듬어도 안 웃을 거야. 성대는 근육이니까 쓰다 보면 머지않아 평범하게 말할 수 있게 되겠지."

"넷…… 네. 네."

"좋아, 좋은 대답이야. 이대로 가자."

기분 나쁜 말더듬에도 선배는 비웃지 않고 웃어주었다.

시끄럽기만 한 아빠나 상냥하지만 억지로 바꾸려 하는 언니. 나에게 가진 감정은 상반되지만 요구해 오는 것은 언제나 같았다.

양손을 쓰지 않으면 계산할 수 없는 유아에게 수학을 시키려는 만행이었다. 그 두 사람은 어리석게도 그것만으로 터득할 수 있을 거라 믿는 것이다.

반면 선배는 초등학교 1학년 산수 문제집과 함께 계산기를 줬다. 일단 이걸로 숫자에 익숙해지는 것부터 시작하라고. 이 정도면 나도 할 수 있을 것 같다는 자신감과 의욕을 세트로 준 것이다.

선배와는 5년간의 교제. 하지만 만난 지는 아직 24시간도 채 되지 않았다.

태어난 후 줄곧 가족이었던 사람들과의 차이가 경악스러운 수준이었다.

어디까지나 내 마음을 우선으로 생각해 모든 것을 제시해준다. 그 등에서 후광마저 비추는 것처럼 보이기 시작했다.

존경을 넘어 경외심이 마음속에 피어올랐다.

이 환경에서 노력해 보자.

새삼스럽게 그렇게 다짐한 것이다.

◆

"오늘은 일단 견학만 해. 옆에서 보고 있어."

이리하여 자택 경비원 연수가 시작되었다.

일단 요리.

내가 자택 경비원 업무를 제대로 완수하느라 늦어버린 점심.

조리 풍경. 그 견학으로 시작했다.

"싫어하는 거나 알레르기 같은 거 있어?"

선배의 물음에 반사적으로 고개를 저었다.

다만 곧바로 이래서는 안 된다는 생각이 들었다.

"어…… 어, 없…… 어요."

한두 마디 대답은 가급적 말하겠다고 약속했기 때문이

었다.

눈앞에 있는 것은 언니도 아빠도 아니다. 있는 그대로의 나를 받아준 선배이다. 겁먹을 것은 아무것도 없다.

그렇지만 단 한마디를 내뱉는 데도 이렇게 힘든 것은, 선배도 말한 대로 성대는 근육이니 오랫동안 제대로 사용하지 않아 생긴 폐해였다. 내 뜻대로 움직이지 않았다.

더듬는 이 목소리가 소름끼칠 정도로 불쾌했다. 이런 소리는 듣고 싶지 않았다.

하지만 간단한 대답은 말로 하겠다고 약속했다.

"오케이. 그럼 적당히 만들게."

선배 역시 약속대로 웃지 않았고, 그 눈은 만족스러워보였다.

냉장고 안을 잠시 바라본 선배는 "좋아"라고 외치고는 조리를 시작했다.

랩에 싸인 밥을 렌지에 데우고 그 사이에 안에 들어갈 재료를 다지고 달걀을 푼다. 익숙한 손놀림으로 밑준비를 마친 선배는 화구 아래 수납 공간에서 중화냄비를 꺼냈다.

한껏 달궈진 웍은 순식간에 볶음밥을 연성했다.

강렬하게 입맛을 돋우는 향긋한 향.

"……아, 으."

선배 앞이었음에도 그 향기에 배에서 꼬르륵 소리가 나기 시작했다.

어제 점심부터 아무것도 먹지 않았다는 게 떠올랐다.

"자, 방에서 먹고 와."

반사적으로 배를 누른 나를 보며 선배는 웃었다. 아무래도 웃지 않겠다는 약속은 말을 더듬는 것 한정인 것 같다.

수치심을 느끼며 볶음밥과 함께 방으로 철수했다.

어제 준비해 준 접이식 책상에 접시를 놓았다.

양손을 모으고 가슴속으로 잘 먹겠습니다.

그런 자신의 모습에 놀랐다.

엄마가 돌아가신 이후로 가정부가 만든 요리를 앞에 두고 그런 행동은 한 적이 없었다.

음식을 해준 사람에 대한 고마움이 절로 샘솟았다.

남자가 만든 요리. 맛에 대한 걱정은 조금도 없었다.

식욕에 이끌리듯 입으로 가져갔다.

그 향기만으로 이미 예상은 했지만 맛있었다.

한 알 한 알에 달걀이 둘러진 고슬고슬한 볶음밥. 재료는 파와 차슈로 심플하지만 그것들을 실수 없이 하나의 맛으로 응축시킨 선배. 그 맛은 의외의 요리 스킬을 보여주기라도 하듯 훌륭했다.

소식임에도 불구하고 조금 많다고 생각한 양이 금세 텅 비었다.

"맛은 어때?"

얇은 미닫이문 너머로 선배는 맛의 감상을 물어왔다. 기척으로 다 먹는 것을 기다려준 것 같았다.

예스나 노 두 가지 선택이 아니었다. 제대로 된 감상을 전하려면 역시 스마트폰이 필요했다.

『지금까지 먹어본 것 중 가장 맛있는 볶음밥이었어요.』

빈말도 무엇도 아닌 솔직한 감상이었다.

가정부가 만들어주는 음식은 일식이나 양식뿐. 마지막으로 볶음밥을 먹은 게 몇 년 전인지도 모르겠다. 적어도 초등학생 이후인 것만은 확실했다.

진심으로 맛있었기 때문에 사양하지 않고 마음껏 칭찬의 말을 건넸다.

옆방에서는 내 감상을 알리는 알림음이 울렸다.

"그거 다행이네. 사실 이 음식에는 좀 자신이 있었거든."

선배의 목소리는 맛 감상에 안도했다기보단 흡족해하는 느낌이었다.

"참고로 재료인 차슈는 수제야. 그게 바로 감칠맛을 내주지."

『차슈까지요? 선배, 요리를 잘하시네요. 좀 의외예요. 실례일지도 모르지만 그런 건 귀찮아할 거라고 생각했거든요.』

"중학교 때부터 내 밥은 내가 해왔으니까. 이래 봬도 자취 능력은 높아."

자신의 요리 스킬을 선배는 자랑스럽게 말했다. 나는 거기에 곧바로 답장할 수 없었다.

중학교 때부터 계속 본인이?

"벌이가 안 좋은 밑바닥 사회인이 외식만 했다간 파산이야. 요리가 취미인 정도는 아니지만, 먹고 싶은 게 있으면 직접 만들어 먹는 정도는 돼."

아무렇지도 않은 말투였지만 사회가 보여주는 평범한 가정에서는 그런 일이 일어나지 않았다. 그렇다고 요리에 눈을 뜬 것도 아닌 것 같다.

자신이 먹을 밥을 자신이 지어야 한다. 선배는 그런 상황에 처했던 것이다.

"그래도 요리를 하면 귀찮은 일이 생기는 건 확실하지. 그게 뭔지 알아?"

선배와는 5년간의 교제. 선배가 나의 가정환경을 몰랐듯이 나 또한 선배 가정에 대해서는 아무것도 몰랐다.

"정리야. 설거지나 이래저래 정리하는 게 제일 귀찮거든."

선배의 과거. 아직 어린아이 취급을 받던 시절. 어떤 생활을 해왔을까.

이렇게 선배와 얼굴을 마주하게 되자 이 사람에 대해 더 알고 싶었다. 그런 감정이 솟아올랐다.

"그러니까 레나. 처음에는 인간 식기세척기로 활약하게 될 거다."

나는 그 충동을,

『네. 맡겨주세요.』

잠시 삼켰다.

사회에 보일 수 없는 어두운 일면을 가진 우리의 생활은 이제 막 시작되었다. 앞으로 배워나가야 할 것은 넘칠 정도로 많다.

선배에 대해서는 더 알고 싶다.

하지만 그건 지금일 필요는 없다.

이런 무거운 짐을 짊어지게 했다. 조금이라도 빨리 선배의 도움이 되고 싶었다.

그렇다면 우선 알아야 할 것은 과거가 아니라 현재.

눈앞의 자택 경비원 연수에 집중하자.

식후의 설거지가 끝나자 이어서 빨래가 시작됐다. 바구니에 쌓인 옷가지를 세탁기에 다 집어넣고 버튼 클릭. 세탁기가 돌아가는 동안 1층 전체에 청소기를 돌린 뒤 화장실 청소를 한다. 그것이 끝나면 세탁기도 마침 끝났을 타이밍이다. 햇볕이 잘 드는 2층에서 빨래를 말린다.

사회인의 자취생활. 모처럼 쉬는 날인데 이런 일을 모두 해야 한다. 마음먹고 손을 움직이면 두 시간도 채 걸리지 않는다고는 해도, 주 5일이나 일한 상황에서 쉬는 날 이 정도의 일을 해내는 것은 분명 귀찮고 성가실 것이다. 집안일을 맡길 수 있으면 도움이 된다는 것은 사실인 것 같았다.

요리야 둘째쳐도 나머지는 바로 실천할 수 있을 것 같았다.

　"너한테 맡기고 싶은 건 대충 이 정도야."

　선배가 그걸로 도움을 받을 수 있다면 이 정도는 매일이라도 할 수 있었다.

　……할 수는 있지만, 세탁에 관해서는 하나의 장애물이 버티고 있었다.

　"뭐, 속옷류는 내가 알아서 할 테니까 거긴 안심해."

　속옷 문제다.

　세탁 후 실제로 말리는 단계에서 선배 팬티를 보게 됐을 때 우리 사이에는 어색한 공기가 감돌았다. 보기만 해도 이 뺨이 부끄러움으로 물드는데, 그것을 손에 쥐기에는 정신적으로 장벽이 높았다.

　선배 역시 여고생에게 자신의 팬티를 빨게 하는 것은 내키지 않았던 모양이다.

　여기선 『전부 다 열심히 하겠습니다!』라며 맡고 싶었지만, 소녀의 갈등이 이기고 말았다.

　"갑자기 전부 완벽하게 해내라는 말은 안 해. 조금씩 할 수 있는 걸 늘려가도록 해."

　"네, 넷, 네……!"

　"좋아, 좋은 대답이야. 그 상태로 부탁해."

　미치광이 거실에서 팔짱을 낀 선배가 격려의 말을 건

넀다.

누군가를 눈앞에 두고 하는 의사소통은 고통뿐이었다. 설령 그 상대가 선배라 할지라도 마찬가지였다. 그만큼 나는 이 목구멍에서 나는 소리가 싫었고, 의사를 전달하는 것은 고행이었다.

짧은 시간에 그것이 극복되어 가는 것을 느꼈다. 선배만은 예외가 된 것이다.

『그나저나 남자 혼자 사는 집은 더 지저분하고 더러울 거라고 생각했어요.』

그래서 문자의 형태라고는 해도 눈앞의 상대방에게 자신의 의사를 전달하고 있다는 것은 놀라운 진보였다.

"응? 뭐…… 이전 아파트 때는 네가 생각하고 있던 집이었지. 발 디딜 틈도 없었지만, 청소하기는커녕 청소기조차 없었으니까."

선배는 스마트폰에 도착한 메시지를 보며 말로 대답했다.

『그런가요? 어제 정장 차림도 깔끔하길래 살짝 결벽증인가 싶었어요.』

그것을 또 눈앞에 있음에도 불구하고 문자로 대답했다.

좀 이상한 의사소통일 수도 있다. 의사소통 장애인 나를 선배가 배려해주고 있다는 증거였다.

"결벽까지는 아니지만, 인간에게 무엇보다 중요한 것은 외형이니까. 그 전부터도 옷차림만큼은 신경 썼는데, 여기로 이사한 이후엔 청소도 제대로 해야겠다고 생각했지.”

『집안일도 제대로 하자고 마음먹은 이유라도 있었나요?』

“집을 소홀히 하면 화려한 경력에 기여하는 신세가 될 것 같았거든. 어제도 말했듯이 보여줘야 할 감사와 경의라는 거지.”

『그렇군요.』

“나머지는 뭐, 때마침 노예에서 밑바닥까지 올라간 시기였으니까. 여유도 생겼으니 이 정도 할 기력은 생긴 것뿐이야.”

별것 아닌 일처럼, 그저 그뿐이라며 선배는 말했다.

다만 한 가지 걸린 단어가 있었다.

노예.

전부터 밑바닥 사회인이라고 자칭하던 선배. 그보다 아래의 시기가 있었고 그는 그것을 노예라고 칭했다.

무슨 뜻이냐고 물어야 하는 걸까.

그런데 그 전에 선배의 오른손이 눈앞에 다가왔다.

그 손이 머리를 톡톡 부드럽게 쓰다듬었다, 라는 일은 없었다.

“흐앗……!”

예기치 못한 충격이 이마를 덮치면서 머리가 훅 뒤로 넘어갔다. 아팠던 것은 아니지만 반사적으로 이마를 양손으로 눌렀다.

딱밤을 맞은 것이다.

"그보다 레나, 아까부터 뭐야, 그 태도는?"

지극히 진지한 얼굴을 한 선배가 지그시 눈을 바라봐
왔다.

연수 중에는 최대한 진지하게 마주했다. 그런데도 태도
를 탓하는 말을 들었다.

무엇이 잘못된 것일까. 떠오르는 것이 없었기에 더욱 머
리가 새하얗다.

"어른스러운 척하지 말라고."

선배는 자신의 스마트폰을 팔랑팔랑 흔들었다.

"어……?"

벌린 입에서 얼빠진 소리가 새어나왔다.

"일섬십계 레나팔트는 이런 진지캐가 아니잖아? 어제의
기세는 다 어디로 갔어?"

마치 예의 없는 행동을 탓하기라도 하듯 선배가 입을 삐
죽였다. 그러나 그 반대임을 질타하고 있는 것이다.

스마트폰을 빌려서 선배와 한 대화를 떠올리면 확실히
레나팔트와는 무관한 단어 선택이었다.

미닫이문 너머라면 이 손에는 레나팔트가 로그인할 수
있다. 그런데 이렇게 얼굴을 마주하고 있을 때는 로그인이
안 된다. 이 손은 영리하고 성실하게만 움직인다.

하지만 레나팔트는 무례하다. 눈앞에서 당당하게 선배

에게 무례한 짓은 못하고 있는 것이다.

"나한테 지금까지 내뱉었던 말을 되새겨 보라고."

선배의 손이 다시 눈앞에 다가왔다.

"이제 와서 무례한 말을 신경 써서 착한 아이인 척해도 소용없어."

그 향하는 곳은 이마가 아니라 머리. 톡톡 부드럽게 쓰다듬은 것이다.

반박할 수 없는 정론이다.

나는 온갖 표현을 구사하며 선배를 놀려댄 적도 많다. 그것이 설령 농담이나 그 자리에서 즉석으로 튀어나온 말이라고는 해도 매번 무례한 짓을 거듭해 온 것이다.

얼굴을 마주한 정도로 그런 과거가 없어질 리가 없다. 이제 와서 착하게 군다 해도 선배의 기분만 이상하게 만들지도 모른다.

『으악, 설교 다음엔 성희롱이라니. 이 회사는 어떻게 돼먹은 거예요?』

이 손에 자연스럽게 레나팔트가 로그인했다.

"우리 회사는 나이, 학력, 업무 경험 불문. 상냥한 선배가 가르쳐주고 의욕을 북돋아 주지. 일 외적으로도 다들 친하고 노력을 인정해주며 장래에는 독립할 사원의 꿈을 함께 응원해주는, 열의만 있으면 되는 가정적이고 가족 같은 직장이다."

『블랙 기업 종합 세트 같은 말 읊지 마.』

"하지만 입주니까 집세도 안 들고 식비, 광열비는 당사 부담이다. 어때, 꽤 매력적이지?"

『그래서? 중요한 급여는?』

"보람."

『단순한 노예 계약. 블랙 기업 대상으로 추천해주마.』

스마트폰에서 눈을 들어보니 재밌다는 표정을 짓고 있는 선배의 얼굴이 보였다.

쓸데없이 꾸미지 않아도 돼. 미닫이문 너머에서도, 눈앞에 마주하고 있어도, 적어도 문자상으로는 평소의 레나팔트라도 괜찮다는 것을 알았다.

우리 사이만의 정답에 가슴속에서 기쁨의 감정이 복받쳤다.

자연스럽게 입꼬리가 빙긋 올라갔다.

『뭐, 아무튼 오늘 배운 건 내일부터 바로 실천할게요. 선배 속옷(사용 완료)도 맡겨주세요.』

"쓸데없는 괄호 붙이지 마. ……하지만 괜찮겠어? 무리하지 않아도 돼."

『브리프라면 무리였겠지만 검정색 복서팬츠라면 아슬아슬하게 가능할 것 같아요.』

"굳이 색을 강조하지 마."

『말린 팬티, 전부 다 똑같았죠? 즉 지금 선배가 입고 있는 건…….』

"그러는 너는 어떤데?"

『섹시한 검정 스트링.』

"거짓말하긴. 어차피 밑에도 핑크겠지."

"윽……!"

수치심이 뺨을 덮쳤다.

셔츠 너머로 내 자존심을 지탱하는 속옷을 보였다는 것을 잊고 있었다.

선배의 입가가 씰룩였다. 남자의 저급한 욕망이 차오른 것이 아니다. 허점을 찌른 것에 승리의 웃음을 짓고 있는 것이다.

그리하여 나는 칼을 들었다.

현재 착용하고 있는 속옷, 그 색깔. 들키는 걸 넘어서서 수모를 당했으니 『너는 너무 많이 알아버렸다』며 선배를 찌르기 위해서였다.

……는 아니었다.

『요리도 빨리 잘하게 되고 싶어요.』

"이것저것 한 번에 외우려고 해도 힘들잖아. 조금씩 배워나가면 돼."

『괜찮아요. 저 신동이거든요. 주입식 교육도 어느 정도는 필요해요.』

"뭐, 그렇게까지 말한다면 하는 만큼 해볼까?"

선배는 깔끔하게 허락해 주었다.

저녁까지 기다리지 않고 곧바로 실기를 시작하게 되었다.

엄마를 도와 접시를 놓아둔 적은 있지만, 요리에 참여한 적은 한 번도 없었다.

그래서 이렇게 칼을 든 건 처음이었다.

식칼을 꽉 쥐고 칼날로 시선을 떨어뜨렸다. 그 칼끝을 내리치는 끝, 도마 위에 올라가 있는 양파로 힐끗 시선을 옮겼다.

"무서워?"

식칼을 움켜쥔 채 움직이지 않는 나를 향해 들려오는 선배의 목소리. 무리하지 않아도 돼. 그런 배려가 담긴 따뜻함이 느껴졌다.

"아, 아, 아뇨……."

나는 머리를 흔들었다.

처음 다루는 칼에 손가락이 베일지도 모른다. 그런 두려움에 사로잡혀 있었던 것은 아니다.

가슴속에서 차오른 감회에 젖어 있었다.

모처럼 잡은 식칼이다. 그것을 바로 놓기를 주저하다가 결국 도마 위에 살짝 올려두었다. 선배에게 의사를 전달하는 것을 우선시한 것이다.

주머니에서 꺼낸 스마트폰에 자신이 품은 감정을 쏟아부었다.

『이걸 장비할 때는 휴먼을 향해 휘두를 때라고 생각했거든요. 설마 최초의 피해자가 양파가 될 줄은 몰랐어요.』

단순한 히키코모리가 칼을 장비하지는 않는다. 무적인간으로 등급이 바뀌었을 때 칼을 장비하지 않을까 했는데. 설마 자택 경비원으로 이직해 이런 장비를 할 줄은 생각지도 못했다.

인생은 어떻게 될지 알 수 없는 법이다.

"칼을 사람을 향해 휘두른다고?"

그런 내 감정과는 달리 선배는 진지한 표정을 지었다.

"바보 같은 소리 마라. 일섬십계 레나팔트가 그런 짓을 할리가 없잖아."

무거운 말투였지만 거기에 두려움이나 당혹감은 느껴지지 않았다.

너는 사람을 죽일 수 있는 무자비한 사람이 아니라고. 도덕성이 넘쳐나는 평범한 여자아이처럼 대해줬기 때문이었다.

선배는 나를 그렇게 봐주는 것 같았다. 그런 선배의 생각은 솔직히 기쁘다. 하지만…… 나는 제대로 된 인간이 아니다.

뿌리가 썩은 정도가 아니다. 돌이킬 수 없을 정도로 토양마저 썩어버렸다. 아무리 예쁜 씨앗을 심고 멋진 환경에 몸을 담근다고 해도 이제 와서 예쁜 꽃이 필 리가 없다.

남의 불행을 웃음거리로 삼는 것뿐만이 아니다.

타인의 죽음에 오락적인 감정까지 느낀다.

나는 한없이 이기적이고 추악한 인간이다.

선배 앞에 있는 것은 그런 지독한 생물. 그는 나를 오해하고 있었다.

"누가 뭐래도 넌 질보다 양."

……그렇게 생각했는데,

"사람의 목숨을 스코어 삼아 점수를 늘리는 타입이지."

선배는 오해 따위는 조금도 하지 않았다.

"목표는 높게 잡아서 최소 세 자릿수. 일격에 대량을 죽여 스코어를 따내면서 인터넷에 범행 성명을 낸다. 그런 극장형 범죄*로 세상을 떠들썩하게 만들고 일섬십계 레나팔트의 이름을 역사와 wiki에 새긴다. 그게 무적인간이 됐을 때 네 방식이다. 그런 놈이 식칼 같은 비효율적 수단을 택할 리가 없지."

선배는 지극히 진지하게, 무적인간이 되었을 때의 내가 벌일 범행을 해설했다.

하나부터 열까지 맞는 말이다. 무적인간이 되었을 때 칼 따위는 선택지에도 넣지 않을 것이다.

"후훗……!"

무심코 입가를 누르며 웃음을 터뜨렸다.

---

*자신의 범죄 사실을 세상에 알리면서 주목을 모으는 방식.

정말이지 이 사람은 일섬십계 레나팔트의 본래 모습을 잘 알고 있다. 잔인한 내용임에도 거침없이 단언해오니 차라리 후련했다.

『그랬죠. 제가 효율우선주의라는 걸 잊고 있었어요.』

틀림없이 선배는 나의 진정한 이해자다.

그것을 가슴에 새기면서 칼을 다시 잡았다.

그가 친절하게 알려주는 시범을 보고 따라해 보았다.

선배라면 수십 초 만에 끝날 공정을 그가 지켜보는 동안 몇 분이나 걸려 천천히 진행해 나갔다.

그런 반복 끝에 인생 첫 요리를 완성했다.

요리의 정석인 카레다.

재료는 양파와 돼지고기, 마늘 한 조각. 감자나 당근은 없었다. 나를 신경 써서 식재료를 고안한 것이 아니다. 단순히 선배 취향의 문제인 것 같다.

끝나고 보니 거의 선배가 만든 요리나 다름없었다.

"응, 맛있어. 처음인데 정말 잘했네. 신동이라는 말은 거짓말이 아닌가보네."

그런데도 선배는 모두 내 공인 것처럼 아낌없이 칭찬해 주었다.

처음 해본 요리. 가정부가 만들어준 게 분명 맛은 더 좋을 텐데 비교도 안 될 정도로 맛있게 느껴졌다. 생각해보면 점심도 그랬다.

이내 이 맛의 정체를 알아차렸다.

온기였다.

나는 오늘날까지 식사에 집착하지 않았다. 맛이 좋으면 물론 좋지만, 식사는 단순한 영양 공급. 같은 밥이 계속돼도 불만을 가지지 않을 정도로 식사에 즐거움은 없었다.

맛있다는 감정이 되살아났다.

이런 감정은 얼마 만일까.

추억의 끝. 도달한 그 기억이 그런 것들을 알려주었다.

울음이 나려는 것을 간신히 참았다.

나를 배려한 선배가 식사는 따로따로 챙겨주고 있었다. 지금도 점심 식사랑 똑같이 옆방에서 먹고 있다.

그러니 만약 여기서 울어버리면 그 소리가 선배에게 들릴 것이다. 이런 식으로 걱정을 끼치고 싶진 않았다.

눈물을 꾹 눌러 삼키고 숟가락을 입으로 가져갔다.

밥이 맛있다.

먼 과거처럼 느껴졌던 그 식탁. 아빠는 없다.

있는 사람은 나와 언니와 그리고 엄마. 그러던 것이 나와 언니만 남게 된 이후로는 밥이 맛있게 느껴진 적이 없었다.

누가 밥을 만드는가. 그것은 분명 중요했다.

하지만 그것과 동등하거나 혹은 그 이상으로 누구와 밥을 먹는가도 중요했다.

진정한 이해자가 곁에 있어준다. 미닫이문 너머라고는 해도 같은 것을 먹고 있다.

즐거움과 행복이라는 온기야말로 내가 잃었던 '맛'이었다.

◆

감독과 함께 설거지를 마친 시점에서 오늘 자택 경비원 연수는 종료되었다.

시각은 17시가 넘은 무렵. 업무의 끝으로 보자면 정시라고 할 수 있다.

방 안에서는 고요하고 어딘가 여유로운 시간이 흐르고 있었다.

"그러고 보니 레나."

그때 미닫이문 너머에서,

"넌 왜 그렇게 예쁜 거냐?"

"흐에······?!"

갑자기 선배가 수치심 폭탄을 던져왔다.

치켜세우는 것도 아니고 놀리는 것도 아니고 부담을 주는 것도 아니다. 어제의 내게 미소녀라는 표현을 적용했을 때처럼, 예쁘다는 말을 들은 가슴속이 엉망으로 흐트러졌다.

귀엽거나 예쁘게 보이고 싶다. 나는 그러한 인정 욕구는 가지고 있지 않다. 아빠나 인싸 집단, 그리고 언니. 그들에게 칭찬을 받아봤자 헤에, 라든가 흐음, 이라든가 그러셔, 하는 마음밖에 떠오르지 않는다. 무조건 고맙다면서 기뻐하면 되는 건가? 하는 식의 귀찮음마저 느껴질 정도다.

그런데도 이 가슴은 근질근질하고 뺨은 뜨거워지며 이상한 고양감마저 복받쳤다.

솔직히 말하자면, 기뻤다.

선배에게 칭찬을 받자 자신에게는 없었다고 믿었던 인정 욕구가 충족된 것이다.

기쁜 감정 이상으로 근질근질한 번민에 휩싸였다.

『갑자기 뭔 소리여!』

농담을 하지 않으면 죽어버리는 병에 걸린 손이 노트북 키보드를 두드리고 있었다. 순간적으로 움직인 이 손은 재치 있는 개그를 토해내지 못했다.

"깨달음의 문이 열렸을 때부터 계속 틀어박혀 지냈다고 했지?"

사실을 사실 그대로 전하는 목소리.

"그런 녀석이 왜 그렇게 예쁘게 생긴 거지?"

가슴속에 솟아난 감정이 착각임을 알고 스르륵 사라졌다.

아무래도 선배는 내 외모를 칭찬하기 위해 예쁘다는 말을 사용한 것이 아닌 것 같다.

"특히 히키코모리 티가 전혀 안 나는 그 머리는 어떻게 된 거야? 네가 미용실을 다닐 수 있을 리도 없을 텐데.”

당연하다. 대화를 청하는 놈은 선배 말고는 다 죽어버리라고 생각하는 내가 그런 마계를 다닐 리가 없다.

『이건 셀프컷이에요. 너무 길어도 성가셔서 어깨 길이 정도로 유지하고 있어요.』

“관리도 제법 잘하는 것 같던데? 보통 여자라면 당연할지 몰라도 히키코모리인 네가 남에게 보이는 걸 신경 쓸까 하는 의문이 들어서.”

그랬다. 현실에서 사람과의 관계를 포기한 나는 누구에게 어떤 식으로 보이든 상관없었다. 옷을 예쁘게 입고 청결감을 유지하는 것은 아무래도 좋다고 생각한다.

그러니 이것은 내 의지로 하는 일이 아니다.

『그건 언니의 분노를 사지 않기 위함이에요.』

“언니의 분노?”

『그 부분을 게을리하면 언니한테 혼나거든요. 짜증 날 만큼 귀찮긴 한데 케어 같은 부분은 강제로 주입당해 왔어요.』

히키코모리 문제를 거론하며 다정하게 타이른 적은 있어도 언니는 단 한 번도 화를 낸 적은 없었다. 그런 언니의 유일한 분노 포인트가 바로 여자다움을 버리는 짓이었다. 강제로 방에서 끌려 나와 미용실로 연행됐을 땐 정말 무서웠다. 그런 무서운 체험은 두 번 다시는 사양이다.

미용실에 가고 싶지 않다는 굳건한 의지가 셀프컷 실력을 크게 향상시켰다. 그 재능에 언니는 경탄했다. 어이없어한 것에 더 가까웠을까.

피부 관리 같은 것도 마찬가지다. 소홀히 하다가 거칠어지면 에스테틱에 집어넣겠다고 협박해온 것이다. 협박에 굴복한 나는 마지못해 그런 부분을 확실히 케어하는 법을 배웠다.

모든 것은 언니를 화나게 하지 않기 위해. 몸가짐과 청결감에 신경을 쓰고 있는 것은 자신을 지키기 위한 수단이었다.

"이제야 이해가 가네. 어제 그 모습은 누가 봐도 히키코모리의 센스가 아니었으니까."

『역시 선배, 저를 잘 아시네요. 훌륭한 추측입니다. 그건 언니가 골라준 장비예요.』

옷을 추가로 사는 것은 1년에 두 번 정도. 강제로 밖으로 연행되어 언니가 내 옷을 골라주는 것이다. 언니의 인형이 되는 것은 아니다. 어떤 옷을 원하는지 제대로 물어봐준다.

하지만 내 의사가 반영된 적은 한 번도 없다. 자신을 꾸미고 싶다고 생각하지 않았기에 진심으로 아무래도 상관없었다.

학교에 갈 때는 교복이고, 실내 장비는 모두 인터넷 쇼핑으로 대충 산 것. 남들과 말할 일만 없으면 외출은 마다 하지 않지만, 할 이유도 없기 때문에 방에 틀어박힌다. 나온다고 해도 교복이나 실내 장비로 충분하다.

언니가 고른 옷을 입은 것은 늘 사기 전에 입어볼 때가 마지막이었다.

『덕분에 선배와 만나는데 입고 갈 옷이 없는 상황은 면했어요.』

하지만 이번에는 언니가 골라준 옷을 꺼냈다.

선배와 만나는데 부끄러운 꼴은 하고 싶지 않다. 생각해 보면 무의식중에 그런 생각을 하고 있었을지도 모른다.

"그렇구나. 네 언니가 상냥하다는 건 사실인 것 같네."

『상냥한 건 좋은데 솔직히 내버려뒀으면 좋겠어요. 싫다는 티를 대놓고 내는데도 막무가내라니까요. 서로 힘들기만 하고 끝인데 언니는 너무 끈질겨요.』

"말 그대로 너를 세계 제일 생각해준 결과잖아. 비록 소외당하더라도 인생의 이지 모드를 남겨주고 싶었던 거겠지."

『인생의 이지 모드?』

그의 말뜻을 알아듣지 못해 노트북 앞에서 고개를 갸우뚱했다.

"성격 나쁜 미인과, 성격 좋은 추녀. 어느 쪽을 선택하느냐 하는 문제라는 거지."

『적어도 그 문제를 만든 놈은 무조건 성격이 나쁠 것 같네요.』

"그건 동감이야. 추녀를 고르게 하려는 의도가 훤히 들여다보여."

『참고로 선배는 어느 쪽이 좋아요?』

"그야 뻔하지."

선배가 코웃음치는 소리를 냈다.

"성격 좋은 미인."

『두 개 중에 고르는 거잖아, 장난하냐!』

"추녀를 고르게 하려고 만들어진 시답잖은 문제에 진지하게 대답할 가치는 없어. 애초에 어떤 인생을 살아야 그런 극단적인 선택을 강요받는 거지? 마치 사랑을 택할 것인가, 세계를 택할 것인가 같잖아."

『시답잖은 문제가 갑자기 웅장해졌다. 그렇게 생각하면 발상이 애니메이션이나 영화 같네요.』

"이 사회는 더 복잡하고 귀찮아. 극단적인 선택으로 편안해질 만큼 안이한 세계가 아니라고."

의자가 삐걱거리는 소리가 났다. 등받이에 몸을 기댔을지도 모른다.

"하지만 확실히 말할 수 있는 건, 사람은 아름다운 것을 찬양하고 예쁜 것에 사로잡히지. 내용물 따위는 그다음 문제. 모양이 별로면 닿기를 주저하고, 그것만으로도 형편없게 대하지. 비록 내용물이 꽉 차 있어도 미추 하나로 판단이 달라진다."

『예를 들면 어떤 상황인가요?』

"가장 최근이라면 네 일자리려나."

뜻밖의 예시에 사고와 함께 손이 멈췄다.

"레나. 확실히 우리는 마음을 터놓은 사이다. 그래서 일자리를 원했을 때 조금 정도는 챙겨줘야겠다고 생각했지. 그런데 뚜껑을 열어보니 내용물은 어린아이. 솔직히 말해서 고용 건에 대해선 직전까지 망설였어."

직전까지 망설였다.

그 말을 들은 내 가슴속에선 실망도 죄책감도 들지 않았다.

당연했다.

선배는 몸을 사리는 일에 있어서는 타의 추종을 불허한다. 내가 그렇게 평가한 것이 아니다.

『내가 죽도록 싫어하는 말은 책임이다.』

평소에도 그렇게 주장해온 것이다.

실제로 인터넷 게임에 흥미를 느끼고 있을 때도 책임을 전가하는 스킬을 유감없이 발휘했었다. 그 속내를 알고 있는 나조차도 선배는 나쁘지 않고 애꿎은 다른 녀석이 나쁘다고 생각할 뻔한 적이 한두 번이 아니다.

그런 선배가 가장 큰 메리트를 거부하면서까지 나를 고용해 주었다. 그것이 무엇보다도 가장 놀라웠다.

"네가 트롤이었거나 남자였다면 앞으로의 활약을 기원

했을 거야.”

『지당한 말이죠. 그렇다면 선배와 딱 어울리는 정도의 판에 박힌 여고생이라도 보냈을 건가요?』

“나는 그렇게까지 매정하지 않아. ‘이러이러한 사정으로 저를 찾아온 여동생을 데려다주러 왔습니다. 앞으로는 잘 부탁드립니다’라고 해줄 거야.”

『선배가 상식 있는 어른의 대응을 취한다고요? 그런 일이 일어나는 날에는 아마겟돈이겠네요. 인류 멸망이다!』

호들갑을 떨어대며 일어날 리도 없는 장대한 사건을 꺼내 든다.

나는 현실주의자다. 길동무는 세 자리를 넘으면 감지덕지. 인류를 멸망으로 몰아넣을 만큼의 최종 보스 그릇은 아니었다.

『즉 제가 미소녀였기 때문에 세계는 구원받았다는 건가요?』

“우리의 5년이라는 내용물에 미소녀라는 형태. 그 두 가지가 수반되어 직전에 고용하겠다고 마음먹은 거야.”

『너, 너무해…… 결국 내 몸이 목적이었구나!』

“공성전은 하지 않겠다고 했지만 그건 사실 거짓말이지.”

『꺄악, 당한다~!』

태연하게 말하는 선배의 낮은 목소리를 웃음을 참으며 듣고 있었다.

이렇게 말하고 있긴 하지만 선배가 장래의 공성전을 내다보고 나를 들인 것은 아니다. 그것만은 믿고 있었다. 형태가 동반되었다 하더라도 레나팔트와의 관계를 소중히 여겨주었다. 나에게는 그것만으로도 충분히 기뻤다.

"게다가 너도 그렇잖아."

『음, 무슨 말인가요?』

"만약 내가 대머리에 기름진 오크였다면 그때는 어떻게 했을 거야?"

『아~.』

"각오하고 왔다고 하긴 했지만, 전의를 상실하고 철수를 결심했겠지?"

나는 선배를 존경한다. 따르고 있다. 그런데도 생리적 혐오감을 억누르는 데엔 한계가 있는 것이다.

마물이 온 날에는 오프 모임은 즉시 종료되었을 것이다.

『그랬겠죠.』

선배가 완벽한 사회인이었을 때 진심으로 안도했다. 신께 감사를 드릴 정도로 환호했다.

『사실을 말하자면 치즈규동남으로도 아슬아슬했어요. 생리적 혐오감도 있지만, 그 이상으로 제가 가진 선배에 대한 이미지에 타격을 입는 게 가장 힘들었으니까요.』

그러니 이번 일에서 외모로 선택한 것은 선배만이 아니었다. 나 또한 선배를 외모로 선택한 것이다.

그래서 선배가 사회인이었다는 사실에 얼마나 구원을 받았는가.

사람은 겉모습이 다가 아니다.

사람은 알맹이가 중요하다.

그것이 얼마나 의미 없는 말인지 깨달았다.

『선배.』

둘 다 빠져서는 안 되는 것이다.

『쓸데없이 미남이 아니라서 정말 감사해요.』

당신의 얼굴은 더 없을 정도로 최고예요.

"핑크 속옷이 벗겨지고 싶은가 보네."

『성희롱이 끊이지 않는 최고의 직장!』

진심으로 즐거웠고, 열심히 하고 싶은 장소였다.

"뭐, 방금 말대로 우리 사이에서조차 겉모습 하나로 이런 판단이 나왔어. 꽃미남이나 미인이라는 것만으로도 드러내놓고 대우가 좋아지고 얻는 이득도 많지. 선망뿐만이 아냐. 옆에 함께할 상대로서 인정받을 수 있어. 외모라는 건 격차가 될 정도로 이 사회에서는 중요한 역할을 하고 있다."

『그렇군요.』

선배가 하려는 말이 무슨 뜻인지 모를 정도로 둔감하지는 않았다.

『인생 이지 모드의 조건을 언니는 확실히 알고 있었다는 거네요.』

"곁에서 봤을 때 그렇게 보이지 않았어?"

『축복받았다는 자각은 있는 것 같은데 외모가 좋으면 남보다 이득을 본다, 라는 사고방식을 가진 것 같지는 않았어요.』

"그런 부분은 티가 안 나게 했겠지. 어쨌든 그런 식의 생각은 남들에게 알리긴 껄끄러우니까. 아무리 현실의 경험으로 배운 진실이라고 해도 공개적으로 말할 수 있는 건 아니야. 그런 사상은 용납할 수 없다면서 탄압해 오는 무리도 생길 거고."

『어떤 무리인가요?』

"사회 말야. 부럽다, 질투난다, 치사하다면서 못 가진 자들이 시끄럽게 떠들어댈 테니까. 기억해둬, 레나. 비록 내용물이 질투나 책임 전가뿐일지라도, 그럴싸하게 예쁜 모양으로 다듬으면 뭘 하든 용서받을 수 있어. 그렇게 믿고 있는 질 나쁜 무리의 횡포가 현실에서는 보란 듯이 통해."

나는 방 밖으로 나오지 않아 사회에 대해 모르는 어린아이다. 하지만 선배가 하고 싶은 말은 뼈저리게 알 수 있었다. 인터넷이라는 세계에서 말 그대로 질릴 정도로 배워왔다.

하지만 선배의 현실감 있는 목소리를 들으니 그저 먼 곳에서 보고 말한 것이 아닌, 가까이에서 일어난 무언가. 부정적인 경험자의 입장에서 말해주는 것처럼 느껴졌다.

"그래서 네 언니는 그걸 드러내놓고 말하지 않은 거야. 몸가짐이나 청결감을 유지하는 건 본인만을 위한 것이 아니다. 옆에 있는 사람을 불쾌하게 하지 않기 위해서다. 뭐, 그렇게 말하면서 알려주지 않았어?"

『선배, 사실은 초능력자인가요?』

"뭐, 그럴싸한 말로 보기 좋게 포장한 것뿐이지."

자랑하는 것도 아닌, 대수롭지 않다는 듯한 말투.

"깨끗한 것에는 깨끗한 것이 다가온다. 굳이 깨끗한데 더러운 것에 다가가는 경우는 소수파. 같은 상자에 담겼을 때 그렇게 비슷한 모양끼리 모여 그룹이 형성된다. 내용물의 확인은 그 뒤. 그걸 아주 잘 알고 있었던 네 언니는 복학한 뒤의 일을 생각한 거야. 인간관계에서 고생하는 일 없도록 이지 모드를 남겨준 것이 바로 그, 거유 미소녀 여고생이라는 아바타인 거겠지."

언니는 시도 때도 없이 내 외모에 참견해 왔다. 그토록 혐오하고 꺼림칙한 태도를 취했는데도 억지로라도 손을 잡아끌고 장식품을 찾아주었다.

모든 것은 내가 복학했을 때, 내가 인생의 이지 모드를 걸을 수 있도록.

거기까지 생각하고 돌봐주고 있었다니. 지금까지는 한 번도 생각하지 못했던 것이다.

『하지만 저 같은 게 이지 모드를 걸을 수 있다고 해도 좀 실감이 안 나는데요.』

"그러고 보니 입학식 때 몇 초 만에 마음이 꺾였다고 했지. 무슨 일이 있었던 거야?"

선배는 질문을 질문으로 되받아쳤다.

『반이 하나가 되어 열심히 하자는 웃기지도 않은 풍조가 만연한 인싸 양성 학교였다는 것에 절망했어요.』

"다른 건?"

『인싸의 왕과 여왕과 재상에게 둘러싸였어요. 그야말로 심령 스폿에서 악령이 솟구치는 것과 똑같았어요.』

"즉 악령들에게 기대를 받았다. 그게 객관적인 너의 외모 상태다."

"아……."

작은 소리가 새어 나왔다.

나에게 휘두른 무례함. 후세까지 저주해주겠노라 결심한 그 만행에 그런 의미가 있었다니.

가족과도 편하게 대화할 수 없는 히키코모리가…… 그런 구름 위의 존재들과 같은 존재로 인정받았다는 것을 어떻게 받아들여야 할까.

돌이켜보면 왕들은 책임감을 느끼고 집까지 찾아왔다. 그들을 멋대로 두려워하고 겁에 질려 도망친 것은 내 쪽이다. 분명 나쁜 사람들은 아니었을지도 모른다.

『참고로 선배가 보기에 저는 어느 정도인가요?』

"만약 내가 네 반 친구였다면 먼저 말을 걸 일은 없었겠지. 그 정도로 안면 상태에 격차가 있어."

『선배가 반 친구였다면요? 그런 기적이 있다면 학교생활을 이끌어줬으면 좋았을 텐데요.』

"인터넷 게임에서 알게 된 후배가 반 친구였던 건에 대해서."

『네가 라노벨의 주인공이 되는 거라고!』

"사람의 목숨을 스코어 취급하는 막장 히로인인데? 무조건 망할걸. 너한테 어울리는 건 가출한 시점에서 에로게임이나 에로 동인지 정도겠지."

『잘 생각해 보니 우리 고등학교는 밑바닥 사절이었어요. 선배 모교는 편차치가 몇인가요?』

"지금부터 심령 스폿에 혼자 남겨두는 형에 처한다."

『그것만은 안 돼요!』

의자에서 일어서는 기척이 느껴지자 홀로 이 호러 하우스에 남겨진다는 공포에 잠식되고 말았다.

……라는 일은 없었다.

어제 "지금 어떤 얼굴하고 있는지 보러 간다"라고 말하며 선배는 일어서는 기척을 보였지만 행동으로 옮기진 않았다.

이런 대화를 이어가면서도 원하지 않는 일은 절대로 하

지 않는다. 나를 배려해서 그런 선을 확실하게 지켜준다. 짧은 시간이지만 나는 선배를 신뢰하고 있었다.

그래서 침묵이 이어진 상황에서도 선배와의 즐거운 소통의 여운에 젖어 있었다. 그러다가 어? 하고 고개를 갸우뚱한 것은 부스럭거리며 옷 스치는 소리가 들려왔기 때문이다.

선배가 옷을 갈아입고 있었다.

실내복에서 잠옷으로 갈아입고 있는 건가? 아니면 잘 때는 속옷 차림일지도 모른다. 거기에 남자다움을 느껴야 할 타이밍이지만, 어린애가 자기에도 너무 이른 시간대. 누가 봐도 취침 준비를 하는 것은 아니었다.

안절부절못하며 옷 스치는 소리를 듣고 있으려니 이 손이 키보드가 아닌 미닫이문으로 향했다. 얼굴 하나만큼 열고 살며시 건너편을 들여다보았다.

"……아, 아."

눈꺼풀이 강하게 경련했다.

공포스러운 광경. 그곳에 있었던 것은 악령도 괴물도 미치광이도 아니었다.

사복 차림의 선배였다.

실내복에서 환복. 셔츠 위로 재킷을 걸친 모습. 조금 가까운 편의점까지 간다고 하기에는 너무나도 외출에 적합한 차림이었다.

"그럼 잠깐 나갔다 올게."

안을 들여다보고 있는 나를 알아챈 선배가 히죽 웃으며 하얀 치아를 드러냈다. 만약 미남이었다면 그림이 되었을 상쾌함마저 연출하고 있었다.

그런 미소를 마주한 나는 한두 걸음 물러섰다. 소녀의 하트가 두근거린 것은 아니다. 전술한 바와 같이 이 가슴 속을 지배하는 것은 공포였다.

『ㅑㅁ깐만요!』

당황하며 키보드를 두들긴다. 초조해진 나머지 오타가 났다.

"자택 경비원의 진가를 발휘할 때군. 직무를 게을리하지 말도록."

『어, 거짓말이죠?』

"레나. 이게 농담으로 들리나?"

『학력을 놀려서 죄송했습니다! 용서해 주세요, 뭐든지 할 테니까요!』

"응, 지금 뭐든지라고 했어? 그렇구나, 거유 미소녀 여고생이 뭐든지⋯⋯."

선배가 의미심장하게 공백을 두었다.

"그렇다면 열심히 자택 경비원의 직무에 힘써주실까?"

『ㅑ린ㄱ햐디;ㄱ허;미ㅐㄹ'만ㄹㅎㅇ레'ㅁㅂ;ㅍ레쟁ㅌ, 체ㅣ필히갛ㅁㅈ에[ㅁㄴ』

놀림에 냉정하게 반응하지 못할 정도로 손이 패닉을 일으켰다.

진짜 진심이냐고, 이 자식!

가슴을 채우고 있던 공포는 초조함으로 변해 그대로 머리끝까지 분노가 차올랐다. 마음속이라고는 해도 선배를 이 자식이라고 불러 본 것은 처음이었다.

"뭐, 농담은 이 정도로만 할까."

다행이다, 역시 농담이었구나. 개그가 길어지는 일은 있어도 선배는 내가 싫어하는 것은 하지 않을 것이라고 믿었다.

"혼자 둬서 미안하지만, 잠깐 나갔다 올게."

『방금 써먹은 같은 수법에 몇 번이나 안 넘어가요!』

그것도 잠시. 신뢰는 몇 초 만에 배신당했다.

"레나, 진지한 얘기야. 지금만 좀 참아줘."

선배의 목소리는 지극히 진지했다.

그 말을 듣고 혼자 남겨두는 건 학력을 놀린 것에 대한 벌이 아니라는 것을 알아차렸다. 선배는 필요에 의해 외출하는 것이었다.

『어디 가는데요?』

"가미네 가게."

대화하다 보면 가끔 나오는 선배 친구의 이름이었다.

가게는 바 형식으로 매주 금요일은 반드시 거기서 보낸

고 했다. 바로 어제, 나는 거기서 선배를 불러냈던 것이다.

"말해 두지만 단순히 마시러 가는 건 아니야. 아무리 나라도 그런 이유로 갑자기 혼자 두는 짓은 안 해."

2층에서 혼자 있는 것조차 두려워한 나를 선배는 제대로 생각해 주고 있었다.

"너에 대해 그 친구한테 설명하고 올 거야."

"어……?"

목에서 새어나온 소리.

몸을 사리는 것에 관해서는 일류인 선배. 여고생을 집에 숨기고 있다는 것을 잠시의 우월감에 젖어 '아무에게도 말하지 말라'면서 떠벌릴 사람이 아니라는 것은 알고 있었다.

그렇다면 무슨 의도로 그런 설명을 하러 가는 것일까.

"괜찮아. 가미는 한 톨의 준법정신도 갖고 있지 않은 향락주의자니까. 네가 걱정하는 그런 일은 없을 거야."

친구에게 하는 말치고는 가차 없었지만, 그것은 신뢰였다.

"어제 이미 설명하겠다는 말을 해버렸거든. 여기서 따돌렸다가 나중에 들켜서 왜 이렇게 재미있는 걸 숨겼냐면서 달라붙는 게 더 귀찮아."

그리고 귀찮은 사람인 것 같다.

예측할 수 없는 성격이라는 건 이미 들어서 알고 있다.

인체 개조를 통해 남자에서 여자가 됐다고 했지만, 그것은 정신적인 성의 불일치도 아니고 여자에 눈을 뜬 것도 아니었다. 남자로 사는 게 질려서 여자가 되었다. 선배는 그것을 소셜 게임의 성별을 바꾸는 거랑 뭐가 다르냐며 지적했다.

우리의 상황을 재미있다는 말로 한데 묶을 수 있는 것만 봐도 인간성을 엿볼 수 있었다. 언니와는 정반대다.

"그렇다면 차라리 다 털어놓고 협조를 구하는 편이 훨씬 나아. 남자로는 발을 들여놓을 수 없는 성역에도 가미라면 태연하게 발을 들여놓을 수 있을 테니까."

여성용품을 생각해준 거겠지.

이 지붕 밑에 얼마나 오래 머물지는 모르겠지만, 장기 체류를 한다면 그 문제는 외면할 수 없었다. 속옷류부터 시작해 소모품 등을 거론하자면 끝이 없다. 인터넷 쇼핑으로 웬만한 것은 어떻게든 되지만 그래도 직접 나가서 사야 하는 것이 생길지도 모른다. 그럴 때 선배한테 사오라고 하기에는 서로에게 난이도가 너무 높았다.

"가미 나름이겠지만 늦을지도 몰라."

선배는 미닫이문을 열고 약간 불안한 얼굴을 내비쳤다.

"버틸 수 있겠어?"

어제도 딱 한 번 침구 조달로 인해 혼자 남았었다. 하지만 그때는 나 같은 것을 받아준 선배를 향한 고마움과 기쁨으로 인해 이곳이 심령 스폿이라는 것을 잊고 있었다.

어제와 오늘은 완전히 사정이 다르다. 이곳에 혼자 남겨지는 건 너무 무서웠다.

"네…… 네, 네에."

그런 두려움을 삼키고 모깃소리를 냈다.

선배는 피할 수 없는 문제를 해소하기 위해 움직이는 것이다. 무서우니까 혼자 두지 말아줘, 라는 어리광을 부려선 안 된다. 이런 식으로 선배의 발목을 잡는 짓은 하고 싶지 않았다.

"좋아, 좋은 대답이야."

다정한 손길이 톡톡 머리를 쓰다듬었다.

"그 상태로 직무를 완수하도록. 자택 경비는 부탁할게."

◆

끝까지 혼자가 되는 것을 거부하듯 현관에서 고용주를 배웅했다.

철컥, 하고 잠기는 소리.

그것이 마치 심령 스폿에 남겨진 신호라도 된 것 같았다. 몸속으로 냉기가 흘러들어오듯 몸이 떨렸다.

뒤돌아보자 2층으로 이어지는 계단이 눈에 들어왔다. 현관의 불은 켜져 있다. 다만 그 끝은 어둠이었다.

그 어둠 속에서 무언가가 꿈틀거리는 것 같았다.

물론 두려움에서 비롯된 착각이다. 착각이기를 바랐다. 그렇지 않으면 곤란하다.

착각이든 아니든 이 호러 하우스가 과거 40명의 영혼을 집어삼킨 실적은 사라지지 않는다.

하지만 선배는 이 집에서 5년 동안 아무 탈 없이 무사히 살아남았다.

결국 기적 같은 불행의 연속. 우연한 사고로 인한 우연한 축적이 일어난 곳을 사람들이 심령 스폿이라고 부르게 된 것뿐이었다.

과거야 어떻든 이런 현대 사회에 비과학적인 이상한 힘을 믿다니 바보 같다.

라는 말로 무시할 수 없는 것이 바로 이 호러 하우스다.

스님을 구급차에 경유해 장례차로 보낸 이후 이 집은 화려한 경력과 빛나는 전력을 펼칠 기회를 잃고 말았다. 안타깝게도 기록은 십여 년 전에 중단된 것이다.

그 대신 오늘날까지 쌓아온 찬란한 내력이 있었다.

부지 내 쓰레기를 무단투기한 중년이 원인 모를 어깨 통증에 시달렸다.

불법 침입한 오컬트 마니아가 무언가에 등을 떠밀려 계단에서 굴러떨어졌다.

이 가옥에 가까울수록 정신질환에 걸리기 쉽고 이상행동에 취약해진다, 등.

심령 스폿의 흔하고도 무책임한 소문이 우후죽순 생겨나고 있다. ……그런 이야기를 들었을 당시엔 선배도 믿지 않았던 것 같지만, 곧 찬란한 내력이 진짜라는 것을 알게 되었다고 한다.

　일단 인근 주민의 교체가 극심했다. 이삿짐 업체가 작업하고 있는 일을 보는 경우가 너무 많았다.

　이 집을 기점으로 인근 이사 빈도 통계를 작성하면 분명 재미있는 결과가 나오지 않을까.

　실제로 그것을 행동으로 옮긴 사람들이 있었던 것 같다. 대학 오컬트 동아리가 찾아왔다고.

　완전히 진지하다고는 할 수 없는, 남녀가 뒤섞인 오묘한 분위기가 감도는 모임이었지만 통계는 성실하게 만들 것 같다는 의지를 느낀 것일까. 통계에 관심이 있었던 선배는 선뜻 이들을 집에 들여 거실에 남겨진 컬트 교단의 흔적과 잘 사용하지 않는 2층까지 안내해주었다고 한다.

　통계가 나오면 알려달라고 연락처를 교환했지만, 이들의 모습을 본 것은 그때가 끝. 몇 달 후 생각이 난 선배는 통계가 어떻게 되었는지 궁금해 부장에게 메일을 보냈는데,

　『죄송합니다죄송합니다죄송합니다죄송합니다죄송합니다죄송합니다.』

　이 말만이 끝도 없이 담긴 답장을 받았다고 했다.

　그들의 신변에 대체 무슨 일이 있었던 걸까.

그런 찬란한 내력을 자랑하며 단지 그곳에 있는 것만으로 인근 땅값 시세를 낮추는 호러 하우스. 이 집에는 틀림없이 이상한 힘이 깃들어 있는 것이다.

다시금 오싹 겁에 질리면서도 그러면 안 된다는 듯 고개를 저었다.

선배가 말하지 않았나. 이 집에 보여야 할 것은 경의와 감사. 공경하고 아끼는 마음을 소중히 하면 이 집은 수호신이 되어줄 것이라고.

감점 방식이 아니라 가점 방식으로 생각하는 것이다.

완전히 배척할 정도로 인근 주민들은 호러 하우스를 두려워하고 있다. 그렇다면 분명 선배가 없는 낮에 인기척이 있으면 수상하게 여기지 않을까? 오히려 무서운 것으로 받아들이고 불필요하게 엮이고 싶어 하지 않을 것이다.

자택 경비원으로 얼마나 오래 근무할 수 있을지는 모르겠다. 하지만 인근 주민의 신고나 개입에 의한 강제 해고는 면할 수 있을 것이다.

과거에 얼마나 화려한 경력과 빛나는 전력이 있더라도 자신에게 송곳니를 들이대지만 않으면 상관없다. 오히려 그것이야말로 자신을 지켜주는 검이 되어줄 것이다.

그렇게 생각하니 이 호러 하우스가 정말 수호신처럼 여겨졌다.

정신을 차리고 보니 미치광이 거실의 제단 앞에서 두 손을 모으고 있었다.

『제 이름은 일섬십계 레나팔트. 부디 이 집의 비호를 받는 것을 허락해주세요. 인근 주민들은 어떻게 되든 상관없으니 아무쪼록 잘 부탁드립니다.』

그렇게 공경하는 마음을 나타냈다.

격앙된 감정은 완전히 가라앉아 본래의 상태를 되찾았다.

오늘부터 이 호러 하우스에서 자택 경비원으로서 임무를 맡았다. 선배가 유지해 온 지금까지 이상으로 깨끗하게 가꾸기로 마음먹었다.

그렇게 된 이상 앞으로 할 일은 정해져 있다.

메이드왕에 이르기 위한 공부였다.

리스크를 짊어진 선배에게 보답하기 위해 집안일을 맡기로 했다. 모든 것을 가정부에게 맡겨 온 가사 기술 제로 히키코모리가 말이다.

뭘 모르는지조차 모르겠다. 그러던 것이 오늘 연수에서 겨우 싹이 났다.

배워야 할 것은 얼마든지 있다. 놀고 있을 수는 없다.

나는 신동이다. 의욕 같은 것은 없어도 웬만한 일은 손쉬웠다. 아빠가 만족할 만한 성과를 계속 쏟아낸 숫자가 그것을 증명했다.

즉 목적의식을 갖고 의욕에 찬 나는 최강이라고 할 수 있었다.

이 세상을 살아가는 데 필요한 지식은 모두 인터넷에서 얻을 수 있다.

먼저 요리를 익히기 위해 탐욕스럽게 지식을 파고들었다. 그야말로 시간을 잊을 만큼 빠르게 흘러갔다.

그렇게 요리 연구가의 동영상을 연속 시청하면서 요리를 배우기 위해 보는 것인지 술을 마시는 변명을 듣기 위해 보는 것인지 알 수 없게 되었을 무렵, 갑작스러운 소리에 흠칫 놀랐다.

소리의 발생원은 방 바깥. 미치광이 거실에서다.

망설임 없이 일어선 나는 방 밖으로 뛰어나갔다.

거실에 있던 것은 호러 하우스의 악령도 도깨비도 아니고, 이끌린 미치광이나 강도도 아니었다.

선배였다.

나갔을 때에 비해 얼굴이 붉어진 것은 부끄러움 때문이 아니었다. 술을 마시고 온 결과일 것이다.

고용주이자 집주인의 귀가.

"어, 어, 어…… 어서 오세요."

엄마가 돌아가신 이후 한 번도 사용해 본 적 없었던 주문. 의무도 아니고 예의도 아닌, 가슴속에서 저절로 흘러나온 말이었다.

선배는 말을 더듬는 나를 비웃지 않았다.

대신 보여준 것은 당황한 얼굴이다.

1초, 2초, 3초.

그저 침묵의 시간이 흘러갔고 그럴수록 초조감은 점차 커졌다.

뭔가 실수했나?

내 안에서 그것을 찾고 있는 와중, 선배가 희미하게 미소를 지었다.

아, 다행이다.

"그래, 다녀왔어."

아무래도 웃지 못할 실수는 저지르지 않았나 보다.

제3화 한심한 일상

역 구내의 소바 가게가 기간 한정 메뉴를 업데이트했다.

훈제 노리벤* 매콤 그린 카레 소바. 700엔대에 해당하는 일품. 시즌에 맞춰 급조한 느낌이 물씬 풍기는 제품명이지만 뚜껑을 열어보니 이름 그대로였다. 노리벤의 토핑으로 올라간 튀김의 맛이 훈제풍이고 수프는 매콤한 그린 카레일 뿐.

무조건 시키면 후회할 것이다. 맛이 없어서가 아니다. 뭐, 이런 거겠지…… 하는 결말이 빤히 보였기 때문이다.

700엔이나 내고 그런 기분이 들 정도라면 반값 이하의 모리소바야말로 정의였다. 지갑에도 마음에도 편안하고, 큰 고민하지 않고 오늘이라는 날을 마칠 수 있었다.

그런 후회를 가슴에 간직한 6월 첫 주 금요일.

개점 시간 전이라는 것도 개의치 않고 일상과 비일상의 경계선인 중후한 문을 빠져나갔다.

전(前) 미남인 미녀에게 말 없는 인사를 받고 알아서 자리에 앉았다.

물수건보다 먼저 나온 첫 잔을 받아들고,

"수고했어."

"오, 땡큐."

---

*김이 올라간 일반적인 도시락.

단숨에 위로주를 들이켰다.

꿀꺽꿀꺽. 목을 울리는 것은 그야말로 환희의 노래. 지난 일주일간 달라붙었던 심신의 찌든 때가 떨어져 나가는 듯한 상쾌함이었다. 얼룩이 떨어졌다면 다음에는 씻어내야겠지. 잔에서 입을 떼는 것을 시작으로 모아 둔 푸념, 이도 저도 아닌 쓸데없는 이야기를 연달아 이어가는 것이다.

……라는 일은 없었다.

과거에는 노구치를 제물로 바쳐 왔던 금요일이지만 이제는 고귀한 희생이 필요 없었다. 얼굴을 내민 목적의 습관이 이제는 다른 것으로 바뀌었기 때문이었다.

"그 뒤로 벌써 한 달이네."

잔에서 입을 떼는 것을 지켜본 가미가 불쑥 말을 던졌다. 마치 흘러간 시간을 그리워하며 감회에 젖은 것처럼.

"빠르지."

나 또한 가미와 같은 감회에 잠겼다.

한 달 전. 새로운 비일상의 문을 여는 신호.

『선배, 오프 모임하죠.』

일섬십계 레나팔트의 오프 모임 초대.

인터넷에서 알게 된, 5년간 교제해 온 후배. 이름도 얼굴도 나이도, 그리고 성별조차 알지 못했던 친구.

그 정체는 무려 거유 미소녀 여고생이었다.

자택 경비원으로 고용해 달라며 비행기 거리를 가출해

온 레나. 인생이 끝나버렸으니 현실 도피를 하고 싶다며 전장을 달려나갈 각오를 하고 찾아왔다.

그런 리스크를 받아들인 그날로부터 벌써 한 달.

"타마, 그 애를 돌려보낼 타이밍을 완전히 놓쳤지?"

"놓친 적 없어. 처음부터 아무 생각이 없었을 뿐이야."

일섬십계 레나팔트는 아직도 호러 하우스 지붕 아래에 있다.

그랬다, 한 달. 한 달 동안 레나는 가족과 소식불통. 다만 가출 소녀는 이제 실종자로 등급이 바뀌어 있었다. 나는 현재 진행으로 미성년자 약취·유괴를 저지르고 있는 것이다.

정말이지 웃을 수가 없다.

레나 말로는 인터넷에 검색해도 내 이름은 나오지 않는다고 했다.

가출이 아직 들키지 않았다, 까지는 불가능한 이야기였지만 실종신고를 하지는 않을 거라는 것을 레나는 잘 알고 있었다.

레나의 아빠는 회사를 일으켜 부흥시킨 1대 사장이라고 했다. 상승 지향성이 높고, 장래적으로는 정계로의 진출도 노리고 있다고.

그가 무엇보다 소중히 여기는 것은 사회적 평가. 그러니 딸이 가출해서 실종자가 되었다는 추문을 세상에 드러낼

리가 없는 것이다.

만약 그것이 사실이라면 막장 스토리가 따로 없었다.

"정말이지 공개됐을 때가 기대되네."

"뭐가 말이야?"

"부모가 신고할 일은 없을 거라고 했지? 그렇다면 그건 딸의 실종을 방치하고 있는 거나 다름없잖아. 공개되었을 때 세상에 어떻게 변명할까?"

"그건 나도 생각했어."

방치한 게 아니라 몰랐다. 그 말이 먹힌다고 해도 이번 에는 몰랐다는 사실을 세상은 추궁해올 것이다. 실종 기간 이 길어질수록 타격은 커진다.

어린아이의 가출을 눈치채지 못했다니 있을 수 없는 일 이다, 라며.

"근데 레나는 아무래도 자기 아빠가 어떻게 처신할지 알 고 있는 것 같더라."

"무슨 수를 쓴다는데?"

"우선 싱글대디와 레나의 소통 장애 문제를 전면에 내세 우는 거지. 그리고 큰딸이 얼마나 훌륭한 딸인지 자랑하면 서, 그런 언니 곁에 있고 싶다고 떠났으니 안심하고 있었 다. 남자 부모로는 부족한 부분을 맏딸에게 전부 맡기면서 마음을 놓고 말았다. 적어도 딸들의 생활에 불편함이 없길 바라며 일만 하던 자신을 반성하며 아이들과의 시간을 더 소중히 해야 했었다. 그러면서 우는 모습까지 연기할 거라던데."

"……굉장한 이야기네."

"일단 형태는 잡혀 있으니까. 나중에는 막상 닥쳤을 때 어떻게 극복하느냐가 관건이겠지."

"그쪽도 그렇지만 그 애도 말야."

"레나?"

"아직 열다섯 살밖에 안 된 아이가 아빠라면 그런 수단을 쓸 거라고 단언한 거지? 이건 엄청난 거야."

"아아, 그렇지……."

그런 부모예요, 라고 레나는 마지막으로 말을 끝맺었다. 폭주 타이핑으로 망설이지도, 생각에 잠기지도 않고, 마치 미래의 대본을 읽고 온 것처럼.

레나에게 있어 아빠를 향한 마음이나 관계성이 거기에 모두 담겨 있었다.

"그런 가여운 아이의 미래를 제물로 삼다니. 타마는 정말로 미래 없는 어른의 표본이네."

가미가 가소롭다는 얼굴로 욕을 날렸다.

제물이라고 표현한 것은 레나의 가출을 그저 받아들였기 때문이 아니었다. 그 혜택을 톡톡히 보고 있기 때문이었다.

"정말 눈에 띄게 변했어, 너."

"그 정도야?"

"그래, 지금의 타마는 환해졌어."

남자답다는 것도 아니고 미남이 된 것도 아니고 환하다. 그 말이 무슨 뜻인지 모를 리가 없다. 그 주변의 변화는 실감하고 있었다.

"그야말로 1가정 1자택 경비원이야."

고작 한 달. 하지만 한 달.

"솔직히 더는 그 녀석 없던 생활로 못 돌아가겠어."

"그 정도야?"

"모든 집안일에서 해방되고 식사가 차려지는 나날들. 점점 무능한 인간이 되어가는 느낌이 들 정도야."

일주일에 한 번 청소와 세탁. 그리고 돌아오면 밥이 지어져 있고 설거지만 해주면 그걸로 끝. 레나에 대한 기대는 그런 가벼운 마음이었다.

하지만 현실은 달랐다. 알려준 레시피 이상의 요리가 당연하다는 듯이 나오질 않나, 깨닫고 보니 알루미늄 섀시의 레일까지 깨끗해져 있었다. 와이셔츠 다림질을 넘어서서 정장 솔질까지 되어 있었다.

자시키와라시*나 브라우니** 따위의 하등 종족이 아니다.

『거긴 지도편달 부탁드려요. 신동이라 제로가 1이 되기만 하면 나중에는 알아서 싸우면서 성장해 가는 스타일이

---

*일본에서 전해내려오는 집을 지키는 존재.

**영국에서 집안일을 도와준다는 요정.

니까요. 그리하여 메이드왕이 되겠노라!』

뱉은 말에 조금의 착오도 없이 레나는 순조롭게 메이드왕의 길로 나아가고 있었다.

환하다는 것은 바로 거기서 오는 혜택이었다. 일상생활의 향상, 생활 습관 개선이 얼굴과 안색에까지 드러난 것이다.

"제대로 된 집안일도 안 해본 히키코모리가 겨우 한 달 만에 한 명의 어른을 못 쓰게 만들다니. 대단한 성장세네."

"내 말이."

살아가는 데 필요한 지식은 인터넷에서 얻을 수 있다. 바닥에서 시작해 끝없이 높이 올라가는 레나는 정말이지 신동 그 자체였다. 그 말은 결코 허풍이 아니었다. 오히려 표현에 겸손이 느껴질 정도다.

"식사 준비나 빨래, 청소만 하는 게 아니야. 내가 일상에 들이고 있는 수고를 하나하나 발견해서는 생략해버려. 심지어 욕실에 들어가면 타올팬파까지 준비되어 있을 정도야."

"타올팬파?"

"타올, 팬티, 파자마 말야."

단지 목욕 후의 3종 세트를 가리키는 것만은 아니다. 이런 것들이 당연하게 준비되는 환경. 엄마에게 계속 보살핌을 받으며 자립하지 못한 마마보이를 가리키는 인터넷 속

어였다.

레나는 타올팬파라도 양산하고 싶은 것인가. 배려가 지나칠 정도로 내 주변을 돌봐주고 있었다.

"이만한 일에 차례차례 손을 대다 보면 보통 어디 하나 구멍이 나서 실수를 하기 마련인데."

"그게 없다는 거지?"

"할 수 있을 것 같아서 해봤다. 해보니까 자연스럽게 할 수 있었다. 그 녀석에겐 딱 그 정도의 이야기야."

게다가 그러는 당사자는 의무감은커녕,

『겨우 이것만 하면 나머진 마음대로 해도 된다니 천국인가! 역시 현실이 거지였던 거군요. 평생 호러 하우스에 틀어박혀 있고 싶어요.』

이런 말을 하면서 즐거운 듯이 하는 것이다.

호러 하우스에 대한 적응력도 높아 더 이상 두려움조차 느끼지 않았다. 경의와 감사를 표하듯 제단은 매일 청소하고 매일 직접 만든 식사가 차려진다. 그건 단순히 다음 날 레나의 점심이 되는 것 같다. 다시 말해 자신을 위한 식사 준비는 귀찮아하는 것이다.

"아깝네. 그 정도로 축복받은 능력이 있었다면 얼마든지 대성할 수 있었을 텐데. 의사소통 능력 결여 하나로 인간이 이렇게까지 추락할 수 있구나."

"추락이라니, 신랄하네."

"하지만 사실이잖아. 이런 미덥지 못한 어른에게 좋을 대로 부려먹히고 있는걸. 이걸 추락했다는 말 말고 뭐라 표현할 수 있겠어?"

"사람의 행복은 저마다 다른 법이야. 당사자도 기운이 넘친다고. 『지금이 인생에서 가장 즐겁다』면서."

"앞일 따위 생각하지 않고 좋아하는 것만 하고 있으니까. 그러면 누구라도 즐겁겠지."

질책하지도 분노하지도 않고 가미의 입은 당연한 사실을 고했다.

"그렇게 즐거운 일만 해온 외상은 반드시 미래에서 지불하게 될 거야. 하지만 아이에게는 그게 너무 막연하니까 알 수가 없지. 그러니 그렇게 되지 않도록 어른들이 길을 제시하고 이끌어줘야 하는 거 아니겠어?"

"아아, 아파, 아파. 중이염에 걸릴 것 같아."

"모범적인 어른, 사회의 표준적인 관점을 말하고 있는 것뿐이야. 그걸 듣고 아프다고 느끼는 건 양심의 가책이지."

"다시 말해 내게 모범적인 어른으로서의 마음이 남아있다는 증거인 건가."

"정말 아프다고 느낀다면 말이야."

가미는 코웃음을 쳤다. 이런 일로 아픔을 느낄 거라고는 티끌만큼도 생각하지 않는 모습이었다.

"타마, 그 애의 장래는 어떻게 생각해?"

"무슨 소릴! 내 장래도 제대로 생각하지 않는데 남의 장래 따위를 생각할 리가 없잖아!"

봐, 역시, 하고 가미는 웃음을 터뜨렸다.

"아이의 장래를 생각하고 움직인다. 그런 훌륭한 어른이 있었다면 지금쯤 그놈은 다 포기하고 무의미한 생활로 돌아갔겠지."

올바른 어른의 대응은 레나에게 있어 절망일 뿐이다. 그것을 요구받는 것이 싫어서 내게로 도망쳐 온 것이다.

사람이 모두 똑같이 가진 최후의 도피처, 그 한 걸음 앞. 잘못된 길로 도망쳐 온 것이다.

"그러니까 뭐, 다 포기하고 무의미한 삶을 사는 것보다는 낫잖아. 그게 내 생각이야."

◆

"카구팔 있는데. 필요해?"

"아, 갖고 싶어요."

"핑 찍어놨어. 8배율이랑 같이 던져놓을게."

"아싸."

작으면서도 매끄럽게 흘러나오는, 기쁨을 내포한 목소리.

이 집으로 이사 온 지 5년. 가족이나 동거인도 없고 친구 한 명 초대한 적 없다.

인터넷 같은 것을 보고 웃기는 하지만 TV를 보면서 구시렁구시렁 불평하는 나쁜 버릇은 없다. 혼잣말을 잘하는 성격도 아니었기에 이 집에 자신의 목소리가 울린다는 것은 흔치 않은 풍경이었다.

그러던 것이 이제는 집에서 발성기관을 사용하는 것이 일상이 됐다.

그저 혼잣말처럼 중얼거리는 것이 아닌, 대화라는 소통을 통해.

레나가 온 뒤로 이 집의 생활방식이 완전히 달라진 것이다.

자칭 대인공포증에 말더듬증인 레나.

말을 더듬는 레나의 말더듬증은 정말이지 심각했다. 하지만 이것은 육체에서 기인한 병도 아니고 정신 장애의 종류도 아니었다. 오랜 히키코모리로 지낸 폐해로 성대가 쇠약해진 것이 가장 큰 원인이었다. 거기에 한술 더 떠 더듬거리는 자신의 목소리가 싫다는 문제까지 더해져 악순환에 빠져 있었다.

현실의 본인에게 자신이 없기 때문에 결과적으로 얌전한 성격이 될 수밖에 없었다. 분명 레나의 가족은 그녀를 소극적이고 얌전한 성격이라고 오해하고 있을 것이다.

나는 레나의 성격을 잘 알고 있다. 자기주장이 강하고 남의 불행을 웃음거리로 만들 수 있는 거침없는 성격을.

나의 악영향을 듬뿍 이어받아 커버린 것이다.

한두 마디 간단한 대답부터 시작해도 된다. 이후에는 평소와 같은 레나로서 소통해달라는 뜻에서 사용하지 않는 스마트폰을 빌려주었다.

말을 더듬으면서도 레나는 열심히 대답을 말로 들려주었다. 콤플렉스에 시달리면서도 필사적으로 노력했다.

소리를 내는 것은 고통이겠지만, 사용하지 않으면 낫지 않는다.

그런 와중 레나가 조금이라도 빨리 극복할 수 있도록 적극적으로 목소리를 쓰게 할 수단이 떠올랐다.

그것이 지금 하는 게임이다.

100명의 플레이어가 필드 내에서 장비를 주우며 승리를 노리는 게임이다.

MMORPG와는 달리 한순간의 판단 지연에 목숨이 오간다. 채팅으로 길게 주고받을 틈이 없다. 협력 플레이를 노린다면 대화를 통한 의사소통을 할 수 있느냐 없느냐가 승패를 크게 가른다.

레나와는 가출 전부터 둘이서 자주 협력 플레이를 즐겨왔다.

그리고 얼마 안 남은 시점에서 진 레나는,

"돌겠네, 저 망할 스나이퍼 자식, 나가 죽어! 이딴 망겜 내가 또 하나 봐라!!!!!"

진짜로 분노하면서 발광했다.

고작 게임이라고 얕보지 말기를. 나조차도 뭐 이런 웃긴 게임이 다 있나 생각할 정도다. 그리고 진 채로 끝나면 억울하기 때문에 곧바로 다음 매치로 이동한다.

이 모든 것은 이겼을 때의 행복감을 위해. 마약과 같은 중독성이 이 게임에는 숨어 있었다.

예전에는 보이스 채팅을 하지 않고 플레이했지만, 지금은 한 지붕 아래. 접이식 책상을 편 채 내 방에서 놀고 있었다. 목소리를 쓴 의사소통을 나 한 명만 하더라도 그것만으로 승률이 올라갔다.

그렇게 되자 레나가 말을 했다면 이길 수 있었을 만한 상황이 속속 등장했다. 본인도 그것에 대한 자각이 있는 것인지 답답해하며 억울해했다. 기어이 책상을 내리쳤을 때는 진심으로 쫄았다.

어느덧 레나는 대답이 아닌 한두 마디를 말로 전해오게 됐다. 게임에 집중한 덕에 승리를 무엇보다 우선시한 것인지 자신의 목소리 따위는 신경 쓰지 않았다.

"120도 방향에서 버기 온다."

"……좋아, 머리통 날렸어요."

"오오, 달리면서도 잘 날렸네."

"후후, 한방이죠."

그 결과가 이것이다. 뒤숭숭한 대화 속에서도 태연하게

말을 주고받을 수 있게 된 것이다. 이 집의 생활 중 레나가 가장 기운 넘치는 순간이다.

시합도 막바지. 우리를 포함해 살아남은 건 셋.

적은 한 명. 여기서 지면 레나가 광분할 것이 분명했다.

"봤다. 방금 쏜 나무 뒤야."

"수류탄 있어요?"

"없어. 그쪽은?"

"없어요. ……머리 내밀면 날릴 테니까 부탁해요."

"오케이, 맡겨줘."

죽을 각오로 돌격해라. 레나의 지시는 그런 것이었다.

"간다. 셋, 둘, 하나."

손에 땀을 쥐는 순간.

자신의 실력으로는 돌격한다 해도 쏴서 이길 수 없었다. 그래서 날리겠다는 레나의 말을 믿었다.

그늘에서 뛰어나갔다.

몸 전체를 드러내고 있으니 당연하게도 돌격소총으로 벌집이 되었다. 그 대신 적의 머리는 스나이퍼 라이플에 의해 날아갔다.

"좋았어!"

승리의 기쁨이 온 방 안을 울렸다.

내 목소리가 아니다.

의자를 회전하여 뒤를 돌아보자 레나가 양손으로 주먹

을 쥐며 승리 포즈를 취하고 있었다. 풍만한 모성이 흔들리며 만면에 성취감이 가득했다. 웃는 얼굴이라기보단 기세등등한 얼굴에 더 가까웠다.

내 시선을 알아차린 레나가 기쁨을 온몸으로 표현한 것을 수줍어하듯 뺨을 물들였다.

여기서 졌다면 휘두른 두 손은 강하게 책상을 덮쳤을 것이다. 그렇게 되는 일 없이 그 손은 자신의 헤드폰으로 뻗어 그대로 목에 걸었다.

그런 레나가 우스워서 그 모습을 안주 삼아 승리의 미주, 텀블러를 들이켰다.

"마지막에는 훌륭하게 날렸네."

"서, 선배, 덕분, 이에요."

매끄럽다 못해 술술 내뱉던 혀는 어디로 갔는가. 수줍어하면서도 느려진 그 입에서는 더듬더듬 겸손의 말이 새어 나왔다.

일섬십계 레나팔트의 손이 움직였다면 피라미니 뭐니 하면서 의기양양하게 적을 향한 욕설을 늘어놓았을 텐데. 입과 손의 인격은 여전히 달랐다.

하지만 레나의 입은 최근 한 달 사이 성장하고 있다.

"아…… 하, 한 잔, 더, 필요하세요?"

네, 아니요 이외의 한두 마디를 적극적으로 말하고 있다.

"오, 부탁해."

헤드폰을 책상에 올려둔 레나에게 텀블러를 내밀었다.

잠시 후 레나는 한 잔을 더 가져왔다. 내용물은 차도 주스도 아니다. 위스키를 탄산에 희석한 하이볼이다.

즉 여고생에게 술을 만들게 한 것이다. 내용물이 비면 눈치 빠르게 알아차리는 그 모습은 그야말로 그런 가게를 연상시켰다. SNS에서 모 권리나 지위 향상을 내세우는 이들이 대격노할 안건이다. 뭐, 그 전에 내가 일으키는 짓 자체가 경찰 사건이지만.

"레나, 눈치챘어?"

"뭐, 뭘요?"

승리의 여운일까. 내가 던진 의문이 안 좋은 말이 아니라는 것을 느낀 것 같다.

말을 더듬으면서도 레나의 목소리에서는 생기가 느껴졌다.

"너, 게임에 집중할 땐 말 안 더듬어."

"……어?"

벙찐 얼굴로 레나가 입을 뻐끔거렸다. 있을 수 없는 현실을 마주하고 새로운 것을 깨달은 듯한 눈빛을 하고 있었다.

솔직히 지적할까 말까 망설였다. 게임 중이라고는 해도 매끄럽게 말하고 있으니 대화를 나눈다는 육체의 기능 면에서 틀림없이 좋은 영향을 끼치고 있었다.

하지만 지적하면 오히려 더 의식해서 평소의 레나로 되

돌아가지 않을까.

"그런 말솜씨라면 남은 건 마음 문제야."

그런 우려도 있었지만, 일종의 자신감으로 이어지지 않을까 하는 가능성도 있었다.

"전에도 말했지만, 그 손이 평소에 얼마나 과격한 말을 뱉는지 떠올려봐. 그 십 분의 일이라도 좋으니까 기세에 맡겨서 입에 담아봐. 그러면 게임할 때처럼 말을 더듬지 않고 말할 수 있게 될 거야."

떠오른 생각을 단호히 말했다. 무책임한 태도지만 레나에게는 분명 이 정도가 적당하겠지.

평소보다 조금 강제로, 무례한 그 손을 당겨보기로 했다.

레나는 살짝 자신의 입술을 만졌다.

언제 이 입에 새로운 기능이 구현된 걸까. 그런 감탄에 젖어 있는 듯했다.

입술에서 손을 뗀 레나는 입꼬리를 작게 치켜들더니,

"네. 앞으로 그런 식으로 열심히 해볼게요."

"좋아, 좋은 대답이야. 그대로 가자."

의식하는 순간, 비로소 말을 더듬지 않고 의사를 표시할 수 있게 되었다.

레나는 콤플렉스를 극복하는 한 걸음을 내디뎠다. 이런 식으로 노력하다 보면 금방 완전히 해소될 것이다.

인간 형성에 타고난 재능 이상으로 중요한 것은 바로 주

어진 환경이다.

당연한 것을 당연하게 할 수 있는가, 제대로 된 노력을 할 수 있는가. 그 환경 하나만으로 인간은 크게 바뀐다.

아이에게 그런 환경을 줄 수 있는 것은 대체로 부모와 사회다. 아이 스스로 이겨내라고 하는 것은 무책임한 헛소리에 지나지 않는다.

아이를 올바르게 이끌어주고 싶다는 훌륭한 어른의 정신 따위는 가지고 있지 않다.

단지 레나가 성장하고 싶다면 지켜봐주고 싶다는 마음이 들었을 뿐. 그것이 자신의 이익과도 연결되는 것이다. 단점이 될 것은 아무것도 없다.

"우선 머리를 텅 비우는 것부터 시작해 보자."

머리가 텅 빈 어른답게 시시한 방법을 제안해 보았다.

레나가 키보드 위에서 폭주하듯 타이핑하자 스마트폰 알림음이 울렸다.

『기세에 맡기는 건 그렇다 쳐도 머리를 비우는 건 좀 어렵죠.』

열심히 하겠다는 말 뒤부터는 입이 아닌 손을 움직인다.

『저는 신동이라서요. 머리를 텅 비우는 건…… 선배처럼 쉽게는 좀.』

레나팔트로서 나를 놀려먹기 위해서다.

찌릿 노려보았지만 정면으로 마주 본 그 얼굴은 겁을 먹기는커녕 더욱 웃음을 머금고 있었다. 이 정도로는 진심으로 화내지 않는다는 것을 알기 때문이다.

이것이 바로 서로를 향한 신뢰이자 오늘날까지 우리가 쌓아 온 것이기도 했다.

어쩔 수 없는 녀석이라고 생각하며 다음 제안을 떠올렸다.

"괜찮아. 머리를 비우는 간단한 방법이 있어."

『어떤 방법인가요?』

"술이다. 이것만 있으면 쉽게 비울 수 있지."

『아이에게 술을 권하다니…….』

어이없음이 느껴지는 메시지.

『확실히 지금의 선배를 보면…… 납득할 만한 설득력이 있네요.』

하지만 그 안에는 시도 때도 없이 나를 놀려먹고 싶다는 일념이 담겨 있었다.

"그야말로 적당량을 넣어주면 다음 날 아무것도 기억나지 않을 정도로 텅 비게 될 거다."

『그렇게까지 저한테 마시게 해서 대체 무슨 짓을 할 생각이죠?』

"아침쨰."

『꺄악, 당한다~!』

레나는 킥킥 웃었다. 던진 패스에 내가 화답해서 뿌듯해하는 것 같다.

"뭐, 그건 그렇고 마셔보고 싶으면 마셔도 상관없어."

『선배, 미성년자 음주금지법 아세요?』

"그런 법률은 미성년자 약취유괴죄 앞에서는 모래알이나 다름없지."

레나는 입에 손을 얹으며 웃음을 터뜨렸다.

"아이가 새로운 도전을 하고 싶다면 그 등을 밀어주고 응원해준다. 나는 아이에게 그런 멋진 어른이 되고 싶었어."

『역시 선배. 진심으로 리스펙트. 선언한 대로 너무 잘 지켜서 웃겨 죽겠어요.』

아까부터 레나의 뺨은 바쁘게 씰룩이고 있다.

내가 레나를 취하게 해서 전장으로 데려간다. 그럴 생각은 없다는 것을 믿어주는 것이다.

『배려 땡큐. 좋은 기회긴 한데 안 마실게요.』

그러니까 이건 거짓 없는 레나의 속마음.

『여차할 때 병원 신세는 질 수 없으니까요.』

그런 것조차 잊고 있었다. 말 그대로 내 머리가 비어 있었을 뿐이다.

"그것도 그렇네."

◆

6월도 중반을 지나고 벌써 하순.

레나를 고용한 지도 벌써 다음 주면 두 달이 다 되어 간다.

사회적으로 좋지 못한 일을 하고 있다는 자각은 있다. 만약 이 일이 표면화되면 지금까지 내가 사회에서 쌓아온 것들은 무너져 내리고 감방 신세를 지게 될 것이다. 레나에게 어떤 사정이 있다 하더라도 그런 말로를 걷는다는 결말은 변하지 않는다.

아직은 그런 말로를 걸을 징후는 없어 보였다.

그래서 이렇게 오늘도 야근 없이 평화롭게 일을 끝나고 밑바닥 신분을 유지할 수 있었다.

직장은 대도시 고층 빌딩에 사무실을 두고 있다. 낮에 빌딩 안은 정장 차림의 직장인들이 홍수처럼 넘쳐나고 출근, 점심 휴식, 퇴근은 어디나 비슷한 시간인 탓에 엘리베이터가 만원이라 못 타는 일도 흔했다.

머릿속이 반짝반짝한 해피라이프인 촌뜨기라면 그런 불편한 일상 풍경마저 동경할지도 모른다. 정장 차림의 직장인으로 북적거리는 오피스 빌딩에 언젠가 자신도 동참하고 싶다는 꿈을 꾸는 것이다.

그런 꿈을 지닌 촌뜨기 전원에게 전 촌뜨기가 현실을 알리겠다. 너희들은 손쉽게 우리의 반열에 오를 수 있다고.

깨끗한 오피스 빌딩에 정장 차림의 사회인. 그 조합은 언뜻 보기에 그럴싸한 모습으로 보일 것이다. 분명 멋들어진 내용물이 가득 차 있겠지 하고…… 오해하고 있는 것이다.

뚜껑을 열면 죽은 눈을 한 뚱보나 화장으로 떡칠한 깐깐한 사원, 엘리베이터에 올라타면 대머리 아저씨와 지저분한 뿌염 푸딩 머리가 업소 이야기로 시시덕거리고, 시끄러운 30대들은 분수를 모르고 자신의 결혼 욕구를 줄줄 늘어놓는다.

귀신과 도깨비로 가득한 사회인들의 광경은 그야말로 백귀야행. 이 빌딩은 그야말로 현대 귀신의 집이라고 해도 과언이 아니었다.

요괴 사회인이 근무할 수 있는 직장은 정해져 있다. 보람찬 일이나 가족 같은 분위기. 뭐 이런 말을 내걸고 있는 구인을 찾으면 누구나 쉽게 귀신의 집에서 근무할 수 있다.

귀신의 집 3층 이하에는 편의점과 음식점 등이 들어서 있어 활용할 기회도 많다.

오늘도 편의점에서 SNS 리트윗 캠페인으로 당첨된 프라이드치킨을 교환한 뒤 아무것도 사지 않고 뻔뻔하게 이용하고 있었다.

건물 3층에서 뻗어 나온 보행자 통로는 역과 그대로 직결돼 있다.

치킨을 물어뜯어 위에 쑤셔 넣은 직후,

"타마치."

마치 타이밍이라도 잰 듯 의도치 않은 목소리가 들려

왔다.

뒤돌아본 내 눈에 들어온 것은 듬성듬성한 흰머리를 가진 검은 뿔테 안경을 쓴 중년 남성. 재질 좋은 양복을 두른, 아무리 애써도 재미라고는 찾아볼 수 없는 인물이었다. 그리고 이름 또한 마찬가지라는 것을 잘 알고 있었다.

"아, 사사키 씨. 수고하셨습니다."

그도 그럴 것이 내 상사니까.

프로그래머라는 직업 특성과 소속 부서와 관련하여 외부인과 접할 기회는 거의 없다. 잔말 말고 적힌 대로 형태나 잡아. 회사가 우리에게 요구하는 것은 그것뿐이다.

그래서 오타쿠나 아싸, 치즈규동남이 끊이질 않는 이 직장은 옷차림이나 청결감은 그다음 문제. 그런 녀석들은 본인을 보살펴주는 연인은커녕 잘 보여야 하는 여사친도 없으니 그런 부분에 소홀했고, 직장은 늘 찜찜함에 절어 있었다.

반면 사사키 씨는 다른 사람과 마주할 기회가 많기 때문에 옷차림과 청결감은 나이에 맞게 갖춰야 했다. 그래서 독신임에도 불구하고 그 부분은 확실했다.

"이런 시간에 퇴근인가요? 별일이네요."

그런 상사는 사람을 관리하는 입장이기도 해서 여러모로 바빴다.

과연 야근하지 않는 날이 있을까. 드물다고는 해도 이것이 사실이라면 사사키 씨의 정시 퇴근을 보는 일은 처음일 지도 모른다.

"설마, 이제부터 연속 미소카츠* 먹으러 가는 길인가."

"으, 이제부터군요……."

역시 사사키 씨에게 그런 희소식은 없었다.

이런 식의 말투는 회사를 향한 빈정거림이 담긴 말장난 이었다. 그 지역의 명물을 먹지 않으면 해낼 수 없다는 출 장 단골 멘트였다.

아무래도 이번 출장지는 나고야인 듯하다.

"요즘 넌 계속 평화로워 보여서 부럽군."

앞으로 출장을 가는 자신과 비교해서가 아니다. 납기에 쫓기지 않는다고는 하지만, 모두가 야근하는 가운데 나 혼 자 매일같이 "그럼 이만" 하고 정시 퇴근을 하는 것이다.

어디에나 있는 상사의 눈엣가시.

"덕분에 평화롭게 지내고 있습니다."

──는 아니었다. 단순히 가벼운 농담임을 알고 있었기 에 편하게 받아쳤다.

가볍게 올라간 사사키 씨의 입꼬리에는 불쾌한 기색이 없었다.

"할당받은 일을 해치우고 요즘은 다른 일을 도와주고 있 다고? 무슨 심경의 변화지?"

---

*나고야의 명물 요리.

"일하는 척 화면이랑 눈싸움만 해도 심심하니까요. 내친 김에 빚이라도 만들어둘까 생각했을 뿐이에요."

"급격한 능력 향상이라. 비결이 있다면 꼭 알려줬으면 좋겠군."

"괜찮긴 한데, 사사키 씨에게는 알려드려도 소용이 없을 것 같네요."

"째째하게 굴긴, 뭔데?"

"간을 소중히 하는 겁니다."

쓴물이라도 삼킨 듯 미간을 좁히는 알코올 중독 예비군. 그 찌푸린 얼굴에 허허 웃었다.

실제로 술의 양은 줄어들었으니 거짓말은 하지 않았다. 자기 직전까지 자제 없이 마시는 나쁜 버릇이 없어진 것이다. 레나에게 꼴불견인 모습을 보이는 것은 내키지 않아서 취침하기 2시간 전에는 마시지 않게 되었다. 무엇보다도 술에 취해 눈을 뜨니 아침쩍이 되는 상황만큼은 피하고 싶었다.

하지만 일에 집중해 능률이 올라간 가장 큰 이유는 가사 탈피와 보람찬 사생활 덕분이다. 이 말을 하면 여자라도 생겼냐는 말을 들을 것 같아 간을 소중히 여긴다는 말로 얼버무린 것이다.

"카타기리도 당황하던데. 그 타마치에게 대체 무슨 일이 생겼냐면서."

카타기리라는 것은 팀의 리더. 치즈규동 얼굴을 한 선배 사원이다.

"칭찬밖에 못 주는 것이 개탄스럽군."

"개탄할 정도라면 월급이나 올려주세요."

"뭐야. 올려도 되는 거였나?"

농담처럼 말하자 사사키 씨의 입꼬리가 히죽 올라갔다.

"알겠어. 그렇다면 지금까지의 업무를 포함해서 정당한 평가를 해주지."

"……아뇨, 지금 그대로도 충분합니다."

괜한 말을 했다며 곧바로 농담을 회수했다.

이 회사에 들어온 이후로 한 번도 승진하지 못했다. 모든 것은 사사키 씨의 재량이었다. 일하는 자세가 좋으면 월급이 오른다는, 그에 상응하는 평가를 받지 못하고 있는 것이다.

아무것도 모르는 사람이 보면 사사키 씨를 못된 상사라고 할 것이다. 하지만 나에게는 최고의 상사였다.

어쨌든 평가를 받으면 그에 상응하는 일을 요구받고 책임도 늘어난다.

내가 죽을 만큼 싫어하는 것은 책임이다. 그다음으로 싫어하는 것은 야근이다.

이 업계에 발을 들여놓은 지 8년째.

이 회사로 이직한 지 6년째.

그런데도 업계 미경험인 이직자보다 조금 더 받는 정도의 금액이었다. 그야말로 밑바닥이다.

다만 안주하고 있다기보단 자진해서 머물고 있을 뿐이다. 미적지근한 상태와 같은 지금의 생활이 마음에 들기 때문에 더 이상 일을 열심히 하고 싶지 않은 것이다.

"정말 괜찮은 건가, 이대로?"

사사키 씨가 갑자기 진지한 목소리를 냈다.

"그럴 마음만 있다면 새로운 일도 여러 가지로 시켜 줄 거고, 뒤에서 지원도 든든하게 해주마."

"그런 기개가 있었으면 벌써 이직했죠. 똑같이 새로운 일을 한다면 그쪽이 훨씬 더 많은 월급을 받을 수 있을 테니까요."

"뭐, 그것도 그렇지."

"그러지 않는 것은 상사의 은혜 덕분입니다. 그리고 제가 한다면 하는 놈이니까요."

못 말린다는 듯이 사사키 씨가 콧방귀를 뀌었다.

상사의 은혜를 받았다는 말에 쑥스러워한 것은 아니다. 자신이 한다면 할 수 있다는 인간이라는 논리에 어이없어한 것이다. 자화자찬이 아닌 자조라는 것을 알고 있다는 증거였다.

"일단 서른까지 살아볼게요. 그게 인생의 목표니까."

"그 뒤엔 어떻게 할 거지?"

"아무 생각 없어요. 그때 다시 생각하겠습니다."

"지금 이대로라면 내 나이가 되었을 때 힘들 거야."

"무능한 채로 추락한다면 그때는 그때. 이 업계에서 일할 수 없게 된다면……."

거기서 바로 답이 나오지 않는 것만 봐도 역시 나는 아무 생각이 없다.

어차피 하고 싶은 일은 아무것도 없다.

밝은 미래라는 기대는 품고 있지도 않다.

솔직히 사회가 말하는 행복 따윈 바라지도 않는다.

죽고 싶은 생각은 없지만 고통스러워하며 살고 싶은 것도 아니다.

인생은 살아있는 것만으로도 멋진 것이라는 우스갯소리가 있다. 남이 그것을 구가하고 있는 것은 상관없지만, 강요하려는 녀석에게는 구역질이 치민다.

다 같이 열심히 하자는 풍조가 죽도록 싫기 때문이다.

"그러게요."

거기서 떠올랐다.

하고 싶은 것이.

"인간성을 포기한 지인을 본받아 새로운 것에라도 도전해 볼까요?"

◆

눅눅한 장마철은 참을 수 없이 불쾌한 법이다.

상경하기 전까지는 습도라는 것이 이렇게나 생활에 영향을 미칠 줄은 몰랐다. 누가 뭐래도 홋카이도의 구석진 시골 태생. 여름에는 선풍기 하나로 멀쩡하게 이겨낼 수 있다. 열대야와는 무관하여 장마라는 개념이 없었다. 그렇다고 연중 지내기 좋은 것은 아니었다. 적설 지대이므로 그것을 빼면 제로는커녕 마이너스다.

해마다 여름은 더운 걸 넘어서서 뜨거워지기만 했다. 과거에는 35도를 넘는다고 하면 이상 기후라고 난리였다. 그러나 이제는 35도를 넘는 것은 이미 일상이 되어 있었다.

도쿄 밖으로 눈을 돌리면 일본에서 가장 더운 지역 대결이 펼쳐진다. 40도가 넘는 것을 한탄하기는커녕 자부심마저 느끼는 것이다. 급기야 지역 기상 관측 시스템 설치 장소를 놓고 비겁하다며 소리치는 무리가 나오는 지경이었다. 지역 기상 관측 시스템 이전 후에도 더위를 증명하여 오명을 씻을 수 있을 것인가. 그런 기사가 난무하는 척박한 싸움을 보면 더위로 머리가 이상해진 것으로밖에 보이지 않았다. 지옥도란 바로 이것이다.

올해도 그런 더운 여름이 찾아왔다.

이제부터 점점 더워지는 걸까 하고 서서히 긴장감이 감도는 7월의 시작.

"더워……."

최고 기온 36도라는 정신 나간 여름이 단숨에 몰려온 것이다.

어제와의 일교차는 무려 10도. 어젯밤 비가 와서 그런지 습도가 높아 더욱 불쾌지수가 높아졌다.

정시에 퇴근한 저녁이었지만 36도라는 낮의 잔재가 남은 바깥 공기와 닿자 온몸에서 땀이 솟구쳤다. 낮에는 에어컨이 켜진 실내에서 우아하게 있었던 만큼 그 격차에 숨이 막혔다.

이렇게 더운 날은 시리도록 찬 맥주가 최고다.

가미네 가게에서 단숨에 한 잔을 위장에 쏟아붓고는 "잘 먹었습니다"라는 말만 남기고 2분도 채 걸리지 않아 가게를 나왔다. 거리낌 없이 먹튀를 시전하고 있다. 그런 날들이 최소 3개월은 지속될 것이라 예상했다.

한번 시원하게 식혀둔 위장 기관. 그 길을 따라 불길이 치솟는 것을 느끼며 드디어 우리 집에 도착했다.

오늘 저녁은 뭘까?

그런 즐거움을 안고 작열하는 지옥의 현관을 빠져나와 거실로 미끄러지듯 들어갔다.

"윽……!"

뭐야, 이게. 무심코 인상을 찌푸렸다.

냉기를 기대하며 뛰어든 거실은 현관과 다름없이 낮의

열기에 사로잡혀 있었다.

"……어서 오세요."

주방에서 얼굴을 비춘 레나. 여느 때와 다름없는 후드티와 반바지 차림이다.

홍조가 오른 그 얼굴은 부끄러움도 뭣도 아니었다. 이마에서 눈에 보일 정도로 땀을 흘리고 있을 만큼 더위에 익은 얼굴이었다.

고용주의 귀환. 그것을 치하하기 위한 미소는 어딘가 축늘어져 있었다.

"이봐……."

제단에 놓인 리모컨을 손에 쥐고 에어컨을 켰다. 버튼을 연타하여 28도로 설정되어 있던 냉방을 한계까지 낮췄다.

"왜 에어컨을 안 틀었어?"

"아, 죄송해요."

레나가 사과했다.

"돌아오는 시간에 맞춰서 켜놓는 걸 깜빡했어요."

"아니, 그런 뜻이 아니잖아."

"네……?"

"그렇게 땀범벅이 됐는데 왜 에어컨을 안 틀었냐고."

레나는 낮 동안 창문을 열지 않는다. 통풍감 제로인 실내는 그야말로 찜통 상태. 낮의 최고 기온을 웃도는 더위였을 것이다.

그런 환경에서 냉방을 켜지 않는다니, 인내심 대회라도 하는 거냐며 따져 묻고 싶은 심정이었다.

"저, 그게······."

레나는 가슴에서 쥔 주먹을 다른 손으로 감싸 안았다.

"전기세, 가──아훗!"

에어컨을 켜지 않은 이유를 듣자마자 무심코 내 손이 레나의 안면으로 향했다. 가격한 것은 주먹도 아니고 손바닥도 아니다. 딱밤이었다. 그것도 안면을 콱 잡고 다른 한 손으로 중지를 한껏 당겨서 내리친 일격이다.

탁, 하는 가벼운 소리가 아닌 둔탁한 음.

"바보냐? 겨우 그 정도 전기세 아끼다가 쓰러지면 어쩌려고 그래?"

아프다는 듯 이마를 누르는 레나에게 강한 어조로 내뱉는다. 고성을 내지는 않았지만 충분한 노기를 담았다.

"돌아오자마자 열사병 걸린 시체와 대면하는 건 사양이야."

"아, 으······."

"애초에 이럴 때를 대비해서 내게 돈다발을 내민 거 아니었어?"

자신의 생활비는 여기서 빼달라며 레나는 백여 명의 유키치를 내밀어온 것이다. 생전 처음 보는 돈다발에 놀라며 이런 금액을 선뜻 내밀 수 있는 레나와 그것을 준 아빠의 관계성에 눈살을 찌푸렸다.

유키치를 받지 않는 것이 올바른 어른의 모습이겠지만, 나는 한심한 어른이다. 이걸로 레나가 거리낌 없이 생활할 수 있다면 잠자코 받아두기로 했다.

그런데 무슨 전기세 타령이란 말인가.

"병원 신세를 질 수 없다고 한 건 너 아니야?"

"죄송……해요."

자신이 한 일이…… 아니, 하지 않은 일이 얼마나 위험한 일이었는지. 그것을 깨달은 레나가 힘겹게 목소리를 쥐어짰다.

레나에게 악의가 없었다는 것은 알고 있다. 이런 인내심 대회 같은 환경을 누가 기꺼이 누리고 싶겠는가. 냉방을 켜고 싶었을 텐데 가계 사정을 생각하여 참은 것이다.

하지만 그 얄팍한 배려는 이 생활을 계속하고 싶다면 해서는 안 되는 짓이다. 그러기 위해 돈다발을 보관하고 있는 것 아닌가.

"컨디션 관리도 업무의 일환이다. 다시는 무의미한 인내심 대회 같은 건 하지 마."

"네…… 죄송합니다."

함축된 질책에 또 한 번 레나는 사과의 말을 쏟아냈다.

이 집에 온 후 처음으로 진심으로 혼났다. 불합리한 것도 뭣도 아닌, 본인의 부족함이 초래한 결과였다.

혼났다는 것과 본인의 실수.

그것을 온전히 받아들인 레나는 금방이라도 울음을 터뜨릴 것 같은 얼굴을 하고 있었다.

나도 필요 이상으로 몰아세우고 싶은 마음은 없었다.

"자, 어서 샤워하고 와."

뭐, 이 정도면 되겠지.

완전히 기세가 꺾인 목소리와 함께 툭 하고 레나의 머리에 손을 얹었다. 더 이상 화가 나지 않았다는 신호다.

"저, 선배 먼저……."

눈물을 약간 머금고 올려다보는 시선.

지금까지 말한 것이 무색하게도 나보다 먼저 들어갈 수는 없다며 사양하고 있다.

어쩔 수 없는 녀석 같으니.

부드러운 태양을 사양하겠다면 북풍처럼 매섭게 가줄까.

"정말 땀이 흥건하네."

땀에 흠뻑 젖은 머리.

"어쩐지 땀 냄새가 엄청나더라."

"힉?!"

예상치 못한 지적에 레나는 당황했다.

그렇게 심하지 않은 한 자기 체취는 알아차리기 어렵다. 이 정도로 땀범벅을 해 놓고 그런 생각은 못 했나보다.

볼이 더욱 붉게 물들어가는 것은 더위 탓만은 아닐 것

이다.

"그, 그, 그, 그…… 그렇게나, 내, 냄새, 나요?"

수치심에 내몰린 레나에게 최근까지 잠잠하던 말더듬증이 되살아났다.

"아니, 냄새가 나지는 않아."

"아, 다행이다……."

"단지 체취가 평소보다 진하다고 할까, 뭐라고 할까…… 성적 착취를 할 수 있을 것 같은 그런 냄새야."

"아, 아……."

솔직한 멘트를 건네자 레나의 얼굴이 금방이라도 불을 뿜을 것처럼 변했다. 희미하게 앓는 소리를 내고 있다.

『선배의 성적 욕구를 충족시켜주고 싶어요!』라는 강한 의지가 있다면 상관없겠지. 성적 착취를 못 해줄 것도 없어."

"지, 지금 바로 갔다 올게요!"

잔뜩 치욕을 겪은 레나가 욕실로 달려갔다.

애처로움마저 느껴지는 등을 씩 웃으며 배웅했다.

◆

불쾌하게 달라붙는 끈적임이 떠내려가는 것이 피부로 느껴졌다. 체온보다 높을 텐데도 뜨거운 물이 시원해서 기분 좋았다.

열이 오르던 머리가 식어갔다.

선배에게 받은 설교를 되새기며 본인의 실수를 반성했다.

에어컨 전기세라는 게 얼마나 나오는지는 모른다. 다만 선풍기에 비할 바가 아니라는 것만은 알고 있었다.

집에 있을 때는 신경 안 쓰고 그야말로 물 쓰듯이 썼다.

그런데 이렇게 선배 집에 신세를 지게 되면서 그런 걸 신경 쓰게 되었다. 선배가 열심히 벌어온 돈을 허투로 쓰는 짓은 할 수 없다.

그런 생각이 강하게 들어 에어컨이라는 사치품을 쓰기를 주저했다. 이럴 때를 위해 돈을 맡겼다는 것도 잊고, 결국 끼친 것은 걱정뿐이었다. 급기야는 직장에서 돌아온 고용주보다 먼저 이렇게 땀을 씻어내고 있었다.

선배가 신경을 쓰게 만들었다.

땀 냄새에 성적 욕구니 뭐니 말했지만 놀리려는 마음은 있어도 창피를 주기 위함은 아니라는 것을 알았다.

신동인 내가 이런 실수를 하고 말다니. 도쿄의 여름 더위를 얕본 대가겠지. 완전히 더위를 먹어 냉정한 판단을 할 수 없게 된 것이다.

정성껏 머리와 몸을 두 번씩 씻고 마지막에는 낮부터 햇볕에 달궈진 몸을 식히듯 머리부터 물을 뒤집어썼다.

그렇게 몸을 깨끗이 하고 탈의실로 나가자,

"아……."

역시 더위를 먹은 게 분명하다는 생각이 들었다.

갈아입을 옷과 목욕 타올 준비를 잊은 것이다.

게다가 입고 있던 옷은 땀 냄새를 걱정해 세탁기를 돌려 버렸다.

또 실수했다…….

선배를 불러 목욕 타올을 갖다 달라고 하자, 라는 선택지는 없다. 선배 성격상 그런 부탁을 했다간 이번 실수를 들먹이며 또 놀려댈 것이 뻔했다.

알몸을 숨길만한 것은 없지만 몸을 닦을 만한 것은 있었다.

세면대 핸드타올로 물방울이 떨어지지 않을 정도만 닦고 탈의실에서 복도로 얼굴 빼꼼 내밀어 주위를 살폈다.

선배는 없다. 거실에 에어컨이 켜져 있으니 작열 지옥인 복도에 굳이 나와 있을 이유도 없었다.

다음으로 거실을 들여다보려 했지만, 그 생각에는 고개를 저었다. 벌거벗은 채 당당하게 방으로 달려갈 수 있을 정도의 강철 멘탈은 없다. 돌입 전에 장비가 필요하다.

핸드타올로 가슴을 감싸고 단숨에 2층으로 뛰어올라 갔다. 오늘 말린 빨래를 가져올 생각이었다.

미닫이문을 열고 빨래 건조대로 눈을 돌렸다.

"으……."

몇 시간 전의 자신을 원망하듯 괴상한 소리가 나왔다.

하필 오늘 같은 날 내 의류나 목욕 타월 같은 것을 빨리 거둔 것이다. 있는 것은 선배 와이셔츠와 속옷류뿐.

"으으…… 윽, 으으……."

고민하고 망설였지만 더는 선택지가 없었다. 벌거벗은 것보다는 낫겠지 싶어 와이셔츠에 손을 뻗었다. 속옷 장비도 갖고 싶었지만 거기선 소녀의 번민이 이기고 말았다.

가는 길과는 정반대로 돌아가는 길은 살금살금. 계단을 내려간 후 거실로 이어지는 문. 그 흐린 유리 너머 사람의 그림자가 없는 것을 확인했다. 아무것도 없는 것을 확인하고 이번에는 문 앞으로 샤샤샥 이동했다.

천천히 문을 열고 거실의 모습을 살폈다.

아무도 없다. 존재감을 내세우는 유일한 것은 제단뿐이다.

아마 선배는 방에서 내가 샤워를 마치고 나오기를 기다리고 있을 것이다.

마음속에서 선배의 동향 파악을 완료한 나는 달려가기로 마음먹었다.

달칵.

그런 소리가 난 것은 이 손이 잡고 있는 문도 아니고 거실에서도 아니었다. 배후에서다.

이어서 물 흐르는 소리와 함께,

"앗……."

화장실에서 나온 선배가 낸 소리였다.

메두사와 마주친 것처럼 몸이 경직됐다. 미술관 조각상이라도 된 듯 꼼짝도 하지 못했고, 관객은 얼굴을 돌리지도 않은 채 빤히 감상하고 있다.

"뭐, 응."

전시물을 감상한 관람객은,

"땡큐."

여느 때와 같이 감사를 건네왔다.

자택 경비원 고용 첫날. 그때보다도 더 격렬한 감정이 안에서부터 치밀어 올랐다.

『ㅊㅇㄴㅁ네ㅊ닌;미ㅁ네;』

이후 직무를 모두 포기하고 자택 경비원으로서의 본질을 제대로 발휘한 것이다.

◆

어젯밤 레나의 마우스가 고장났다.

그 마우스는 반년 전에 새로 산 것이라고 했다. 자연스럽게 고장 났다고 하기에는 너무 이르다. 오백 엔 떨이로 팔고 있던 것이라면 싼 게 비지떡. 천 엔 정도면 뭐 이런 거지, 하고 말 것이다.

하지만 레나의 마우스는 게이밍 사양. 좀 무리했나 하고 샀던 내 마우스의 세 배 가격이다. 자연스럽게 고장 난 것이라면 단순한 결함 제품이다.

그러나 이 마우스가 결함 제품이 아니라는 것은 누가 봐도 알 수 있었다.

그도 그럴 것이 고장 난 이유는,

"아아, 진짜……!"

게임 중 분노한 레나가 마우스를 난폭하게 다룬 것이 원인이기 때문이다.

게임 중이라고는 해도 처음부터 거친 감정을 드러내지 않았던 레나는 내 앞에서 난폭해지는 행동은 삼가고 있었다. 그러던 것이 적극적으로 목소리를 내게 되면서 일섬십계 레나팔트로서의 본성이 겉으로 발휘된 된 것이다.

이것을 과연 성장이라고 불러도 되는가, 아닌가. 고민스러운 대목이다.

오랫동안 잠들어 있던 낡은 저가품을 빌려줬지만 레나의 실력을 받아들이지 못해 그 답답함으로 불만이 쌓이는 악순환. 무기의 성능이 사용자의 실력을 따라가지 못하는 전개를 맞이하고 말았다.

주말은 둘이서 온종일 배틀로얄 게임을 즐길 생각이었는데 이런 상황이 생긴 것이다.

인터넷에서 빠른 배송으로 시키면 다음 날 도착하겠지

만 도착하기 전까지는 쓸 수 없다. 점심 이후에 오면 그나마 다행이지만 분명 저녁 이후가 되겠지. 그동안 싸구려 마우스로 게임을 하게 하면 레나의 욕구불만이 쌓여갈 것은 불 보듯 뻔했다. 그렇다면 하지 않는 것이 가장 올바른 선택지이겠지만, 레나에게 그런 선택지는 없어 보였다.

폭염의 나날이 예상되는 그런 8월의 시작. 고온으로 타들어 가는 햇빛 아래 나는 몸을 드러내고 있었다.

가장 가까운 역에서 10분 정도 걸리는 정기권 내 부도심. 작열하는 태양이 더 높이 떠오르기 전에 가전 소매 체인점을 다 돌아보기로 했다. 레나가 요청한 마우스를 찾기 위해 네 점포 정도 돌았고, 구매한 뒤에야 전화로 물어봤으면 이런 고생도 안 했을 거라는 생각에 어깨에 힘이 쭉 빠졌다.

점심 전인데도 한 발짝만 밖으로 나가면 땀이 쭉 뿜어져 나오는 작열 지옥. 앞으로 더 더워질 것을 알고 있으니 일찍 돌아가는 것이 옳은 선택이다.

다만 한껏 달궈진 몸이 잠시 쉬면서 수분을 보충해 달라고 요구해왔다.

눈에 띄는 카페로 들어가려다가 이내 걸음을 멈췄다. 유명 체인점이라 가격도 뻔하겠지 생각하며 들어갔다가 고작 아이스 커피 한 잔에 600엔 넘게 빼앗겼던 기억이 떠올랐기 때문이다.

잊고 있던 실수가 떠올라 바로 돌아서서 그 빌딩 1층에 자리한 체인 햄버거 가게로 들어갔다.

이것이 내가 밖을 내다볼 수 있는 창가 자리에 앉아 기가 아이스 커피를 마시고 있게 된 경위였다.

마침 오늘부터 이벤트를 시작했는지 플러스 100엔으로 양이 세 배나 됐다. 의욕에 넘쳐 주문하긴 했지만 주문 즉시 마음속을 지배한 생각은 '이렇게 많이는 필요 없다'였다.

맛도 체인 햄버거 가게치고는 노력이 엿보이는 정도의 맛. 이 정도면 갓 갈아낸 콩을 신조로 삼고 있는 우리 집 냉커피가 훨씬 맛있고 저렴하다. 그런 구두쇠 같은 마음이 솟아나기 시작했다.

반쯤 마시자 이미 질렸다. 하지만 남기는 것도 아까운 마음에 마지못해 마시고 있는데,

"어, 타마 씨?"

예기치 못한 목소리가 들려왔다.

하이톤도 아니고 로우톤도 아니다. 여자 목소리라기보다는 여자아이의 목소리.

소리에 이끌려 돌아보니 의외라는 얼굴을 한 여자아이의 눈과 내 눈이 딱 마주쳤다.

밤색 머리를 반묶음으로 묶은 그녀를 보며 첫인상에서 바로 미인이라고 생각할 사람은 소수일 것이다. 미추로 따지자면 틀림없이 전자요, 세간에서 말하는 미소녀. 예쁘다

는 말이 떠오른다기보단 귀엽다는 말이 그녀에게 더 잘 어울리는 표현이었다.

실로 남자의 취향과 맞아떨어질 것 같은 끼 많은 귀여움은 실로 여자가 싫어할 것 같은 여자.

발랄하고 명랑하고 세련된 그녀는 어디에 내놓아도 부끄럽지 않은 미소녀 여대생이다. 밑바닥 고등학교를 졸업하고 밑바닥 사회인으로 사는 나와는 그야말로 하늘과 땅 차이. 아무리 발버둥 쳐도 다가갈 수 없는 존재다.

"음? 아아. 쿠루미."

그러니 내가 그녀의 존재를 알고 있고 타마 씨라고 불리는 것은 그야말로 기적 같은 인연이 있기 때문이었다.

"우연이네요. 이런 곳에서 다 만나다니."

"이런 곳이라니, 점원이 들으면 화내지 않을까?"

"하하, 그렇네요. 옆자리 괜찮아요?"

앉으라는 뜻으로 옆을 손바닥으로 가리켰다.

주위를 보니 자리는 만석에 가깝다. 트레이 위에 들린 아이스 카페오레를 보니 아무래도 돌아다니며 자리를 찾던 와중 우연히 나를 발견한 것 같았다.

"이렇게 가게 밖에서 만난 건 처음이네."

"정확히는 처음 만났을 때 이후네요. 가게 밖에서 만날 줄은 몰랐어요."

고양된 목소리와 화색이 담긴 얼굴이 보였다. 나 같은

밑바닥 사회인에게는 아까운 미소임과 동시에 착각이 들 것만 같았다.

가게라는 단어에서 알 수 있다시피 이것이 영업 스마일이라는 것을 알고 있기 때문이었다. 쿠루미는 그녀의 본명이 아닌 업계 가명. 금전을 받고 하룻밤 동안 즐거운 꿈을 꾸게 해주는 가게의 인기 넘버원이며 나는 그런 그녀의 단골──인 건 아니고, 그녀는 가미네 가게의 단골이다. 성을 따서 쿠루미라고 불리고 있으며 가미가 아끼는 사람 중 하나다. 야간의 인연으로 안면을 튼 쿠루미는 기게에서 마주치면 "아, 타마 씨 반가워요"라고 하며 당연하다는 듯 옆에 앉아주었다.

쿠루미 같은 미소녀 여대생과 술을 마시는 것은 매우 즐거운 이벤트였다. 실패 없이 곧바로 합격한 대학생 1학년이라는 사실에서 당연하다는 듯이 눈을 돌려버릴 정도로.

"타마 씨는 늘 정장 모습만 봐서 그런지 뭔가 신선하네요."

새삼스럽게 내 위에서 아래를 쓱 훑어본 쿠루미의 입술 사이로 하얀 치아가 엿보였다.

쿠루미와 조우하는 것은 기본적으로 퇴근길인 금요일. 듣고 보니 정장 이외의 모습을 보여준 것은 처음이다. 그렇다고 해서 딱히 재미난 모습을 보인 것도 아니다. 평범한 티셔츠에 검은색 바지를 매치한 무난한 모습이다.

"그러는 쿠루미는 만날 때마다 다른 모습이네. 도대체

몇 벌이나 있는 거야?"

"음, 잔뜩?"

수를 세려다가 곧바로 생각을 포기한 쿠루미. 그 말 그 대로 너무 많아서 셀 수 없는 거겠지.

블라우스에 스커트라는 심플한 차림이지만 나와는 달리 무난하다고 부를 만한 것은 아니었다. 아마 명품이겠지만 단순히 옷을 입은 것이 아니라 잘 소화해내고 있었다. 외 모까지 더해지니 패션잡지에 실려도 이상하지 않을 모습 이었다.

"아, 살겠다~."

빨대를 통해 아이스 카페오레를 위장에 흘려보내는 쿠 루미. 쪼옥 하고 들이마시는 입술과 꿀꺽꿀꺽 움직이는 목. 아무렇지도 않은 동작이 선정적으로 비치는 것은 역시 그 귀여움 때문이리라.

"정말 불쾌한 더위네요."

"그러고 보니 쿠루미는 삿포로에서 왔다고 했나? 어때, 도쿄에서 보내는 첫 여름은?"

"덥다는 말은 익히 들었는데…… 뭐랄까, 이쪽의 더위는 너무 음습해요."

나로서는 떠올릴 수 없는 독특한 표현에 웃음을 터뜨 렸다.

눅눅하다는 것도 아니고, 푹푹 찐다는 것도 아니고, 마치 도쿄의 여름을 인격화하여 나무라는 것 같았다.

"그 심정은 잘 알지. 나도 홋카이도에서 온 몸이니까. 이쪽 더위는 질릴 정도야."

"아, 그랬어요? 타마 씨도 혹시 삿포로에서 오신 건가요?"

"아니, 평범한 시골이야."

두 번 다시 돌아갈 생각 따위 없는 고향. 그곳에서 발생한 최근 뉴스가 떠올랐다.

"한 달 전쯤에 교실에서 동급생을 찔러 죽인 사건이 있었던 거 기억나?"

"왕따 피해자가 가해자를 죽인 사건 말하는 거죠? 학교가 왕따를 보고도 외면했다면서 엄청나게 시끄러웠죠."

"거기가 내 모교야."

"진짜요?!"

깜짝 놀란 듯 쿠루미는 눈을 부릅떴다. 그러나 그 얼굴이 곧 의문을 품고 깜찍하게 고개를 갸우뚱한다.

"……어, 근데 거긴 그 정도로 시골은 아니지 않아요?"

"대도시인 삿포로 님과 비교하면 그런 곳은 시골이나 다름없지."

현지인들이 들으면 크게 분노할 만한 말이었지만, 그런 장소엔 티끌만 한 정 따위도 없다. 그딴 동네는 시골이라는 말로 충분하다.

"그런데 모교에서 그런 사건이 일어났다니 놀랐겠어요."

"아니, 전혀. 과거에서 아무것도 배우지 못한 학교구나 싶어 감탄했을 정도야."

"아무것도 배우지 못해요?"

"고3 때 왕따 문제로 동급생이 목을 맸거든."

"네⋯⋯?"

"참고로 난 그때 지상파 데뷔를 이미 끝냈지. 인터넷에서 찾아보면 그때 영상도 찾을 수 있을걸."

"저⋯⋯ 그 사람과 사이가 좋았나요?"

쿠루미는 무슨 말을 해야 할지 모르겠다는 얼굴을 하면서도 이야기를 이어가기 위해 머뭇머뭇 말을 이었다.

"아니, 전혀. 동급생이 자살했다는 말을 듣고 놀라긴 했지만 슬프지는 않았어. 단지 귀찮아졌네, 그렇게 생각했을 뿐이지."

"으음⋯⋯."

"참고로 이 일은 아무도 입에 담지 않았을 뿐, 반 하나가 통째로 가담한 일이었어. 담임도 포함해서 말이야."

믿을 수 없다. 쿠루미의 눈은 그렇게 말하고 있었다.

"무슨 일이 있으면 손을 맞잡으면 된다. 기쁨과 괴로움을 함께 나누자. 그런 허울뿐인 말을 정말로 실천할 수 있는 축복받은 환경에서 자란 아가씨는 알 수 없는 감각이려나. 아, 비꼬는 건 아냐. 그 정도로 그 학교 어른들이 질 나쁜 놈들이었다는 얘기지."

"어른……? 학생이 아니고요?"

"이런 격언 들어봤어? 아이들의 불행은 깨닫지 못한 어른들의 잘못과 실수, 무책임한 책임 전가에서 비롯된다."

"누구 격언이에요?"

"TV에도 나왔어, 쿠루미도 아는 위인이야."

으음, 하고 미간을 좁히면서 쿠루미가 생각에 잠겼다. 그러나 도저히 떠오르지 않는지 10초도 안 돼 항복을 선언했다.

"퍼스트* 타마지다."

"타마 씨잖아요."

엄숙할 정도로 낮은 목소리에 쿠루미는 양손으로 입을 가리며 웃음을 터뜨렸다.

"중요한 건 겉만 그럴싸한 허울뿐인 말. 알맹이가 없으니 벌어진 문제는 아이에게 책임을 떠넘기고 체면만 중시한다. 그런 놈들이 버젓이 다니는 학교다. 그때도 귀찮은 일에 휘말려서 힘들었지."

"무슨 일이 있었나요?"

"책임이란 공을 던져오기에 굿바이 홈런을 넣었다. 뭐, 그런 재미없는 이야기야."

그때의 일은 굳이 흑역사까지는 아니지만, 남에게 쉽사리 말할 수 있는 것도 아니었다. 특히 쿠루미 같은 멀쩡한

---

*하지메라는 단어는 처음이라는 뜻도 갖고 있다.

상대라면 더욱 그렇다. 그것을 우스갯소리 삼아 말할 수 있는 상대는 자신 주위에서는 레나 정도겠지.

참고로 가미는 당사자임과 동시에 그때의 추억을 훌륭한 청춘의 한 장면으로 분류하고 있었다. 역시 인간성을 포기한 놈답다.

"뭔가…… 진저리가 나네요."

쿠루미는 근심이 담긴 얼굴로 빨대에 입을 대고 한 모금을 마셨다.

"TV를 켜면 누가 나쁘다는 둥, 누구의 책임이라는 둥, 그런 것들 뿐이에요. 자기 책임은 자기가 진다. 그런 사회는 오지 않는 걸까요?"

"안타깝게도 그런 듣기 좋은 말로 이루어진 사회는 평생 오지 않을 거야."

"꿈도 희망도 없네요."

"어차피 이 사회는 처음 손에 쥔 지혜를 자양분 삼아 세워진 거다. 토양이 썩었으니 듣기 좋은 말로 이루어진 사회가 열매를 맺는 세상은 기대해봤자 손해야."

"처음 얻은 지혜?"

"남의 눈을 신경 쓰는 것과 책임을 떠넘기는 사고방식 말이야. 심지어 신이 이런 놈들은 영원히 살게 하면 안 된다면서 낙원에서 추방했을 정도니까. 못된 뱀에게 속아서 얻은 지혜가 그만큼 질이 나빴다는 거 아니겠어."

기가 아이스 커피를 한 모금 마셨다. 말을 계속해서 한 덕분인지 질렀던 맛이 맛있게 느껴졌다.

"내용물이 아무리 추악해도 예쁘게 다듬기만 하면 무슨 짓을 해도 용서받을 수 있어. 이 사회는 그렇게 믿고 있는 질 나쁜 무리를 중심으로 돌아가고 있다. 이제 와서 거기에 칼을 들이대 봐야 이미 늦었어."

"마치 말기 암 같네요."

"말기 중의 말기지. 그래…… 예를 들면 재해 장소에 천 미리 학을 보낸다. 이건 어떻게 생각해?"

"음……? 그건 좋은 거 아닌가요? 그런 건 마음이 중요하니까요."

"원래라면 바로 이재민의 손에 도착했어야 할 식량 같은 정말 필요한 지원품, 그 물류가 늦어지고 있다는 사실을 안 뒤에도?"

"아……."

"무지는 죄지만 그걸 알고 반성을 한다면 그나마 나아. 하지만 '마음은 중요해, 보내는 쪽 마음도 생각해라. 아무 것도 안 하는 것보다는 낫지 않느냐'. 불쌍한 사람들을 위한다면서 채우는 건 결국 타인의 마음이 아니라 자기만족이지. '마음'이라는 보기 좋은 형태를 갖춘, 뭘 해도 용서받을 수 있는 알맹이 없는 만행이야."

"알맹이 없는 보기 좋은 형태라."

쿠루미가 씁쓸한 얼굴을 했다.

"뭔가 남의 일 같지 않네요."

"사회에 간신히 자리 잡은 밑바닥의 헛소리야. 너무 진지하게 받아들이지 마."

"아뇨……. 제 사랑 편력이 바로 그것 때문이거든요."

쿠루미가 부끄럽다는 듯 머리에 손을 가져갔다.

"운명이라든가 드라마틱하다든가, 그런 형태로만 상대를 사랑하기 때문에 늘 아픈 꼴을 겪어왔죠."

"과연. 쿠루미에게 사랑을 받는다면 남자 입장에서는 굴러들어온 떡. 상대의 내용물을 알기도 전에 성사되는 것에 대한 폐해인 건가."

"절친한테 완전히 똑같은 말을 들었어요. 『상대의 마음에 애정이 싹트기도 전에 귀여움 하나로 교제에 성공한다. 그런 의미에서 네 귀여움은 저주나 다름없구나』라고요. 확실히 납득이 가는 말이라 반성했어요."

"뭐야, 귀엽다는 자각은 있어?"

"자각 있는 여자는 별론가요?"

"아니, 자각 있는 여자가 난 좋아. 자각이 없는 사람은 더 질이 나쁘니까."

"후후, 다행이다. 타마 씨가 그렇게 말해줘서."

진심으로 기쁘다는 듯 미소 짓는 쿠루미. 나는 자신을 올바른 형태로 이해하고 있었기에 견딜 수 있었지만, 그래도 착각해 버릴 것 같았다.

"지금은 새로운 사랑을 발견해서 친한 친구의 충고를 잘 따르는 중이에요."

자, 어떤가. 인싸 미소녀 여대생답게 청춘을 만끽하고 있다. 나 같은 밑바닥 사회인은 상대가 될 리가 없다.

"그래? 이번에는 제대로 된 남자를 만나서 보답받았으면 좋겠네."

"네, ……그래서 말인데 타마 씨는 애인 있나요?"

"지금은 없어."

반사적으로 나온 말은 실로 덧없는 상투적 표현이었다.

"흐음, 지금은 없어요? 참고로 전 여자친구는 어떤 사람이었나요?"

그런 허세를 부린 어른에게 가차 없는 추격이 가해졌다. 이런 어른이니 과거에 당연히 있을 것이라고 믿어 의심치 않는 인싸 여대생의 악의 없는 일격이다.

도대체 뭘 참고하고 있는 건지 따져 묻고 싶을 정도다.

호기심 어린 눈에서 벗어나 여유와 시간을 갖기 위해 아이스 커피에 입을 가져갔다. 이것을 마시는 동안 어떻게든 가공의 여자친구를 만들어야 했다.

귀여운 여대생에게 받는 존경심은 간직하고 싶다. 그 마음 하나로 머리를 굴리자 호기심 어린 눈이 다른 곳으로 돌아갔다.

쿠루미가 정면에 있는 창문을 갑자기 톡톡 두드렸다.

창문 건너편에 있는 사람이 그것을 알아차렸다. 그리고는 상대가 쿠루미를 향해 팔랑팔랑 손을 흔들어왔다.

쿠루미와 비슷한 나이대의 여자아이. 그것도 눈길을 끌 정도의 미소녀다.

"친구야?"

"아까 말했던 절친이에요. 여기서 만나기로 했거든요."

즉 나의 구원의 여신이란 뜻이군.

"그럼 나는 이제 그만 가볼까."

나는 자리에서 벌떡 일어나 있던 적도 없는 여자친구를 증명하는 그 추궁에서 도망치기로 했다.

"아, 가시나요?"

"주변에 자리도 없는 것 같고 친구에게 양보할게."

"그건 감사하지만…… 모처럼 이렇게 된 거 타마 씨를 소개하고 싶었는데요."

"나 같은 걸 소개해서 어쩌려고. 그럼, 이만. 가미네 가게에서 보자."

빈말이 아니라 정말 붙잡고 싶어 한다는 마음은 전해졌지만, 그 손을 뿌리치듯 후퇴를 결심했다.

4분의 1 정도 남은 아이스 커피는 아깝지만 버렸다.

그대로 가게를 나서려는데 쿠루미의 절친이 주문을 위해 줄을 서 있는 것이 눈에 들어왔다.

걸음을 멈추고 잠시 관찰했다.

쿠루미에게 뒤지지 않을 정도의 미소녀. 쿠루미를 귀엽다고 표현하는 것이 어울린다면 그녀를 보고 딱 떠오른 말은 '예쁘다'였다. 망상충 동정이 꽤 좋아할 것 같은 검은 머리의 소녀였다.

그런 그녀의 모습에 어딘가 기시감이 느껴졌다.

비슷한 누군가를 본 적이 있다. 다만 TV에서 본 것인지 인터넷에서 본 것인지 기억이 나지 않았다.

빤히 바라보는 시선을 눈치챘는지 눈과 눈이 마주쳤다.

그 얼굴은 의아해하지도 불쾌해하지도 찌푸려지지도 않았다. 그저 담백하게 흥미를 잃고 다시 앞을 바라본다. 너무 예쁘다 보니 이렇게 남자의 눈길을 끄는 것은 일상다반사인 것 같았다.

나도 그 이상 바라보지 않고 그대로 가게를 떠났다.

땀투성이가 되어 귀가했다.

에어컨이 켜진 거실에 발을 들여놓으며 생명이 되살아나는 기분을 느낀 그 순간,

"어서 오세요."

우리 집 자택 경비원이 기다리고 있었다는 듯이 맞아주었다. 다만 오늘만큼은 기다리고 있던 것은 고용주가 아니라 마우스. 대놓고 쇼핑백을 주시하고 있다.

"그래, 다녀왔……."

그 얼굴을 지그시 보며 아까 품었던 기시감의 정체가 떠올랐다.

그 친구의 얼굴이 묘하게 레나와 닮아 있었다. 그녀가 자신감을 갖고 올바르게 성장했다면 저렇게 되지 않았을까.

마치 자매처럼.

그러고 보니 레나의 언니는 도쿄에 있고 대학에 다니고 있다고 했다. 심지어 여대생, 그것도 1학년.

"에이, 설마."

이런 우연이 있을 리 없다. 없을…… 것이다.

◆

연일 폭염을 경신하고 있는 더운 여름.

세상은 이를 이상 기후로 여기지 않고 오늘도 덥다는 한마디로 응축시켜 버렸다.

더위 따위에 지지 않겠다는 듯 올해도 여름 이벤트는 성황이었다. 해수욕장과 불꽃놀이, 바비큐와 납량 축제 등 더위를 내 편으로 만들어 즐기고자 한다. 참으로 즐거운 인생이 아닐 수 없다.

자택 경비원인 나에게는 어느 것과도 인연 없는 이벤트였다. 흥미조차 없다.

이런 나를 가엽게 여기지 말기를. 낮에는 에어컨이 켜진 실내에서 직무를 다하고 밤에는 고용주와 게임으로 달아오른다. 보람찬 일에, 놀이 상대까지 있는 충실한 나날. 그것만으로도 매일이 즐거웠다.

한편 여름 이벤트를 즐기는 그들은 과연 어떨까? 노동 의무에 둘러싸인 채 보람도 없는 일을 하며 이마에 땀을 흘리는 생활은 과연 행복하다고 할 수 있을까? 적어도 선배를 보는 한 일이라는 것은 마지못해서 하는 것이고 즐거운 것처럼 느껴지진 않았다.

그렇기에 일상의 행복지수는 리얼충 인싸들보다 훨씬 높다는 자신감이 있었다. 여름 이벤트를 통해 그들이 나의 행복지수 반열에 오를지 어떨지는 모르겠다.

정말 불쌍하기 이를 데 없다.

그래도 자신들이 위라고 생각한다면 언제든지 도전해 와라.

나는 위에서 기다리고 있겠다.

그런 리얼충 인싸 특유의 오만한 생각이 그들에게 닿아 버린 것일까.

어느 날, 나는 여름의 더위를 한 번에 쫓아줄 이벤트에 휘말리고 말았다.

낮 시간, 여느 때처럼 집안일을 하고 있는데 현관에서 소리가 난 것이다.

철컥철컥 잠긴 문을 열려고 하는 소리.

일을 일찍 끝내고 선배가 돌아온 것일까.

곧 아니라는 생각이 들었다. 선배라면 열쇠는 가지고 있는 데다, 일찍 돌아온다면 분명 연락을 해줬을 것이다.

물론 택배도 아니다. 초인종도 울리지 않고 갑자기 문을 열려고 할 리가 없다.

호러 하우스에 이끌린 도둑일까. 아니면 가치를 발견한 호사가일까.

차라리 집 안쪽에서 일어나는 심령 현상이 훨씬 심장에 이로웠다. 단순한 폴터가이스트 현상이라며 넘길 수 있으니까.

두려움을 안고 거실에서 얼굴만 내밀어 동향을 살폈다.

문의 우편함이 열렸다. 우편물이 들어온 것이 아니다.

두 눈이 이쪽을 들여다보고 있었다.

황급히 목을 움츠리고 입가를 막은 채 몸을 떨었다.

10초 정도 지나서야 우편함이 닫히는 소리가 났다.

문이 다시 울리는 일은 없었다.

포기한 걸까.

그렇게 방심하고 안심한 것도 잠시. 미치광이 거실에서 덜컹거리는 소리가 울려 퍼졌다.

힉, 하고 비명을 삼켰다.

소리의 출처가 제단이었다면 얼마나 좋았을까. 차라리 피규어에 목숨이라도 깃들여 움직였다면 낮의 놀이 상대가 생긴 셈이니 오히려 기뻐했을지도 모른다.

안타깝게도 그런 심령 현상은 일어나지 않았다. 불청객이 포기하지 않고 장소를 바꿔 침입을 시도하는 것이다.

공포에 질려 무릎을 꿇은 채 네발로 기어갔다.

벌벌 떨면서도 소리가 나지 않도록 천천히 움직여 그곳으로 다가갔다.

굳이 무서운 것을 보기 위해 가는 것이 아니다. 방구석에서 몸을 떨며 잠자코 폭풍이 지나가기를 기다릴 수만은 없었다. 확인하지 않고는 배길 수 없었다.

커튼을 닫았다고 해도 빈틈이 전혀 없는 것은 아니었다.

얼마 안 되는 틈새로 얼굴을 옆으로 눕힌 채 두 눈으로 밖의 모습을 살폈다.

역시 그곳에는 누군가가 있었다.

저쪽 역시 실내를 한쪽 눈으로 들여다보고 있었다.

내가 그 모습을 올려다보고 있자 상대가 천천히 시선을 떨어뜨렸다.

이 눈과 그 눈이 마주치고 말았다.

"꺄아아아아아아아아아아아아아아아아!"

찢어질 듯한 여자의 비명.

내가 아니다. 불청객이 낸 소리였다. 목소리로 미루어 보아 아무래도 젊은 여자 같다.

비명을 남기고는 꽁지 빠져라 기척이 멀어져 갔다.

허리에 힘이 풀려 한동안 움직이지 못했다. 그 후의 집 안일은 전혀 손대지 못했다. 방에 틀어박힌 채 선배가 돌아오기를 하염없이 기다렸다.

귀가한 고용주에게 울음을 터뜨리듯 그날의 공포 체험을 이야기하자,

"뭐, 여기는 유명한 심령 스폿이니까. 그런 일도 있지."

그런 일이 드문 일이 아니라는 대답이 돌아왔다.

"흔히 있는 일, 인가요?"

"1년에 몇 번 정도? 그래서 쉽게 침입할 수 없도록 여러모로 손은 써두고 있어."

아무래도 선배의 방범 의식은 높은 듯했다.

방구석에서 잠자코 있으면 됐다는 것을 깨닫고 반성했다.

"죄송해요."

"응? 뭐가?"

"저…… 보여버렸어요."

눈뿐이라고는 해도 이 모습을 보이고 만 것이다.

울려 퍼진 비명. 인근 주민들의 이목을 끄는 소동이 벌어졌다.

나의 존재는 알려져서는 안 된다. 선배에게 불필요한 위험을 안겨준 셈이다.

"아, 그 정도는 신경 쓰지 마."

그런데도 선배는 상냥하게 흘려넘겨주었다.

"여긴 주위에서 배척당할 정도의 호러 하우스잖아. 수상한 사람 한 명이 소란을 피워봤자 또 저 집이구나, 하고 끝날 게 뻔해. 오히려 창문이 깨지지 않아 다행일 정도지."

툭, 그가 머리에 손을 얹고는,

"오늘도 집은 평화로웠구나. 자택 경비원이 잘 활약해준 덕분이네."

장난스럽게 웃어주었다.

가슴의 답답함이 깨끗이 씻겨나가고 나 또한 웃고 말았다.

이것이 오늘 내가 휘말린 여름 이벤트.

공포에 질려 더위를 잊게 해주는 담력 시험의 귀신 역할이었다.

◆

요즘 우리 집 주방 사정은 레나의 지배하에 놓여 있다.

혼자 사는 성인 남성치고는 요리는 제대로 하고 있다는 자부심도 있었고 나름의 고집도 있었다. 조리 기구부터 조미료까지 사용하기 편리하게 배치해 두어 어디에 무엇이 있는지 잘 파악하고 있던 것이다.

그러던 것이 이제는 간장조차 어디에 있는지 알 수 없게 되었다. 그걸 떠나서 주방에 발을 들일 기회가 전혀 없다.

내게 수고를 끼칠 수는 없다. 그런 신념이라도 가진 게 아닐까 의심스러울 정도로 빠르게 눈치채고 움직인다. 설거지를 하는 것은 고사하고 다 먹은 그릇을 스스로 치울 수조차 없었다.

냉장고를 마지막으로 열었던 것이 대체 언제였을까. 내용물을 전혀 파악하지 못하고 있다. 적어도 낭비하고 있지 않다는 것만은 잘 알았다.

식료품은 기본적으로 전단지와 눈싸움을 벌인 레나가 쇼핑할 것을 적어 보내주고 있었기에 그대로 맞춰 샀다.

레나를 밖으로 내보낼 수는 없었다. 레나 같은 아이가 자주 이 집을 드나든다면 이 집에 엮이고 싶어 하지 않는 동네라도 역시 수상하게 여길 것이다. 경찰이 움직여도 이상하지 않을 안건이다.

그런 위험을 감수할 수는 없었기에 레나는 처음 이 집에 온 이후 한 번도 집 밖으로 나가지 않았다. 본인이 히키코모리 기질이라 큰 문제는 없었지만, 직접 발품을 팔 수 없다는 것은 그녀 본인도 자각하고 있는 유일한 불편 사항이기도 했다.

예전에는 무인 계산대 말고는 편하게 나서지도 못했을 텐데. 본인의 발로 직접 쇼핑하러 가지 못하는 것을 불편하다고 느끼고 있었다. 분명 지금의 본인이라면 쇼핑 정도는 평범하게 할 자신이 있기 때문이겠지.

퇴근길에 레나의 쇼핑 목록을 보며 근처 종합 슈퍼마켓

에 들렀다.

하지만 식료품 구역으로 곧장 가지 않았다. 얼마 전 직장에서 신던 양말에 구멍이 나서 쇼핑하기에 앞서 부피가 크지 않은 물건부터 먼저 찾은 것이다.

의류 구역에서 원하는 물건을 바로 발견하고 그대로 계산대로 향하는 길.

"음⋯⋯."

어떤 물건이 눈에 띄어 멈춰 섰다.

자신은 지금껏 한 번도 착용해 본 적이 없는 요리용 장비.

나는 적당주의였기에 이런 장비는 필요 없지만, 지금은 레나가 주방의 주인이다. 과거 요리 동영상에 영향을 받아 썩혀 온 조리 기구들을 완전히 소화해낼 정도로 열심히 하고 있다.

그렇다면 이 정도 장비는 지급해야 하는 게 아닐까.

장비한 모습을 떠올리며 어떤 게 좋을까 한동안 미간을 찌푸린 채 고민했다.

◆

과거에는 집안일 하나 하지 않았던 무능한 히키코모리 니트였지만, 그것은 이제 과거의 일. 자택 경비원으로 고용된 지 반년이 지나지 않아,

"이제 자택 경비원이 없는 생활로는 못 돌아가."

고용주에게 그런 말을 들을 정도로 성장했다.

조금 진심을 다한 것뿐인데 이 정도였다.

늘 생각한다.

역시 나는 신동이다. 자신의 재능이 무섭다.

내가 있을 멋진 장소를 준 선배에게는 감사하고 있다. 선배가 편해질 수 있다면 뭐든지 하고 싶다.

이것이 열심히 해야겠다고 생각한 처음의 원동력이다.

그러나 그 생각은 이제 선배를 타락시키고 싶다. 나 없이는 살아갈 수 없는 무능한 남자로 추락시키고 싶다. 선배의 생활을 지배하고 싶다.

스스로 생각하기에도 비뚤어진 소망으로 바뀌고 있었다.

그러면 계속 여기 있을 수 있으니까.

그만큼 나는 지금 편하고 즐겁고 행복한 나날을 보내고 있었다.

노력하는 기쁨을 얻고 싶다기보단 이 시간을 잃어버릴 가능성을 조금이라도 제로에 가깝게 만들고 싶다, 그런 이기적인 감정으로 선배를 모함하고 있는 것이다.

그렇게 자택 경비원으로서의 직무에 힘쓰고 있지만, 선배가 없는 낮에는 계속 집안일만 하는 것은 아니다. 적당히 휴식을 취하면서 혼자만의 시간이라는 것도 즐기고 있다.

자신의 스킬 업과 재미를 겸해 최근에는 여러 요리 동영상을 보고 있는데, 그중에서도 중국집 동영상에 빠지고 말 았다.

본격적인 조미료를 사용해 재현하기는 어렵지만 그래도 보고 있으면 즐겁다. 그런 생각이 들 정도로 내 안에서는 요리라는 것이 완전한 취미로 승화되어 있었다.

먹고 맛있다고 해주는 사람이 있으니까. 그것이 무척 기뻐서 더 열심히 만들게 된다.

그렇게 동영상의 영향을 받아 오늘 밤에 만든 것은 마늘 61조각을 넣은 유린기. 성적 착취를 해올 때마다 "땡큐"라 며 감사라는 이름의 성희롱을 해대는 선배에게 마늘 공격 을 감행하기로 한 것이다.

믿을 수 없는 것을 보는 선배의 얼굴은 그야말로 장관이 었다.

물론 내 쪽에는 마늘이 하나도 들어 있지 않았다.

『맞다, 선배. 전의 그 소동, 전모를 알았어요.』

설거지도 끝나고 얼추 마무리되자 선배와 이야기하고 싶었던 화제가 떠올랐다. 선배의 입 냄새에서 도망치듯 미 닫이문을 닫고 옆방에서 키보드를 두드렸다.

"그래, 그거. 결국 뭐가 원인이었데?"

『막장 부모의 지독한 형제 차별.』

지난주의 일이다.

선배가 일 때문에 집을 나서고 얼마 지나지 않아 경찰차 사이렌이 인근에 울려 퍼졌다. 그리고 머지않아 실내에 있어도 알 수 있을 정도로 밖이 소란스러워졌다.

중학교 3학년생이 가족이 자는 사이에 전원을 찔러 죽인 소식을 접한 것은 점심 와이드 쇼에서였다.

이런 종류의 사건은 언제나 안방 극장을 들썩이게 하며 흥미를 돋운다.

사건이 사건이다 보니 엄청난 기사감이 될 거라 생각한 취재진이 속사정을 캐내고자 방문했다. 요 며칠 낮 동안 몇 번이나 초인종 소리를 들었는지 모른다.

에어컨 실외기가 움직이고 있어 누군가가 있을 거라고 확신한 것인지, 그저께는 거리낌 없이 마당까지 들어와 창문을 두드리며 "계신가요?"라고 외치는 무례한 인간까지 나오기 시작했다.

30분 후, 인근에 구급차 사이렌 소리가 울려 퍼졌다. 나는 누가 이송됐는지 어렴풋이 짐작할 수 있었다.

그리하여 오늘 낮 와이드쇼에서 어떤 가정이었는지에 대한 내용이 보도되었다.

흔히 있는 형제 차별을 당하고 자란 동생이 무적인간으로 탈바꿈하여 일가족을 몰살. 복잡한 속사정이 있었던 것 같지만, 말하고 싶은 것은 거기가 아니었다.

『아무도 모르겠지만 이 사건이 일어난 가장 큰 요인을 저는 알아버렸어요.』

"가장 큰 요인?"

『그 가족, 반년 전에 이사 왔다나 봐요.』

"그렇군, 그런 거였나?"

선배도 깨달은 것 같았다.

이 호러 하우스는 이곳에 있는 것만으로 주위에 피해를 퍼뜨린다. 이 가옥에 가까워질수록 이상행동에 취약해지는 것이다.

형제 차별을 당하며 상처 입은 그의 등을 호러 하우스가 밀어주었을 것이다.

『찬란한 내력에 또 하나의 역사가 새겨졌네요.』

"넌 사람 목숨을 뭐라고 생각하냐."

『엔터테인먼트.』

"흐음, 정말 하찮군."

『크하! 남의 불행으로 밥이 술술 넘어간다! 막장 부모의 자업자득이라면 더더욱!』

동정의 여지 따위는 없다.

제멋대로 낳아놓고 뒤따르는 것은 애정이 아닌 중압과 경시. 하루하루 쌓인 울분을 푸는 샌드백 취급을 당한다면 그 마음에 피어나는 것은 가족애가 아닌 원망의 꽃일 것이다.

"현실감이 느껴지네."

『뭐, 아빠 뽑기에 실패해서 말이죠. 그 마음은 충분히 이해해요.』

"엄마 뽑기는?"

『5성 0티어였죠. 그래서 숨쉬기만 해도 행복한 미래가 기다리고 있었는데, 로스트했을 때 크게 길을 잘못 들었어요.』

아빠는 본인이 일궈낸 사업과 상류층과의 연결고리를 얻는 데 일생을 바쳤다. 온 가족이 식탁을 둘러싸고 있는 단란했던 기억 따위 없었다. 식사를 함께할 때는 외부에 내보이기 위해 끌려 나왔을 때 한정. 엄마가 인풋한 아이의 제작 성과를 아는 얼굴에게 아웃풋하는 것이다.

그래도 내 인생은 행복했다.

누가 뭐래도 좋아하는 엄마가 있었다. 언제나 나를 지켜주었다. 어리광을 부릴 수 있었다. 아빠가 육아와 교육 방침 모두 엄마에게 통째로 내맡긴 덕분이다.

성과는 확실히 내고 있었기 때문에 아빠는 "좀 소극적인 성격이라 애를 먹고 있긴 하지만요" 하고 웃으면서 나를 외부에 소개할 수 있었다.

사실상 어렸을 때의 나는 소극적일 뿐이었다. 절망적인 의사소통 장애도 없이 학교도 잘 다녔다.

나를 예뻐해주는 언니도 무척 좋아했다.

확고한 의사를 표시하고 밀고 나가는 그 카리스마를 동경했다. 언제나 나의 손을 이끌어주는 것이 좋았다.

그런 행복한 삶도 엄마가 돌아가시면서 무너져 내렸다.

사인은 굳이 말할 것도 없었다. 평소 루틴이나 다름없는 장보기, 그 행선지에서 사고에 휘말렸을 뿐이다.

그 소식을 들은 뒤 납골까지의 흐름도 굳이 말할 정도의 일은 아니다. 흔한 피해자 가족과 똑같았다.

장례 과정이 끝나기를 채 기다리지 않고 아빠는 일로 복귀했다. 그 모습은 마치 돌발적인 트러블 처리를 끝마친 모습 같았다. 아빠에게 엄마는 애초에 가족 시스템의 부품일 뿐이다. 잃는다고 해도 큰 지장이 없을 만한 것.

장례를 치른 후 언니는 곧바로 학교로 복귀했다. 슬프고 괴로운 것과 주어진 권리의 과잉 행사는 별개라는 것을 보여주듯이.

한편 나는 언제까지나 멈춘 채 현실을 받아들이지 못했다.

2주, 3주, 한 달.

학교에 줄곧 가지 않았지만, 아빠는 학교에 가라고 재촉하지 않았다.

나는 신동이다. 내가 좋아하는 언니를 따르고 싶다. 같은 일을 하고 싶다. 그 소원 하나로 나의 학력은 세 살 차이인 언니와 동등했다. 그래서 학교에서 수업을 듣지 않아도 문제가 없었기에 그대로 방치되었다.

언니도 그런 나를 보듬어주며 계속 이해해주려 노력했다.

그러던 것이 석 달, 넉 달로 이어지자 언니는 다정하게 타일러왔다.

네가 얼마나 힘들고 슬픈지는 잘 알고 있단다. 왜냐하면 우리는 자매니까. 그 마음은 누구보다 이해해. 하지만 언제까지나 멈춰 있어선 안 돼. 천국에서 보고 계실 엄마를 위해서라도 이 슬픔은 이겨내야지.

정론이다.

한없이 옳고 모범적인 사회의 해답이다.

언니에게 이끌려 그대로 사회의 틀 안으로 되돌아갔다.

나에게 친한 친구는 없다. 그래도 나름대로 어울리는 그룹에는 소속되어 있었다. 대답도 제대로 할 수 있었고 신동이었기에 가르침을 부탁받는 일도 많았다.

그런 이들에게 복귀를 반기는 목소리와 위로의 목소리를 많이 받았다. 몇 달째 얼굴을 드러내지 않고 있던 나를 스스럼없이 받아준 것이다.

솔직하게 기뻤다. 언니 손을 잡고 오길 잘했다며 기쁨마저 느꼈다.

그래서 나는 그녀들에게 감사의 말을 한 것이다.

"고, 고, 고, 고…… 고마워."

자신조차 처음 들어본 그 목소리로.

언니를 상대로도 제대로 된 대화를 이어오지 않았다. 그러다 보니 목이 심각할 정도로 막혀버린 것이다.

그녀들은 나를 비웃지 않았고, 엄마의 죽음에서 아직 회복하지 못해 그저 슬퍼하는 것으로 받아들였다.

그러니까,

"고, 고, 고, 고…… 고마워, 란다!"

웃은 것은 장난치기 좋아하는 남자애였다.

"고, 고, 고, 고……."

더듬은 부분만 그가 다시 되풀이했다.

머리도 행실도 고약한 그 남자애를 옛날부터 아주 싫어했다. 사사건건 다가와서는 내게서 트집거리를 잡아댔다.

그런 그는 학급의 중심적 존재. 그가 웃기 시작하면 그것이 마중물이 되어 다른 남자들도 따라 웃는다. 교실이 웃음바다가 되는 것이다.

이번에도 또다시 똑같은 일이 일어났을 뿐이다.

언제나처럼 친구가 대신 화를 내주었다. 다른 여자들도 아군에 가세해 "너희들 그만해!"라고 소리를 치기 시작하며 성별에 따른 대립이 벌어졌다.

나는 그 그늘 속에 숨어 웃음의 태풍이 지나가기를 기다렸지만, 이번만큼은 그렇게 되지 않았다.

교실에 울려 퍼진 웃음소리가 내게는 비웃음으로밖에 들리지 않았다.

엄마의 죽음을 극복한다. 그런 모범적인 사회의 해답을 내놓기 위해 언니의 손에 이끌려 사회의 틀 속으로 돌아왔다.

그런데 왜 이런 처사를 당해야 하는가.

모범적인 해답을 찾아온 자리에서, 나는 그들에게 눈물로 화답했다.

비웃음은 찬물을 끼얹은 듯 가라앉았다. 다음 순간에는 웅성거리기 시작했고, 일의 발단인 남자아이가 추궁을 당했다. 그는 혼자가 되기 싫었는지 여기서 웃은 모든 사람이 공범이라고 외쳤다.

담임이 올 때까지 소란은 가라앉지 않았고 결국 나는 보건실로 보내졌다. 마음이 가라앉으면 교실로 돌아가자는 다정한 목소리가 들려온 것이다.

다음 날도.

다음 날도.

그다음 날도.

계속 미루기만 한 채 교실 계단을 오르지 못했다.

나의 학력은 3년이나 앞서 있었다. 너무 뛰어났던 덕분에 선생님도 성적을 핑계 삼아 교실로 돌아오라고 재촉하지 못한 것이다.

아빠 또한 시험 결과라는 성과를 내는 나에게 사회의 틀속으로 돌아가라고 강요하지 않았다. 자기 주도 학습만으로 성과를 낼 수 있다면 원하는 대로 해도 좋다는 허락을 내준 것이다.

이리하여 나는 두 번 다시 교실에 발을 들여놓지 않았다.

일주일에 한 번만 등교했고 보건실에서 시험만 치르는 학교생활. 세 자리 이외의 숫자는 본 적이 없었다. 자신의 교육 방침이 옳았다며 아빠는 자신의 위업인 양 자랑하기까지 했다.

언니는 이대로는 나에게 도움이 되지 않는다며 아빠를 설득한 것 같지만, 모두 다 튕겨버렸다. 그런 원숭이들이 내 재능을 망쳐서야 되겠느냐며 이해자인 척 이야기한 것이다.

언니는 이번엔 나를 설득하려 했지만 소용없었다. 이 무렵에는 최강 스킬, 고개 숙이고 침묵으로 일관하는 기술을 터득한 상태였다.

나를 누구보다 생각해주는 언니.

동경했다. 언제나 상냥하게 내밀어주는 그 손이 너무 좋았다.

어느덧 끌어주려는 그 다정한 손길이 싫어졌다. 귀찮아졌다. 내버려두길 바랐다.

그토록 좋아하던 언니에게서 도망치듯, 언제부턴가 방에 틀어박히게 되었다.

이렇게 유일한 대화 상대를 버려버린 나는 하루가 다르게 발성 스킬이나 자기주장 기술이 퇴화해 갔다.

절망적인 의사소통 장애를 만들어내는 토양은 이렇게 탄생하게 된 것이다.

언니는 역시 틀리지 않았다. 잘못된 것은 편한 길로 도망친 나와 아빠의 교육 방침이다. 육아의 'ㅇ'도 모르는 남자가 어느 날 갑자기 큰 아이를 덜컥 맡게 되었다. 당연한 귀결이었는지도 모른다.

아빠가 실패를 알아차린 것은 고등학교 입시를 앞둔 마지막 해. 그 시작. 고등학교는 의무 교육이 아닌 것을 떠올린 것이다. 검정고시나 통신 고등학교로 어떻게든 타협한다 해도 그 앞에 있는 일본 최고의 대학 진학이 문제였다. 합격한다 해도 제대로 다닐 수 없다는 것을 그때야 깨달은 것이다.

황급히 교육 방침을 바꾸려 했지만, 나에게는 최강 스킬이 있었기에 소용이 없었다. 아빠도 아빠대로 일에 쫓기는 사람이었기 때문에 언제까지나 나만을 상대하고 있을 수도 없었다.

그러다 보니 그때야 떠올랐다는 듯 설교해 오는 모습은 그야말로 개그가 따로 없었다.

그렇지 않은가?

교육과 육아에 힘써온 '아빠' 연기를 하고 있었으니까.

잘도 그런 낯부끄러운 짓을 할 수 있구나 싶었다. 그런 짓을 해도 용서할 수 있는 사람은 돌아가신 엄마와 나를 계속 걱정하며 해결 방안을 고민해온 언니뿐일 것이다.

마음을 이해하려고 한 결과 실패한 것과는 또 다른 이야기다. 그런 것이 아니었다.

아빠가 해 온 것은 아이가 만들어낸 성과를 돈으로 사온 것뿐이다. 잠자코 돈만 내면 얻을 수 있다고 생각했던 것이, 이대로 가면 비매품이 될 것이라는 사실을 알고 초조해진 것뿐이다.

이것이 우리 집안의 내막.

후미노 집안에서 제대로 된 것은 이제 언니뿐이다.

『언니도 5성이었는데 보시다시피 그 후로 사용성이 최악이에요. 배포 캐릭터인 선배가 훨씬 성능이 위죠.』

"칭찬하든 욕하든 하나만 해라."

『꽤 진심으로 칭찬한 건데요. 선배, 사회적으로 잘 쳐줘도 2성이잖아요. 배포 취급이라고는 해도 4성 정도로 보고 있어요.』

그리고 지금은 5성을 넘어 실장되지 않은 6성급. 절대로 놓치고 싶지 않은 존재다.

『처음 얼굴을 봤을 땐 잘 파악하고 있네! 하면서 그림 작가의 확고한 신념을 느꼈을 정도였고요.』

"어떤 신념?"

『쓸데없이 미남이 아니라는 점.』

"알몸 와이셔츠를 보여준 보답을 감상문으로 듣고 싶은 모양이군."

『그건 금기라고 했잖아, 싸우자는 거냐!』

칠칠치 못한 모습을 보여버린 때가 떠올라 수치심으로 뺨이 불타올랐다.

"하지만 4성이라. 영웅으로 낳아주지 못한 범인 부모를 둔 몸치고는 썩 좋은 취급이네."

『선배, 친부모 뽑기가 실패였나요?』

"양쪽 다 대폭망이었지."

한탄하는 것이 아니라 코웃음 치는 듯한 말투다.

그러고 보니 선배는 중학생 때부터 자기 밥은 자기가 만들었다고 전에 말했었다.

이전에는 앞으로의 일로도 벅찼기에 굳이 그것을 알려고 하지 않았었다.

하지만 지금은 아니다.

이 생활도 완전히 안정되었고 서로가 적절한 거리감을 유지하며 즐거운 나날을 보내고 있었다.

이 사람에 대해 더 알고 싶었다.

『막장 같은 부모였나요?』

일상생활에 여유가 생긴 덕분일까. 이 손은 무심코 발을 들여놓기를 선택하고 있었다.

"막장……까지는 아니지만, 낳아서 길러준 것에 감사하는 훌륭한 정신까지는 길러주지 않았던 지독한 부모지."

『지독한 부모요?』

"그래, 지독한 부모. 자기들 잘못과 실수를 깨닫지 못하고 무책임하게 책임을 떠넘기는 놈들이었어. 덕분에 몸을 사리는 데는 제일가는 어른이 됐지."

『그런 말을 들으니 좀 궁금한데요. 어떤 부모를 가져야 그렇게 엄청난 책임 전가와 회피 스킬을 키울 수 있는지.』

좀이라고 했지만 실제로는 선배의 과거에는 아주 관심이 많았다.

『꼭 선배가 살아온 인생담을 들려주셨으면 좋겠어요.』

"딱히 즐거운 얘기는 아니야. 질 나쁜 어른들 밑에서 한심한 어른으로 자랐다는 것뿐이니까."

『이쪽은 알몸 와이셔츠를 드러냈다고요. 선배의 하찮은 인생 정도는 공개해주세요. 재미있을지 어떨지는 제가 판단할 테니까요.』

"……뭐, 딱히 숨길 것도 아니지만. 우선 한잔 더 갖다줘."

선배는 쓴웃음을 짓는다.

"재미없는 이야기를 하는 거니까. 적어도 뭐라도 마시면서 해야지."

◆

단적으로 표현하자면 그들은 세간의 시선을 누구보다 신경 쓰는 부모였다.

아이가 나쁜 짓을 하면 나쁜 짓을 한 응징을 두려움이라는 형태로 아이 마음에 새긴다.

최근에는 그 교육 방침에 문제를 제기하며 많은 논쟁이 일어나고 있다.

호통을 치고 때로는 폭력으로 제재를 받고 자란 나는 이 논쟁에 대해서는 긍정파다.

나쁜 짓을 하면 응징이 가해진다. 그렇게 쐐기를 박아두지 않으면 얌전해지지 않는 녀석도 적게나마 분명 존재한다. 쐐기를 박아 나쁜 일에 대한 응징을 올바른 형태로 받고서도 여전히 나쁜 일에 손을 대는 사람도 얼마든지 있다.

그러니 나쁜 짓을 한 아이를 두려움으로 다스리는 것은 찬성이다. 무슨 말을 해도 모르는 바보에게는 처벌이 필요하다.

그러나 그 방법론을 단순한 실패에 적용하는 경우라면?

몰랐다.

이해를 못 했다.

잘 해내지 못했다.

그런 단순한 실패에 공포에 가까운 제재를 가한다? 그것은 아이를 향한 훈육이 아니라 애완동물의 조교나 다름없었다.

우리 부모님은 그런 유형의 못난 부모였다.

예를 들면 도시락 가게에 끌려갔을 때의 이야기다.

뷔페처럼 원하는 반찬을 원하는 만큼 도시락 용기에 담

을 수 있다. 뚜껑이 닫히는 범위 내라면 얼마를 채우든 정액이다.

그래서 원하는 것을 원하는 만큼 채우고, 계산할 때 나의 실패가 발각되었다.

도시락 용기. 거기서 밥을 담는 구역에는 밥 이외에는 넣지 말아야 했다. 그걸 모르고 반찬만 가득 담긴 도시락. "다음부터 조심하세요" 하고 점원에게 한소리를 듣고 말았다.

그리고 가게에서 나온 후 죽을 만큼 혼났다.

아무도 알려주지 않았다. 몰라서 벌인 실수였는데 그런 건 말 안 해도 알아야지, 상식 아니냐. 그렇게 말하는 부모였던 것이다.

못한 것에 대해 화가 난 것이 아니다. 아이의 미숙함에 망신을 당한 것이 싫었던 것이다.

자식의 실패는 부모의 실패.

그것을 받아들이지 못하고 감히 망신을 줬다고 화를 내는 것이다.

자신들의 교육이 서투르고 못났다는 것. 그것을 인정하기는커녕 자각조차 하지 못했다.

중요한 것은 타마치 하지메라는 아이가 아니라, 그것을 구성원으로 포함했을 때 남이 보기에 부끄럽지 않은 가정일 것. 그 겉모습을 무엇보다 중시했기 때문에 그렇게나 무책임하게 네가 나쁜 것이라며 책임을 떠넘긴 것이다.

'나'라는 아이를 사랑하는 것이 아니다.

부끄럽지 않은 아이를 가진 것에 행복을 느꼈던 것이다.

어린 시절, 그것을 언어화할 수 없을 나이에도 어렴풋이 느끼고는 있었다.

알맹이 없이 예쁘기만 한 형태. 그것을 소중히 여기는 모습이 한심하고 바보 같아 보였다.

조상은커녕 가족에 대한 감사도 뭣도 아무것도 없었다. 그러니 성묘에 끌려가도 솟아오른 감정은 쓸데없는 짓을 해야 하는 것에 대한 불만이었다. 굳이 돌을 소중히 하며 고맙다는 듯이 손을 모으는 모습은 한없이 멍청해 보였다.

하지만 그런 쓸데없는 짓을 하지 않으면 혼난다. 그게 싫어서 잠자코 따라다녔을 뿐이다.

어린아이였지만 조금씩 이 사회의 구조를 알게 되었다.

밖에서 보았을 때 스스로 취한 행동이 어떻게 심판받는가. 거기에 내용물이 없더라도 보기 좋은 모양만 갖추면 된다. 적어도 그러는 동안에는 혼날 일이 없다. 그 행위에 납득하지 못한 채 불만을 품는다고 해도 손해를 보는 구조는 아니었다.

보기 좋은 형태를 띠고 있는 동안에는 칭찬을 받고 혼나지 않았다. 남들 수준의 가정 범위에서 원하는 물건은 사줬다.

초등학교 때 나는 우수한 아이였다.

공부도 잘하고 운동도 잘했다. 왕이라고는 할 수 없었지만 반을 진두지휘하는 가미 같은 파천황 타입과 잘 어울리며 자신의 입지를 유지해 왔다.

부모에게 나는 자랑스러운 아들이었다.

하지만 그것은 가족애에서 오는, 칭찬받고 싶은 소망이 만들어낸 성과는 아니었다.

혼나고 싶지 않다.

부모에게 품고 있던 강한 감정은 그것뿐이었다.

그렇다고 아무 실수도 하지 않은 것은 아니다. 종종 사소한 실수를 했다가 혼나는 것을 반복해 왔다.

하지만 실패를 거듭하는 동안 책임 회피 능력이 향상되어 갔다. 때로는 아예 없는 일로 하거나 다른 사람에게 책임을 전가하기도 했다. 몸을 사리는 일에 있어서는 당시 아이들 중 누구에게도 지지 않았을 자신이 있었다. 가미에게도 자주 전가하고는 했다.

초등학교 5학년 때일까?

자전거로 30분 정도 거리에 있는 서점에서 동급생의 도둑질을 목격했다.

그쪽도 범행 현장을 목격당한 것에 두려움을 느낀 모습이었다.

시선과 시선이 마주치고 5초 정도.

"저기, 실례합니다."

가까이 온 점원에게 말을 걸었다.

방금 일어난 아이의 잘못을 고발하기 위해서.

"이거, 신간 더 없나요?"

──는 아니었다.

본래 이곳에 온 목적을 수행하기 위해 내가 하고 싶은 일을 우선시했다.

"아, 이거 말이지. 여기 없다면 다 나간 거야."

"네…… 알겠습니다."

점원과 짧은 대화를 나눈 뒤 어깨를 축 늘어뜨린 채 가게를 나왔다.

"이, 이봐. 타마치."

자전거를 막 타려는 참이었다. 뒤를 돌아보니 그곳에는 물건을 훔친 도둑이 서 있었다.

불가사의한 것을 보는 듯한 눈. 이해할 수 없는 것에 대한 답을 찾고자 하는 시선이었다.

"음? 오, 우연이네."

아까 눈을 마주친 직후임에도 뻔뻔스러울 정도로 태연한 연기. 동급생은 눈을 동그랗게 뜰 수밖에 없었다.

"지금 한가해?"

"아니…… 이다음에 일이 있어."

그렇게 난색을 표했지만,

"주스라도 한턱낼게."

"생각해보니 한가했어."

속물인 나는 곧바로 낚였다.

가게에서 조금 떨어진 공원. 자판기에서 원하는 것을 고르라고 해서 에너지 드링크를 샀다. 이걸 좋아해서가 아니다. 모처럼이니 내 돈으로는 절대 사지 않을 가장 비싼 것을 선택한 것이다.

"타마치. 아까 그건 뭐였어?"

곧바로 한 모금을 먹는데 동급생이 본론을 꺼냈다.

특별히 위협하려는 기색은 없다. 그저 내 행동의 의도를 이해하지 못하고 그 답을 순수하게 궁금해한 것이다.

"나는 아무것도 못 봤어. 그거면 되잖아."

그 사실을 안 나는 아무 두려움 없이, 아무렇지도 않게 진의를 알렸다.

너무나도 담백한 대답에 그쪽이 벙찐 얼굴을 했다.

왜 동급생의 도둑질을 못 본 체했나? 단순히 귀찮아지는 것이 싫었기 때문이다.

악행을 목격했다면 그것을 어른에게 보고한다.

사회적으로도 내용물이 꽉 찬 멋진 형태다.

어른들에게 훌륭하다고 칭찬받을 만한 정의로운 행동이다.

하지만 그다음은?

동급생 녀석은 스쿨 카스트 1위. 파천황다운 행동으로

주위를 휘어잡고 끌어당기는 존재다.

그런 녀석을 적으로 돌리면 어떻게 될까. 백이면 백 확실하게 보복에 나설 것이 뻔하다.

반에서 고립되기만 한다면 그나마 다행이다.

악질적인 왕따로 발전해 악동들의 장난감이 되는 것은 죽어도 사양이었다.

교사도 무사안일주의. 도움을 청해도 소용없다.

부모님도 왕따 문제에 앞장서 열심히 맞서줄 것 같지 않았다. 오히려 아무리 심한 왕따를 당해도 학교에 억지로 보내려고 했을 것이다. 자신의 가정에서 등교 거부 아이가 나오다니, 그런 끔찍한 형태를 용납할 수 있는 부모가 아니었다.

그래서 동급생 녀석의 악행은 보지 못한 척하고 모르쇠로 일관했다. 자기 입지를 지키는 길을 택한 것이다.

어른들은 아무런 의지가 안 되니까. 지켜줄 것이라 믿으면 안 된다.

악행을 보고하지 않은 탓에 그 서점이 손해를 봤다 한들 알 바 아니다.

올바른 행동을 하지 않은 것이 악이라면 애초에 올바른 일을 안심하고 할 수 있는 토양 조성을 게을리한 어른의 책임이 아닌가.

그러니 난 나쁘지 않다.

"그럼 내가 그런 짓을 한 이유도 안 물어볼 거야?"

귀찮은 일은 사양하고 싶다는 나의 진의는 전해졌을 것이다. 그래서 다음으로 그 녀석은 어른들이라면 가장 먼저 물어봤을 그것을 묻지 않는다는 것에 의문을 표했다.

왜 이런 짓을 한 거냐.

나쁜 짓을 하고 있다는 걸 알면서도 왜 그런 비행을 저질렀을까. 거기에 깊은 무언가가 있을 거라 믿고 물어온다.

바보 같은 소리다. 생각이 단편적인 아이에게 이유 따위 있을 리가.

"거기에 물건이 있기 때문이겠지."

1+1의 해답을 내놓았다. 그야말로 왜 그런 간단한 문제를 새삼스럽게 물어보는지 의아할 정도였다.

동급생 녀석의 도둑질 동기를 그렇게 간략하게 언어화했다.

왜 물건을 훔치느냐. 거기에 물건이 있기 때문이다.

"내가 산악인이냐!"

그렇게 말하며 동급생 녀석은 폭소를 터뜨렸다.

타마와 가미. 서로를 별명으로 부르는 계기가 된 그리운 이야기이다.

그대로 순조롭게 자라 중학생이 되었다.

갑자기 엄마가 입원하게 되었다.

당시 이유는 알지 못했지만, 관심도 없었다.

가족의 위기를 열심히 극복하자, 이런 분위기가 형성되어 집안일을 해야 하는 신세가 되었다. 처음에는 귀찮고 지루했지만 필요한 것을 필요에 의해 하는 것이었다. 형태뿐만 아니라 내용물도 뒤따르고 있으니 이해할 수는 있었다.

집에는 엄마가 없고 아빠도 바쁘다. 집에서 혼자 있는 시간이 늘었다.

집안일을 제대로 하는 나를 보며 '엄마가 큰일을 겪어서 힘들지', '그래도 제대로 해내니 기특하네', '빨리 엄마가 나았으면 좋겠구나', 그런 식으로 어른들에게 자주 격려를 받았다.

천만에. 영원히 낫지 않으면 좋겠다. 이대로가 좋았다.

성가신 부모의 눈이 없으니 마음 편히 생활할 수 있는 것이다. 너무 편해서 그 녀석들이 없는 것만으로도 이렇게 편한 건가 싶을 만큼 즐거웠다.

성적이 떨어져도 집안일을 열심히 한다는 이유로 넘어가주었다. 실제로는 부모의 눈이 없어진 덕에 인터넷에 빠진 것뿐이다. 속은 이 모양인데 주위에선 멋대로 보기 좋은 모양새라며 칭찬하는 것이다.

여기까지 낳고 길러준 부모에 대한 감사도 마음도 없다.

가족애라는 것이 내 안에는 싹트지 않았다.

그래서 중학교 3학년. 엄마가 죽었을 때 슬프다는 감정은 생기지 않았다. 장례식 따위 귀찮아 죽겠다며 한숨을 내쉬면서도 이런 나이에 엄마를 잃은 불쌍한 아이를 연기했다.

한바탕 파란이 일어난 것은 49일, 그 조금 전쯤.

끊기지 말아야 할 향이 내가 집에 있을 때 끊겼다.

가족이나 친척 앞 말고는 합장을 하지도 향을 피우지도 않았다. 돌아오면 늘 인터넷을 하느라 바빠 놓치고 말았던 것이다.

마침 엄마 쪽 친척과 함께 돌아온 아빠는 끊어진 향을 보고 한마디를 듣고 말았다.

엄마의 친척이 돌아간 후 아빠는 나에게 대격노. 몇 년 만에 주먹이 날아왔다.

어릴 때와 달리 체격 차이는 크지 않았다. 오히려 아빠는 운동을 하지 않았기에 체육이라고는 해도 운동을 하는 나에게 조금 더 유리했다. 내가 대놓고 피하자,

"까불지 마!"

피하는 내 몸을 향해 있는 힘껏 발차기가 날아왔다.

"왜 이딴 하찮은 일로 비난을 받아야 하는데! 네놈이 하고 싶어서 하는 일이잖아!"

여러 해 동안 쌓여온 원한.

그것을 부딪치듯 몇 번이나 발차기를 가해왔다.

이런 하찮은 일로 책망을 받고 있다. 불합리에 가까운 감정에 분노라는 감정이 실렸다. 그 기세 그대로 향로를 잡아

그 등에 내리쳤다.

벌벌 떠는 등을 보고 단숨에 독기가 빠졌다. 이딴 거에 지금까지 겁을 먹었던 건가 싶어 갑자기 모든 것이 한심하게 느껴졌다. 이런 것을 상대할 바에야 인터넷 게임을 하는 편이 의미 있을 것 같아 방으로 돌아갔다.

친족이 모이는 49제를 때려치우고 녀석들이 돌아갈 때까지 가미네 집에 머물렀다. 친척들에게 적잖이 쓴소리를 들었을 텐데도 아빠는 내가 돌아왔을 때 아무 말도 하지 않았다. 원망스러운 눈빛을 보내오기에 살짝 때리려는 동작을 취하자 엉덩방아를 찧은 것은 걸작이었다.

이후 우리 부자 사이에는 결정적인 간극이 생겼다.

같은 집에 살고 있어도 그쪽은 얼굴을 마주치지 않으려는 듯 일만 했다. 언제부턴가 집에 들르지도 않게 되었다. 그렇지만 세간의 시선은 중히 여겼기에 생활비나 용돈은 계좌에 입금하는 형태로 꼬박꼬박 주었다. 내가 또 폭발했을 때 무슨 짓을 할지 모르는 것이 가장 무서운 것이다.

시내에서 제일가는 고등학교에 간다며 주위에 나의 우수함을 알리고 자랑해댔다는 것은 이미 알고 있었다.

그래서 그 기대에 부응하듯 불량품이 잔뜩 모여 있는 밑바닥 고등학교에 진학했다. 도보권 내이고 편리성도 좋았다.

고등학교는 뭐…… 3학년 때 여러 일들이 있었지만 그건 또 다음에. 그건 그거대로 여러 일들이 많았으니까.

고등학교를 졸업한 뒤에는 인연을 끊는 대가로 돈을 받아 상경했다.

그 빌어먹을 부모와는 그 후 한 번도 만나지 못했다.

"뭐, 재미도 뭣도 없는 시시한 이야기였지?"

◆

오늘 석 잔째인 하이볼.

선배가 말하는 시시한 이야기가 끝나자 리필을 부탁받았다.

냉동실에서 식힌 위스키를 탄산에 희석하고 레몬을 짜기만 하면 되는 간단한 일. 얼음을 사용하지 않으니까 탄산이 강해서 더 맛있다. 선배는 이 제조 방식에 대해 그렇게 말했었다.

이제는 익숙해진 술을 만들며 전해 들은 선배의 어린 시절을 머릿속으로 되새겼다.

결코 장렬한 인생은 아니다.

뉴스에 나올 만한 학대를 받은 것도 아니고 빈곤에 시달린 것도 아니다. 갖고 싶은 물건도 받을 수 있는, 어디에나 있을 법한 평범한 가정.

하지만 뭐라고 말해야 할까.

집착이나 빈곤에 허덕이는 아이들과 비교하면 선배는 운이 좋은 편이었다. 그런데도 부모 뽑기가 대폭망이었다는 선배의 주장은 가슴에 깊이 와닿았다.

나는 아빠가 너무 싫었다. 하지만…… 선배의 부모보단 나은 부모라고 무심코 비교해버리고 말았다.

돈 문제가 아니다.

선배의 부모를 향해 불쾌함과도 같은 생리적 혐오감이 일어난 것이다.

아무리 그런 아빠라도 근본적으로는 자신의 잘못이라는 것을 알고 있다. 아무리 혼자 동떨어져 지내도 학교에 가서 시험 점수만 따면 그 자체로 만족해 주는 사람이다.

그리고 내가 무척 좋아했던 엄마. 나는 정말 훌륭한 엄마를 만났다는 것을 새삼 실감했다.

나는 신동이다. 그래도 어렸을 때는 여러 가지 실수를 거듭해 왔다. 선배가 말하는 부모에게 창피를 주는 실수 말이다.

하지만 엄마는 한 번도 그것에 대해 화를 낸 적이 없었다.

제대로 내 마음을 헤아려주며 많은 것들을 가르쳐 주었다. 기초를 알고 있으면 할 수 있는 응용, 설령 그것을 하지 못했더라도 무엇이 잘못되었는지, 어떻게 해야 하는지 다정하게 알려주었다. 오히려 자신의 교육이 부족한 탓에 내가 부끄러움을 겪게 했다며 사과하는 사람이었다.

나는 엄마에게 사랑을 받았다.

내용물이 있었기에 나는 열심히 했다. 칭찬을 받고 싶어서 보기 좋은 형태를 보여주고 기뻐해주길 바랐다.

그래서 엄마가 돌아가셨을 때 그렇게나 힘들고 괴로웠다. 다시 일어설 수 없었다.

반면, 똑같이 엄마를 잃은 선배는 아무렇지도 않았다고 했다.

사회는 분명 그런 선배를 탓할 것이다. 이렇게 보기 좋은 형태를 갖춘 가정에서 길러줬는데도 가슴에 슬픔 하나 품고 있지 않다니 있을 수 없는 일이라고.

개인적인 감정을 빼고 생각했다.

정말 이 사회는 내용물 같은 건 아무래도 상관없구나.

선배를 이렇게 키운 건 틀림없는 그 부모님인데. 그 속을 알려고 하지도 않고 형태만 보고 비난하는 것이다.

하지만 그 내막을 주장해 봤자 시끄러워, 그런 건 알 바 아니라며 잘라낸다. 어렴풋이 그런 결말이 예상됐다. 선배도 그걸 아니까 겉으로는 그럴싸한 형태를 잡아두고 오늘날까지 살아온 것일지도 모른다.

부모의 사랑을 알기에 비로소 이 불쾌함을 알 수 있는 것이었다.

내용물 없는 보기 좋은 형태.

우리 아빠와 선배의 부모님. 하는 일은 양쪽 다 똑같다.

그런 상황에서 어느 쪽이 낫냐고 비교했을 때 저울이 기울어진 것은 아빠 쪽이었다. 그것은 아마도 하는 일을 자각하고 있는지 없는지의 차이일 것이다.

아빠는 자각하고 강요해 오니 그나마 납득할 수 있다.

하지만 선배의 부모님은 그걸 자각하지도 못하고 강요해왔다.

자각 없는 녀석은 질이 나쁘다.

선배가 자주 입에 담는 표현. 그 말의 뜻을 이제야 이해할 수 있었다.

컬트 종교단체의 권유와 똑같다. 자신들이 하는 일이 옳다고 믿는다. 자신들이 틀렸다고는 조금도 생각하지 않으니 상대방의 마음을 헤아리지 않고 밀어붙이는 것이다.

아아, 정말…….

"……끔찍해."

그런 어른에게서 태어나지 않아 다행이다. 그런 안도와 함께 끔찍함에 몸이 떨렸다.

그것이 얼굴에 드러나 버린 것일까.

"재미없는 이야기에 기분이라도 상했어?"

리필을 건네받은 선배가 쓴웃음을 지으며 그런 말을 해온다.

나는 방으로 돌아와 미닫이문을 닫았다. 이 두 손을 어떻게 움직여야 할지는 이미 알고 있었다.

『아뇨, 선배 입 냄새가 심해서 질색한 거예요.』

"누구 때문인데, 누구 때문."

농담을 던진 것이다.

피식 웃자 조금이나마 기분이 나아졌다.

『지독한 부모에게서 해방된 후에는 세상에 봄이 왔나요?』

밑바닥 사회인이라고 자칭하고 있지만, 야근도 거의 하지 않고 직장 인간관계도 좋아 보였다. 월급이 낮은 것은 실력 부족이라기보단 노력 부족임을 자각하고 있기도 하다. 이런 호러 하우스에 살면서도 유유자적한 사회인 생활을 보내고 있다.

프로그래머들은 야근만 하는 블랙 기업이라고 종종 인터넷에서 본 적이 있는데, 선배에게선 그런 기미가 보이지 않았다. 나름대로 좋은 자리를 차지하고 있지 않을까 짐작한 것이다.

"아니, 전혀. 지금의 회사에 들어가기 전까지는 거의 지옥이나 다름없는 나날이었지."

그러나 선배의 대답은 부정. 지독한 부모를 둔 고생과는 또 다른 고생이 있었던 것 같다.

"세상이 말하는 정직한 회사에 들어간다는 건 말이지, 열심히 공부하고 좋은 학교에 들어가 고고한 척 구는 놈들에게 계몽당해 성실하게 임무를 완수한다. 그런 사회 통과 의례를 거쳐 온 사람에게만 그 도전 티켓이 주어지거든."

꿀꺽, 목을 축이는 소리가 들렸다.

"불량품 재고 시장에서조차 성실하게 살아오지 않았어. 자격증도, 스킬도, 남들보다 딱히 뛰어난 것도 없지. 있는 건 티켓이 아니라 미뤄뒀던 외상뿐. 그런 놈이 들어갈 수 있는 회사는 어떤 곳인지 알아?"

『나이, 학력, 업무 경험 불문. 상냥한 선배가 알려주고 의욕을 북돋아 준다. 일 외적으로도 다들 친하고 노력을 인정해주며 장래에는 독립 가능한 사원의 꿈을 함께 응원해주는 열의만 있으면 되는 가정적이고 가족 같은 직장이요.』

"역시 신동이군. 그때 했던 말을 통째로 외우고 있다니."

선배가 우습다는 듯 웃어댔다.

"뭐, 그 말대로야. 이 업계를 선택한 건 학창 시절 유일하게 빠져 있었던 게 키보드 정도였으니까. 오피스 빌딩 사이를 오가는 정장 차림을 동경했어."

『그때부터 선배는 그런 게 특기였나요?』

"그럼! 누가 뭐래도 로마자 한정 터치 타이핑, 복사&붙여넣기 단축키 구사, 머신 사양도 이해하고 있고 인터넷 사회의 조예도 깊지. 이 기술을 갖고 이 업계에서 성공하겠다는 꿈을 꿨다."

『당당하게 말하지만, 컴퓨터 좀 쓰는 사람들은 다 할 줄 아는 거네요. 그런 건 고용해봤자 업무에는 쓸모가 없을 것 같아요.』

"맞아. 그래서 컴퓨터를 잘한다며 뻔뻔한 얼굴을 하는 바보들이 모인 배에 일확천금의 보물을 찾아 올라탔지."

『이미 안 좋은 예감밖에 안 들어요.』

"처음 3개월은 연수. 이때가 보람의 절정이야. 진행하다 보면 무능한 녀석들이 튀어나오는데 그걸 보며 나는 유능하다고 착각해. 이 정도 일로 돈을 받다니 인생 참 쉽구나, 그러면서 사회를 깔보게 되지."

그때의 자신을 비웃듯이 선배가 코웃음을 쳤다.

"그런 착각 속에서 세상을 깔보는 상태로 거래처에 가게 된 거야. 이상과 현실의 갭에 경악했지. 심지어 뭘 모르는지조차 몰라. 상대편도 돈을 주고 전력을 고용한 건데 막상 온 건 무능력한 오합지졸이니 욕을 먹을 수밖에.

연수라고 해봐야 결국 ABC라는 알파벳을 제대로 알게 된 정도. 그런 상태로 영어권에 보내고, 나중에는 현지에서 성과를 내라는 게 그 회사의 방침이었어. 해적선인 줄 알았더니 단순한 노예선이었던 거지."

『진짜로 현대 노예선이잖아요.』

"그래, 일하지 않는 자 먹지도 말라. 인간 취급 따위는 받을 수 없어. 정말 지옥 같은 날들이었지."

『왜 안 그만뒀어요?』

"어떻게든 가르침을 받고 흡수하고, 집에서도 공부하면서 필사적으로 노력했더니 뭐, 나름대로 어떻게든 됐어.

나는 무능하지 않다, 하면 할 수 있는 인간이라는 것이 증명된 셈이지."

『자기 입으로 하면 할 수 있는 인간이라니. 선배는 역시 선배네요.』

이럴 때조차 자신을 치켜세우는 선배의 한결같음.

"레나. 하면 할 수 있는 인간의 정체가 뭔지 알아?"

다만 그것은 착각이라고 그 목소리가 말하고 있었다. 자랑하는 것이 아닌 자조의 빛이다.

『하면 할 수 있는 인간의 정체?』

"하면 할 수 있는 인간이란 능력이 있다는 뜻이 아니야. 지금 환경에서 미래를 내다보는 노력을 하지 않는 게으른 사람. 엉덩이에 불이 붙어야 그제야 무거운 허리를 들어 문제를 해결하는 어리석은 자. 그게 하면 할 수 있는 인간의 정체다. 그리고 대처에 실패한 인간을 이 사회에서는 무능하다고 부르지."

하면 할 수 있는 인간.

자화자찬인가 했더니 전혀 그렇지 않았다.

"2년 정도 이곳저곳 거래처를 떠돌다가 도착한 곳이 지금의 회사다. 기대도 뭣도 아무것도 없었지만 '이 노예 의외로 쓸만하겠는걸'. 그렇게 평가해 준 당시 리더가 자신이 키울 테니까 뽑아 달라며 지금의 상사에게 교섭을 해줬어. 이렇게 해서 나는 노예선에서 내려 밑바닥으로 올라갔지."

선배는 질 나쁜 어른이 아니라 한심한 어른이다. 그렇기 때문에 자신이라는 인간성을 제대로 분석하고 있었다.

"이런 식의 빼내기는 업계의 금기니까. 눈여겨본 리더도 그렇지만, 위험을 짊어지고 나서준 상사에게는 정말 감사한 마음뿐이다. 앞으로 이 사람들 밑에서 열심히 하자, 라는 마음이 든 것도 처음뿐. 환경이 미지근해지자 더 이상은 노력하고 싶지 않다, 밑바닥이라도 좋다면서 이 자리에 안주한 게 지금 나의 사회적 입장. 어디까지나 나는 나. 하면 할 수 있는 인간이라는 거지."

그래서 이렇게 자신이 하면 할 수 있는 인간임을 조롱하는 것이다.

선배는 과거에는 부모에게 자랑스러운 아들이었다. 그런데 그랬던 이유는 단지 혼나기 싫어서. 부모의 눈이 있었으니 노력하지 않을 수 없었던 것뿐이다. 하지만 그 눈이 사라져서 멈췄다. 향상심이 없으니 이렇게 된 거겠지.

『선배는 훌륭하네요.』

나는 진심으로 훌륭한 사람이라며 선배에게 경의를 표했다.

"넌 지금까지 뭘 들은 거야? 내 말을 어떻게 들으면 그런 결론이 나와?"

『저랑 비교해서요.』

자기 삶의 자세를 타협하면서 이 사회의 레일 위를 달리고 있다. 비록 밑바닥이라 불리는 삶의 방식일지라도 자신의 머리로 생각하고 납득하고 있다.

『까놓고 말해도 돼요?』

"이제 와서 뭘 새삼스럽게. 좋을 대로 말해."

『선배는 가족복도 없고 남들보다 나은 점도 없어요. 그렇다고 쓸데없이 잘생긴 것도 아니에요.』

"좋을 대로 말하라고 한 건 나니까. 후반은 못 들은 걸로 하지."

『그런 선배와 비교하면 제가 얼마나 축복받은 존재인지, 그걸 뼈저리게 알았어요.』

"네가 축복을 받았다고?"

『가족 뽑기에서는 5성 언니와 엄마를 뽑았고, 하늘이 내려준 신동에 가까운 재능. 그리고 거유 미소녀 여고생이라는 축복받은 외모.』

"그 칭호 진짜 마음에 들었구나."

『데헷.』

농담을 받아줘서 다행이라고 생각하며 피식 웃었다.

『아빠 뽑기는 선배와 비교하기 전까지는 계속 폭망이라고 생각했어요.』

"뭐야, 평가도 달라졌어?"

『아빠는 가족으로서는 별로지만 사장으로서는 유능하거든요. 성과만 올리면 잠자코 돈을 쏟아주는 ATM기. 언니는 아빠의 방식을 잘 습득한 상태라 능숙하게 다루고 있어요.』

언니는 아빠의 삶의 자세에 납득하고 있다. 엄마의 사랑을 받고 자랐기 때문에 삐뚤어짐 없이 올곧게 성장했다. 그런 아빠를 두고 있으면서도 올바른 가족애를 아는 것이다.

그래서 언니는 주위의 사랑을 받는다. 시샘을 사는 일도 있지만 당연한 일을 하는 것만으로도 사랑받는다. 게다가 아빠 같은 사람도 있다는 것을 이해하고 있다. 머리가 꽃밭인 철부지도 아니었다.

성실하게 살아가는 것만으로 보답을 받는다. 그만큼 축복받은 사람이다.

『저는 언니와 똑같은 것을 받았는데도, 보는 대로예요.』

도대체 이 차이는 어디서 오는 걸까.

『하면 할 수 있는 인간의 틀에서 벗어난 것이 무능이라면 저는 그 미만이죠.』

태만이었다.

미래를 외면하고 해야 할 일을 하지 않고 계속 머물러 온 것에 대한 외상. 청산해야 할 때가 왔다. 해야 할 것을 해야만 하는 상황에 몰렸다. 그런데도 여전히 편안한 길을 찾아 문제를 대처하지 않고 도망쳐 버렸다.

나는 무능하다는 말조차 아까운 타락한 패배자다. 아니,

싸우지도 않았으니 단순한 등신일 뿐이다.

줄곧 처박아두고만 있던 현실. 선배가 보는 앞에서 재고 조사를 하다 다시 마주쳐서 깜짝 놀랐다.

『진짜로요. 선배와 비교해 이런 축복받은 삶을 살아왔는데도 나는 불행하다고 믿어 왔다니, 욕먹어도 할 말이 없어요.』

이렇게 축복받았음에도 불구하고 그저 하기 싫은 일에서 도망쳐서 선배에게 이런 위험을 안겨주었다. 한없이 이기적인 자기 모습이 눈물 날만큼 우스웠다.

요즘 이런 내가 조금씩 좋아졌는데, 지금 다시 싫어졌다.

"그래, 얼굴과 재능, 가족. 내가 받지 못한 것들을 종합 세트로 받았지. 문제는 그렇게 알기 쉽게 드러나 있었는데…… 네 인생의 하드 모드는 그야말로 태만이 초래한 결과구나."

선배는 웃었다.

이 정도로 축복받은 인간이 자신의 처지를 한탄해 왔음을. 본인의 노력 부족, 태만이 초래한 결과를 버려두고 귀를 막고 눈을 가리고 나는 불행한 사람이라고 외쳐온 우스꽝스러움을.

그렇게 생각했는데,

"정말 너는 불행한 녀석이야."

선배는 나를 불행한 녀석이라고 단언했다.

"아이의 문제라는 건 말이지, 처음부터 아이 자신의 노력만으로 해결하게 하려는 게 잘못된 거야. 문제를 극복할 수 있는지 가늠해보고 아이를 이끌어주는 게 어른의 역할. 적어도 이 나라 사회 규범에는 그렇게 돼 있지."

목을 축인 것인지 꿀꺽 하는 소리가 났다.

"네 문제는 누가 봐도 네 한심한 멘탈이 초래한 게 맞아. 당사자가 그걸 자각하고 있는데도 해결할 생각이 없다는 것만 봐도 알지. 그렇다면 주변 어른들이 문제 해결을 위한 수단을 모색했어야 해."

선배는 어이없다는 듯이 숨을 내쉬었다.

"학교에 가라고 바보처럼 떠들 게 아니라, 문제의 본질을 마주한다. 그걸 해준 훌륭한 어른이 한 명이라도 있었어?"

『그런 멋진 어른은 없었어요.』

"거짓말하긴. 분명히 있었잖아."

『어디에요?』

"여기에."

엄숙할 정도로 익살맞은 목소리.

그랬다. 내 문제를 정면으로 마주하고 이해하려 노력해준 어른이 있었다.

5년 동안 이 목에서 나는 소리가 싫었다. 콤플렉스조차 있었다. 그러던 것이 이제는 당연하다는 듯이 내 목소리로 의사를 전달할 수 있게 되었다.

"내 수준의 머리로도 조금만 굴리면 풀 수 있는 정도의 문제였어. 네 주변 어른들은 계속 그 역할을 게을리해온 거지. 그것 때문에 의사소통 장애를 계속 키워왔다. 결국 네 문제는 그런 얘기야."

내가 줄곧 안고 있던 문제를 선배는 그렇게 단언했다.

자신의 문제를 마주하지 않고 계속 도망쳐 온 내가 나쁜 것이 아니다. 이런 간단한 문제를 오늘까지 방치해 온 주변이 나쁜 것이라고.

그저 내 마음을 헤아린 위로가 아니다.

선배는 정말 진심으로, 이것은 딱 그 정도의 문제였다고 믿고 있었다.

심장이 뜨거워질 정도로 기뻤다.

『즉 언니가 너무 무능했다는 얘기였네요.』

……그래서 새로운 괴로움이 솟아났다.

유일하게 내 문제를 계속 마주해줬던 언니. 방에 틀어박히기 시작한 날부터 언니는 줄곧 똑같은 말만 반복해왔다. 아무리 상냥해도 제시하는 해결 수단은 늘 똑같았다.

학교에 가렴. 그러면 의사소통 장애는 나을 거야.

나를 세계 제일 생각해준다는 것은 알고 있다.

하지만 내가 원했던 것은 미래를 생각한 다정함이 아니었다.

옛날처럼 손을 이끌고 어리광을 받아줬으면 했다.

내가 나쁘다는 것은 알고 있었지만, 그것을 외면한 가슴속에서는 어느새 원망만이 싹트게 되었다.

왜 언니는 나를 몰라주는 거야?

선배는 머리만 좀 쓰면 해결되는 문제라고 말했다. 언니만큼 나를 생각해주는 사람이 그런 쉬운 일도 하지 못했다는 사실에 가슴이 조여들 정도로 아프고 괴로웠다.

"너 임마…… 남의 말은 제대로 들었냐?"

그런 철없는 아이에게 선배는 한숨을 쉬며 지도해 주었다.

"5성이니 뭐니 해봐야 네 언니도 그냥 어린애잖아."

"아……."

그런 당연한 것을 잊고 있었다. 자신의 어리석음에 신음이 나왔다.

"교사를 신으로 받들며 현세의 규칙을 배워왔다. 잘난 체하는 신이 이 사회는 어떻고 저떻고 지껄이는 곳에서 성실하게 임해왔을 뿐인 어린애라고. 그런 녀석에게 아이를 이끌라고 하는 편이 더 잔인한 소리지."

"아아……."

신음성이 나왔다.

아프기 때문이 아니다.

괴롭기 때문이 아니었다.

"네가 이렇게 된 건 결국 사회에서 살아가는 데 중요한 걸 알면서도 공부만 잘하면 된다는 식으로 방치해 온 어른의 책임이다."

처음부터 언니는 나를 어떻게 해줄 수가 없었다.

자신이 부여받은 진리에 구원이 있다고 생각했기 때문에.

언니도 언니 나름대로 필사적으로 나를 이끌어주려 했다. 하지만 이끌어주려던 그 손길에는 처음부터 나를 이끄는 방법 따위는 깃들 수가 없었다.

나를 세상에서 제일 생각해주는 언니. 내 마음을 이해하지 못한 것이 아니다. 아이 나름대로 필사적으로 나를 이끌어주려 했을 뿐이다.

가슴 깊은 곳에 박혀 있던 가시가 빠진 기분이 들었다.

"으…… 흐윽."

가시가 빠진 구멍에서 흘러나온 것이 뺨을 타고 손을 적셨다.

아아, 가시가 빠진 지금이라면 알 것 같아.

내가 줄곧 힘들고 괴로웠던 것은 언니가 내 마음을 이해해주지 못했기 때문이 아니다.

그토록 좋아했던 언니를 미워하게 된 것이 괴롭고 슬펐던 것이다.

내 오열이 들린 것일까.

그런 나를 위로하듯 가벼운 웃음소리가 들려왔다.

"세상에는 남의 불행을 물어뜯으며 너는 축복받았어, 내가 더 불행해. 그런 시시한 자존심 싸움을 하려는 머저리들이 있지."

알고 있다. 모두가 학교에서 사회라는 것을 배우는 반면, 나는 인터넷 속에서 이 사회를 배워왔다.

익명의 사회는 그야말로 불행 자존심 대결 지옥이나 다름없었다.

"하지만 그런 헛소리는 신경 쓰지 마. 본인보다 더 아래를 이해할 수 있는 훌륭한 마음이 있었다면, 애초에 남의 불행을 물어뜯지도 않았겠지. 그런 녀석들을 굳이 이해하려고 할 필요 없어."

그래. 그 지옥 속은 모순으로 가득 차 있다. 이런저런 허세를 부리며 소리를 내지르지만 결국 하고 싶은 말은 단호하게 한마디로 요약할 수 있다.

내게 더 관심을 줘, 다.

"자기 멋대로 달려들어서 너저분한 불행 자존심 대결을 펼치는 녀석에게 줄 수 있는 건 동정도 위로도 아니야. 닥치고 나가 죽어! 이런 욕이면 충분해."

후련할 정도로 단호한 선배의 발언.

그것에는 찬성하지만, 남이 보기에는 좋지 못했다. SNS에서 발언한다면 분명 비난 여론 확정이다.

"내 인생을 남들과 비교할 땐 이 녀석보단 낫다는 위로 정도만 하면 돼. 자기가 불행하다고 생각한다면 불행한 거야."

그러니 딱 그 정도의 마음만 먹으면 된다. 그런 선배의
격려였다.

"그야 그렇잖아? 나 같은 한심한 어른이 사는 곳에 각오
까지 하고 들어왔어. 그런 인생은 불행한 게 당연하지."

어떤 형태로든 그 괴로움과 고통은 거짓 없는 진짜였다.

나는 내가 아무리 나쁘더라도 그 모든 것을 깔끔하게 외
면할 수 있는 생물이다. 그렇다면 자신의 처지를 불행하다
고 외치는 데 주저할 게 무엇이 있겠는가.

그것을 상기시켜 준 사람에 대한 존경심이 또 한 단계
상승했다.

"그러니까 레나. 나는 불행하다고 그 큰 가슴을 펴고 당
당히 외쳐도 돼."

그런데 마지막의 마지막이 이런 성희롱이다.

성적으로 욕보인 것도 아니고 만지려고 한 것도 아니다.
그저 개그를 하지 않으면 성이 차지 않는, 선배의 습성이다.

정말이지 한심한 어른이다.

『정말로, 선배는 내용물이 미남이네요.』

"얼굴은?"

『쓸데없이 미남이 아닌 점에서 확고한 신념이 느껴져요.』

"오늘이야말로 천장의 얼룩 개수를 셀 수 있게 해주마."

『꺄악, 당한다~!』

그래서 나는 한심한 아이답게 그의 등을 본받아주었다.

"아, 맞다."

선배는 무언가 생각난 듯 소리를 냈다.

의자가 삐걱거리는 소리.

미닫이문이 닫혀 있어서 부스럭부스럭 소리만으로는 뭘 하고 있는지 알 수 없었다.

무슨 일일까 싶어 고개를 갸우뚱하고 있는데 말없이 미닫이문이 열렸다.

"받아, 복리후생이다."

비닐봉지를 건네받았다. 색이 칠해져 있어서 내용물은 알 수 없다. 무게나 만졌을 때의 느낌상 어쩐지 의류쪽이 아닐까 하는 생각이 들었다.

예의상 '열어봐도 될까요?'라는 시선을 보내자 선배가 고개를 끄덕였기에 바로 개봉했다.

"아……."

접힌 채 포장되어 있어 전체는 보이지 않지만, 그것이 무엇인지는 금세 짐작했다.

앞치마다.

"전에 속옷으로 마중 나와줘서 고마웠다. 최소한 이거라도 걸치고 있으면 당황할 일은 없겠지."

속옷이 비친 사고를 말하는 것이었다. 너무 편안한 차림이라 그만 잊고 흐트러진 모습으로 마중하고 만 것이다.

항상 앞치마를 장착하고 있으면 혹시 잊더라도 방위라인으로서 작동해줄 것이다.

"감사, 합니다."

솔직하게 기쁘다.

선물을 받고 기쁘다는 건 이런 기분이었지, 하고 오랫동안 잊고 지냈던 감정이 떠오를 정도로.

소중한 것을 감싸듯이 가슴에 꼭 끌어안았다.

"좋아해줘서 다행이네."

"정말 너무, 너무 기뻐요."

쑥스럽다는 감정이 사라지면서 그 자리에서 솔직한 기쁨이 샘솟았다.

그리고 왼손이 키보드로 향했고,

『두 사람은 행복의 키스를 하고 종료. 해피엔딩, 끝. 해도 될 정도로 감동했어요.』

"사양하지 마. 난 상관없으니까."

『그래도 입 냄새가 나잖아요. 해피엔딩이 안 되서 정말 아쉬워요.』

"네가 뿌린 씨잖아."

"후후."

쑥스러움을 감추듯 농담을 던지고 말았다.

선배는 몸을 돌려 미닫이문을 닫았다. 입 냄새를 신경 쓴 것일까, 나를 배려해준 것일까. 이 경우엔 과연 어느 쪽일까.

곧바로 앞치마 포장을 풀고 내용물을 확인했다.

탄탄한 재질로 미루어 보아 헐값에 파는 저렴한 제품은 아니다. 그렇다면 옷더미에서 눈에 띄는 것을 적당히 고른 것은 아닐 것이다. 무늬 없이 한 가지 색으로 되어 있는 것은 멋보다는 실용성을 선택한 결과겠지.

노란색이었다. 눈을 찌를 듯 선명한 빛깔이 아니라 보기 편안한 연둣빛 계열 컬러.

선배가 나를 떠올리고 골라준 색. 이것이 나에게 어울릴지 어떨지 고민해 주었을지도 모른다.

그 마음이 무척 기뻤다. 거기서 문득 무언가를 떠올리고 숨을 들이켰다.

옛날에 엄마가 우리 자매에게 머리끈을 골라서 사다 준 적이 있었다. 엄마가 준 선물은 뭐든지 기뻤지만, 그때만큼은 불만이 있었다.

나는 하나부터 열까지 언니 흉내를 내고 싶어 했다. 하지만 머리끈 모양은 똑같았는데 색깔이 달랐다.

언니는 선명한 빨간색인 것에 반해 내 것은 딱 이 앞치마 같은 색.

불만이 대놓고 얼굴에 나타났던 걸까? 엄마가 상냥하게 머리를 쓰다듬으며 이 색을 선택한 의도를 말해주었다.

"이건 말야, 너의 색이란다."

"내…… 색?"

"그래, 카에데*의 색 말야."

엄마는 내 이름과 같은 색이라 그 머리끈을 선택했던 것이다. 엄밀히 말하자면 그에 가까운 색이었지만, 중요한 것은 나를 생각해 주었다는 그 마음. 언니와는 같은 색깔이 아니라는 것에 대한 불만은 금세 날아갔고 그 자리에 기쁨이 들어찼다.

선배에게는 진짜 이름을 알려주지 않았는데.

기막힌 우연에 숨이 멎었다. 그야말로 운명이란 말이 머리를 스칠 정도로.

그래서 얼른 앞치마 입은 모습을 선배에게 보여주고 싶다, 그런 욕구가 생겨났다.

받은 물건을 곧바로 입어보았다. 들떠있다는 것을 들키는 것은 조금 부끄러웠다.

하지만 바로 입고 싶었다. 그가 봐줬으면 좋겠다.

어떻게 할까 고민하다가 쓸 일이 있을지도 모른다고 생각해서 가져온 그것을 떠올렸다.

◆

우연히 떠올라서 산 앞치마였는데 그렇게까지 좋아해줄

---

*楓. 연둣빛 섞인 노란색을 의미하기도 한다.

줄은 몰랐다.

소중하게 끌어안고 미소 짓는 모습이 무척이나 그림 같았다.

가급적 웃으며 넘길 수 있는 범위에서 레나를 보려고 했지만, 이번만큼은 감정이 요동쳤다.

알고 있었지만 역시 레나는 너무 귀엽다.

왜 이렇게 귀여운 여자애가 우리 집에서 자택 경비원으로 근무하는 걸까.

그 녀석 주위에 제대로 된 어른이 없었기 때문이다. 애초에 우리의 삶의 방식을 탓하는 녀석들의 잘못인 셈이니 웃음밖에 나오지 않았다.

10년 정도 젊었을 때 만나고 싶었다. 그랬다면 사양하지 않고 관계를 진행해 나갔을 것이다.

그러지 않는 것은 규칙과 도덕성을 신경 쓰는 훌륭한 마음이 깃들었기 때문이다. 언젠가 여기서 떠나 자립할 것을 가정하고 깨끗한 채 남겨두고 싶다. 레나가 앞으로 걸어갈 멋진 삶에 오점을 남기고 싶지 않았다.

──그럴 리가 있나.

단순히 미적지근한 물에 몸을 담그고 있는 것이 기분 좋기 때문이었다. 괜히 밀어붙였다가 관계가 틀어지는 것이 싫을 뿐. 쌓아온 것을 잃는 것이 두려울 뿐이었다.

레나를 좋아하냐고 물으면 그건 당연하다고 대답할 수

있다. 이렇게나 누군가를 좋아한 적은 처음이다.

나는 한심한 어른이지만 질 나쁜 어른은 되지 않겠다고 맹세했다. 이 마음의 정체와 그에 대한 자각 정도는 확실히 하고 있다.

이것은 사회가 보여주는 진정한 사랑이나 애정이 아니다. 자신을 위해서라면 뭐든 다 해주는 귀여운 여자아이. 눈치를 보는 수고도 없고 드는 돈은 리턴에 비해 최고의 가성비를 자랑한다. 그러면서 놀이 상대도 되어준다.

그야말로 어른의 비뚤어진 욕망, 그것의 의인화. 그런 편리한 존재였기 때문에 호감을 품었을 뿐이다.

그야 그렇잖아. 그 녀석을 정말로 생각했다면 앞이 캄캄한 그 미래를 어떻게든 해결해주고자 고민했을 것이다. 그것을 하지 않았다는 것은 이 마음이 진정한 사랑이나 애정이 아니라는 뜻이었다.

이 가슴속에 깃든 사랑은 오로지 자기중심적이고 이기적인 자기애 정도일 것이다.

"……선배."

그렇게 자기 분석을 하고 있는데, 아주 살짝 열린 미닫이문 너머에서 레나가 이쪽을 기웃거렸다.

쑥스러운 듯 볼을 붉게 물들이고 있다.

심호흡을 한 번 한 레나는 마음을 다잡고 미닫이문을 열었다.

앞치마 차림을 보여주려는 것이었다.

실용성을 가미해 고른 그것은 다섯 자리까지는 되지 않지만 비교적 값비싼 물건이다. 복리후생이라고는 해도 헐값에 파는 싸구려를 고르는 것은 어른의 체면상 내키지 않았다. 레나의 실내복은 기본적으로 어두운색뿐이라서 밝은색을 골라봤다. 빨간색이나 핑크색은 너무 눈에 띄고 딱 이 정도 색감이 어울리지 않을까 하는 생각에 고른 것인데, 내가 생각하기에도 센스가 나쁘지 않았던 것 같다.

"음……?"

약간의 위화감을 느꼈다.

후드티를 벗고 그 위에 앞치마를 착용한 것이 아니다. 옷을 갈아입은 것 같았다.

앞치마 하나에 어째서 옷을 갈아입을 필요가 있는 걸까.

"이상하지…… 않나요?"

팔을 벌린 채 레나가 자신의 모습을 걱정스럽게 살폈다. 빙글 돌아 등도 보여준다.

앞치마는 말 그대로 '앞'에 하는 옷이다. 왜 뒷모습까지 보여주는 걸까.

"뭔데, 그게."

지금의 모습이 어떠냐는 질문과는 어울리지 않는 답변이다.

결코 이상했던 것은 아니다. 뒷모습만 봐도 알 수 있는,

평범한 블레이저와 스커트 차림. 드물지도 않은 정복 차림.

그렇기 때문에 허를 찔린 기분이었다.

"고등학교…… 이에요."

레나의 모기 우는 듯한 소리.

말을 더듬는 것도 아니고 겁을 먹은 것도 아니다. 수치심을 느낀 결과다.

고등학교 교복이라는 것은 굳이 듣지 않아도 알 수 있었다.

레나가 입고 있는 것은 교복. 그 모습은 마치 거유 미소녀 여고생에서 '여고생' 부분을 강조한 것 같았다.

"뭐야, 그게."

레나의 의도를 몰라 비슷한 질문을 반복했다.

고등학교 교복이 왜 이 집에 있는 것인가. 레나가 가져온 것은 알고 있었지만 들여온 의도는 알 수 없었다.

"쓸 일이 있을까…… 싶어서."

"쓸 일이라니…… 대체 어디에."

학교 교복은 학교 다닐 때나 입는 것이다. 관혼상제의 예복은 되겠지만 그런 것을 예상했을 리 없다. 여고생 기분을 내기 위한 멋 내기 외출복으로 쓰고 싶었다면 이해는 하겠지만 레나와는 무관한 발상이다. 실내복으로 입을 정도로 편하지도 않다.

"저…… 그러니까……."

대체 뭐가 그렇게 부끄러운 것인지, 레나는 교복의 의도를 알리는 것에 주저했다.

한두 마디뿐만이 아니다. 이제는 나와 제대로 대화할 수 있게 되었다. 레나로서의 막말 기능이 발휘될 때는 손을 통해 의사가 전달되지만, 교복을 가져온 의도라면 입으로도 충분할 것이다.

레나가 앞치마에서 스마트폰을 꺼내 손을 움직였다.

핸드폰 알림음이 울렸다.

텀블러에 입을 가져가며 잠금 화면을 확인하고,

『전장에서.』

"푸흡!"

생각지도 못한 의도를 보고 뿜고 말았다.

하이볼이 기도로 넘어가 몇 번이나 기침해댔다.

레나는 부끄러워하는 얼굴을 감추듯 스마트폰으로 입가를 가리고 있다.

『크하! 이 배려심과 센스. 신동이라 너무 괴롭다!』

얼굴과 글자가 일치하지 않는다. 부끄러워하는 것이 훤히 보였다.

각오를 끝내고 왔다고는 하지만 설마 이런 소품까지 들여왔다니. 황송할 정도다.

아아, 그러니 분명.

설령 그것이 대가였을지언정, 레나에게 있어서 나는 처

음부터 기쁘게 해주고 싶은 상대였던 것이다.

"정말 넌 쓸데없는 곳에서 서비스 정신이 왕성하구나."

조금 많은 텀블러의 내용물을 단숨에 들이켰다.

비운 텀블러를 레나에게 내밀었다.

"그렇다면 거유 미소녀 여고생의 혜택을 마음껏 누리도록 할까?"

앞치마 차림의 여고생.

드라마 같은 존재에게 술을 만들게 한다. 모 단체가 대격노할 만행을 저지른 것이다.

◆

"그럼, 다녀올게."

"다녀오세요."

여느 때처럼 거실에서 출근하는 선배를 배웅했다. 사실 현관에서 제대로 배웅하고 싶었지만, 선배가 집을 나설 때 밖에서 내가 보일 수도 있는 행동은 자제했다.

하루의 직무는 선배의 아침 식사와 도시락, 갈아입을 옷 준비 등으로 시작된다. 선배가 집을 나서는 시간은 정해져 있기 때문에 그에 맞춰 순서를 정한다. 바쁜 것은 아니지만 아침에는 시간 배분을 중요하게 생각했다.

그리고 선배를 배웅하는 것으로 아침 일은 얼추 마무리

된다. 청소와 빨래를 하면서 선배가 돌아올 때까지 저녁을 준비해야 하지만 아침처럼 시간에 쫓기지는 않았기에 느긋하게 내 페이스에 맞춰서 할 수 있었다.

선배한테서 받은 앞치마. 완전히 익숙해진 소중한 그것을 벗은 것은 잠시 쉬기 위해서. 의자 등받이에 걸치고 나는 침대로 쓰러졌다.

이 집에 있는 침대는 집주인 것 하나뿐. 선배 냄새에 휩싸였지만, 거기에 불쾌함은 없었다. 오히려 더 원할 정도였다.

나는…… 선배를 좋아한다.

엄마나 언니에게 품는 좋아함이 아니다.

이성을 향했을 때 느껴지는 애정이다.

1초라도 더 오래 그 사람 곁에 있고 싶다. 떨어져 있는 이 시간은 애달픔에 지배된다.

나는 신동이다. 이 마음이 사회가 정한 진정한 사랑이나 애정이 아니라는 것은 잘 알고 있었다.

이 다리로 미래를 향해 나아가는 것을 포기하고 있다.

내일의 행복만을 추구하며 눈을 감고 미래를 외면하고 있다.

그렇게 있는 나를 등에 업고 편안하고 즐거운 것만 주는 사람. 몸을 맡기고 있는 것만으로 행복한 나날을 선물해준다.

미래를 생각해 준 상냥함이 아니라 임시방편의 달콤함만을 쏟아부어 준다. 그것을 '이 사람만은 나를 이해해 준다'고 해석해버려 어느새 마음의 안식처가 되었다. 자신에게 있어서 편한 사람이었기에 이렇게나 좋아지고 만 것이다.

사회에서는 이 마음을 사랑이나 애정이 아니라 의존심이라 부를 것이다. 진실한 사랑이나 애정이 아니라면서 정론을 들이대며 설득시키려 하겠지.

새삼스럽게 잘난 사회의 설교를 듣지 않아도 나 자신이 가장 잘 알고 있다.

알고 있는 것이다…….

"선배……."

하지만 선배가 없는 시간은, 가슴이 아플 정도로 애달프다.

빨리 돌아오길 바랄 정도로, 심장이 조여들 정도로 선배가 사랑스럽다.

온기를 찾듯 침구를 끌어안으며 얼굴을 파묻었다.

그렇게 사회의 정론에서 벗어나 귀를 막는 매일.

이것이 행복한 생활 속에서 생겨난 유일한 고민이자 괴로움이었다.

이것이 진정한 사랑이나 애정이 아닌 편안한 상황에서 자라난 의존심이라는 사실. 사회가 내놓은 진실에서 눈을 돌렸다.

이제 와서 그런 시시한 것들은 신경 쓰지 않고 평소처럼 무시해버리면 될 텐데. 이 생각을 단순한 의존심이라고 치부하고 싶지 않다며 본능이 비명을 지르는 것인지도 모른다.

문득 의문이 떠올랐다.

애초에 사회란 대체 무엇일까, 하고.

교과서적인 사회가 아니라 개념, 정의로서의 사회.

무심코 그것이 궁금해져서 스마트폰을 꺼내 '사회'라고 검색해 보았다.

어떤 답을 원하는 것은 아니다. 지식욕을 얻고 싶은 정도의 느낌이었다.

이 세상의 모든 지식은 인터넷에서 얻을 수 있다. 잠자코 일단 wiki를 살펴보기로 했다.

눈에 잘 들어오지 않는 건조한 말들의 나열. 뜻은 이해하지만, 상상만큼 재미있는 이야기는 아니었다.

『의사소통을 도모할 수 있고 함께 움직여 상호작용을 하는, 질서화되고 조직화된 일정한 인간 집단.』

간결명료하게 요약하자면 거의 상상했던 대답. 얻은 감상은 아무것도 없다.

이어서 '사회화'도 살펴봤지만 역시 대단한 건 없었다.

『학습을 통해 후천적으로 얻을 수 있는 사회문화 가치나 규범.』

굳이 얻은 것이라면 그 가치나 규범이 이 마음을 진정한 사랑이나 애정이 아니라고 정의했다는 것 정도인가.

기대는 조금도 하지 않았다.

마지막으로 사회성이라는 것을 알아보고 끝내기로 했다.

"사회적…… 욕구."

눈에 들어온 것이 그대로 입 밖으로 튀어나왔다.

쿵 하고 그 가치관이 머리를 때렸다. 내가 원했던 바로 그 대답이라는 사실을 깨달았기 때문이었다.

"동료에게 호감을 받고 싶은 욕구…… 인정받고 싶은 욕구."

자신에게 들려주듯 나열된 것을 소리 내어 읽었다.

처음으로 선배를 만났던 날이 떠올랐다.

미소녀라는 범위에 들어가게 되어 가슴속이 혼란스러울 정도로 기쁜 고양감을 품었다.

언니나 아빠, 인싸 집단에게 듣는다고 해도 느끼지 못했을 이 인정 욕구.

그 정체를 모르고 있다가 마침내 그 답에 도달한 것이다.

사회라는 말의 의미를 다시 한번 떠올렸다.

『의사소통을 도모할 수 있고 함께 움직여 상호작용을 하는, 질서화되고 조직화된 어떠한 일정한 인간 집단.』

나는 언니나 아빠와는 의사소통을 할 수 없다.

서로 어떠한 상호작용을 하는 것은 불가능하다.

그 두 사람이 귀속되어 있고 존중하는 질서와 조직이 나와는 맞지 않는 것이다.

언니나 아빠 같은 사람들이랑 있는 것이 왜 그렇게 힘들었는지 이제야 알겠다. 나와 그 사람은 귀속된 사회가 다른 것이다.

내가 귀속된 것은 선배와 쌓아 온 단둘만의 사회. 미소녀라는 말을 듣고 기뻤던 것은 같은 사회의 주민에게 호감을 사고 인정받았기 때문이다.

사회성의 발달을 읽어 나가는 가운데 또 새로운 답이 나왔다.

진정한 이해자, 마음의 친구를 원하는 욕구가 강해진다. 특정 인물에 대한 헌신적 숭배는 때로 갈망이 되고 연애의 발생에 이르기도 한다.

이것이 청년기. 여아의 경우 11세에서 13세에 일어나는 일이다.

화면 너머에 있는 그 사람이야말로 진정한 이해자이자 마음의 친구였다. 맹목적으로 존경하고 우러러보기까지 했다.

현실 사회. 거기서 살아갈 방법을 나는 가지고 있지 않았다.

어쨌든 현실 사회의 레일 위에는 햇빛이 쏟아지고 있다.

현실에서 사는 사람들은 그것을 쬐면서 자라나지만 나

는 그 눈부심을 견디지 못한다. 살을 에는 듯한 그 뜨거움으로는 후미노 카에데라는 모종을 시들게 할 뿐이다.

레일 위를 달리라는 것은 나보고 죽으라는 것과 같은 말이다.

왜냐하면 후미노 카에데는 햇빛이 쏟아지는 오아시스에서는 살 수 없다. 광합성이 안 되는 식물이니까.

레일로 끌고 가려는 손을 뿌리치고 유일하게 귀속된 사회에 구원의 손길을 청했다. 레일을 벗어난 그 끝에 있는, 햇빛에 노출되지 않는 땅이야말로 후미노 카에데가 있을 사막이라고 믿었기 때문이다.

나의 사회는 선배와 단둘뿐인 최소 단위 사회. 오늘까지 이곳에서 사회 활동을 하며 삶을 영위해 왔다. 이 자리에 와서야 겨우 사회에서 살아갈 길을 얻었다.

광합성을 할 수 있게 된 지금이라면 햇빛이 쏟아지는 땅에서도 성장할 수 있을 것이다.

하지만…… 이제 나는 돌아갈 수 없다.

가출해서 성인 남성의 곁으로 들어갔다. 내 인생에는 결정적인 흠집이 생겼다.

하지만 그것은 사소한 것.

지금의 나라면 언니와 마주할 수 있다. 제대로 대화할 수 있다. 이런 나지만 부디 받아줬으면 좋겠다. 언니 편에서 다시 시작하게 해달라고 하면 분명 언니는 용서해 줄 것이다.

검정고시나 통신고. 그런 식으로 편하게 살아가면서 대학도 쉽게 붙고 인간관계는 언니에게 도움을 받으면서 손쉽게 해낸다. 그때쯤이면 언니 같은 사랑받는 캐릭터로까지 성장할 수 있다. 인생이란 이지 모드라고 한껏 웃으면서 자신의 신동 능력을 두려워할 날이 기다리고 있겠지.

아, 정말…… 시시해. 재미없어. 사랑하는 언니와 다시 시작할 수 있는 것 외에는 아무런 가치도 찾을 수 없는, 행복과는 거리가 먼 인생이다.

레일을 벗어난 끝에서 얻은 이 의존심. 그것을 채울 수 있는 이 행복 앞에서는 너무나도 작고 초라하다.

남들은 이 의존심을 충족시키는 것은 헛된 행위라고 손가락질해 올 것이다. 진정한 사랑이나 애정을 얻지 못한 불쌍한 삶이라고 야유할 것이다.

하지만 정의의 문제이다.

햇빛이 쏟아지는 사회에서 이 생각은 진정한 사랑이나 애정이 아닐지도 모른다. 하지만 귀속되지 않은 사회의 정의에 도대체 무슨 가치가 있단 말인가.

내가 귀속된 이 사회는 선배와 단둘이서 쌓아 온 것이다. 그렇다면 소속되어 있는 사람끼리 정의해 나가면 된다.

지금까지와 같이 현실 사회에서 눈을 돌린다. 이 의존심은 헛된 마음이 아니라며 안심하고 채워나가면 된다.

그게 편하고 즐겁고 행복하니까.

하지만 언니는 올바른 사람이기 때문에 이 행복을 절대 인정해주지 않겠지.

그럼 분명 나는 또 언니를 싫어하게 될 것이다. 그것이 힘들고 고통스럽다는 것은 아플 정도로 잘 알고 있다.

이제 그런 생각만큼은 하고 싶지 않았다.

앞으로도 지금처럼 좋아하는 마음으로 있고 싶으니까…….

"미안해, 언니…….."

두 번 다시는 언니와 만나지 않을 거야.

그리하여 나는 나에게 자리 잡은 이 의존심.

"선배랑…… 떨어지고 싶지 않아."

진정한 사랑이나 애정이라고 정의한 이 마음을 채울 수 있는 사회를, 나는 선택한 것이다.

후기

안녕하세요, 여러분. 처음 뵙겠습니다. 후타가미 케이입니다.

제9회 인터넷소설 대상을 수상하여 졸작이 서적이라는 형태로 서점에 세워진다니. 지금도 믿기지 않는 마음으로 후기를 적고 있습니다.

이 작품 『선배, 자택 경비원은 필요 없으신가요?』(이하 자택 경비원)은 타마, 레나, 가미, 쿠루미, 레나의 언니, 이 5명의 옴니버스 형식 휴먼 드라마로 감당할 수 없어 방치하고 있던 플롯입니다. 그것을 타마 시점으로 한정하여 단편 러브 코미디로 완성시키고, 거기에 추가적으로 덧붙인 것이 레나 시점 이야기. 그것이 뜻밖의 반향을 받은 덕분에 이 기세로 적고 싶었던 이야기의 마지막을 향해 끝까지 가보자 하는 마음으로 연재하게 되었습니다.

그런 느낌으로 시작한 작품이므로 웹판은 후기를 쓰고 있는 현재 히로인인 레나가 절반 이상 부재하는 상황. 시점 교체에 중점을 둔 옴니버스 형식이기 때문에 연애물로서는 치명적인 구성이 되었습니다.

웹판은 자기만족을 위한 전개였지만 서적화를 하면서 구성을 크게 변경했습니다. 그 결과 무리 없는 형태로 작품의 질을 향상할 수 있지 않나 싶은데…… 웹판에서 자택 경비원을 응원해주시는 독자님들께는 서적판이 어떻게 비쳤을지 궁금합니다.

담당 편집자님께는 인정을 받았습니다. 협의된 사항을 멋대로 바꾸질 않나, 예정에 없던 장면을 결론으로 하질 않나, 그것 때문에 원고 제출 기한이 늦어지기까지. 미팅이란 대체 뭐였을까. 그런 저를 작품이 더 재미있어진다면 괜찮다며 웃어 넘겨주셔서 정말로 감사합니다.

일러스트레이터 휴가 아즈리 님. 처음 캐릭터 디자인을 받았을 때의 일은 지금도 잊을 수 없습니다. 그 순간이 있었던 덕분에 망상을 부풀려 웹판을 모방하는 것에서 끝나지 않는 이야기가 될 수 있었습니다. 자택 경비원을 맡아주셔서 정말 감사합니다.

GCN 문고님, 두 달 정도 늦어졌지만 새 레이블 창간을 축하드립니다. 창간에 맞춰 제 작품에 손을 내밀어주셔서 감사합니다.

마지막으로 웹판부터 응원해주시는 독자님, 그리고 처음 뵙는 여러분. 이 작품을 구매해주셔서 정말 감사합니다. 이야기의 끝에 다다랐을 때, 이 작품을 만나서 좋았다, 그런 작품이 될 수 있다면 가장 큰 기쁨이 아닐까 합니다.

그 기쁨을 이어서 다음 권에서 다시 만날 수 있기를 간절히 바랍니다.

후 미 노 카 에 데

Kacde Fumino

통칭 레나. 히키코모리 여고생. 얼굴도
이름도 나이도 모르는 사회인 남성을 의지
삼아 가출을 결행. 무사히 타마의 집으로
흘러들어간다. 실패했다면 무적인간이 될
생각이었다.

타 마 치 하 지 메

Hajime Tamachi

통칭 타마. 몸을 사리는 일에 관해서는 누구에게
지지 않는 밑바닥 사회인. 인터넷 게임에서
알게된 당시 초5 소녀 레나를 자신과 같은 한심
성격으로 키워냈다. 늘 편안한 쪽으로 흘러간 결
레나와 동거하게 되었다.

키 노 미 야 마 도 카

adoka Kinomiya

칭 쿠루미. 가미의 바에 다니는 여대생.
카이도에서 상경한 듯하다. 그 화려한
모와 훌륭한 지성으로 늘 스쿨 카스트
위에 군림하고 있다. 남자운은 최악.

아 케 가 미 코 노 스 케

Konosuke Akegami

통칭 가미. 바의 마스터. 타마와는
초등학교 시절부터 이어진 질긴 인연.
미소년에서 미녀로 탈바꿈한 그 모습은
타마 왈, 게임 속 성별을 바꾸는 식의 인체
개조였다고. 수상한 자금줄을 쥐고 있다.

이 페이지에서는 '카에데'가 아닌 '레나'의 얼굴로 그렸어야 했나?!
그런 생각을 하며……
2권에서는 그런 그녀의 표정도 일러스트로 그릴 수 있다면 좋겠습니다.

Senpai, jitakukeibiin no koyo wa ikaga desuka? 1
©2021 by Futagami Kei, Hyuga Azuri
All rights reserved.
First published in Japan in 2021 by MICRO MAGAZINE, INC.
Korean translation rights reserved by Somy Media, Inc.

선배, 자택 경비원은 필요 없으신가요? 1

2023년 08월 15일 1판 1쇄 발행

저 　 자 후타가미 케이
일 러 스 트 휴가 아즈리
옮 긴 이 이소정
발 행 인 유재옥
본 부 장 조병권
편 집 1 팀 김준균 김혜연
편 집 2 팀 박치우 정영길 정지원 조찬희
편 집 3 팀 오준영 이소의 이해빈
편 집 4 팀 박소연 전태영
디 지 털 김지연 박상섭 윤희진
라이츠담당 김정미 맹미영 이윤서
미 　 술 김보라 박민솔
발 행 처 ㈜소미미디어
인쇄제작처 ㈜코리아피엔피
등 　 록 제2015-000008호
주 　 소 서울시 마포구 토정로222, 403호 (신수동, 한국출판콘텐츠센터)
판 　 매 ㈜소미미디어
영 　 업 박종욱
마 케 팅 박수진 최원석 최정연 한민지
물 　 류 백철기 허석용
전 　 화 (02)567-3388, Fax (02)322-7665

ISBN 979-11-384-7972-1 04830
ISBN 979-11-384-7971-4 (세트)